早瀬黒絵
Kuroe Hayase
✶
Illustration
hi8mugi

『聖女様のオマケ』
呼ばれたけど、わたしは
ではない
です。

1

Contents

第1章　オマケと皇弟殿下

……痛っ……。


「『聖女様のオマケ』はこの国には要らないんだよ」

「何も出来ないくせに、いいご身分だよな」

　掌に痛みを感じるのと同時に、背後では小さく押し殺したような笑い声がいくつもして、わたしはわざと押されたのだとすぐに気付いた。

　先ほど人垣の最前列まで行ったと思ったら、ドンと後ろから誰かに突き飛ばされる感覚があった。次の瞬間、わたしは前方の地面に両手と膝をついていたのだ。

　……こんなくだらない嫌がらせして楽しいわけ？

「サヤ様……！」

　心配そうにかけられる声に、ぐるぐると色々な気持ちが湧き上がってくる。

　……なんでこんな思いをしなくちゃいけないんだろう？

　わたしだって好きで異世界《こっち》に来たわけではないのに。勝手に喚《よ》び出されて、役立たず認定されて、雑な扱いをされて。どうして笑いものにされなくちゃいけないのだろう。

まだ後ろからは嘲り交じりの笑い声が聞こえる。

羞恥と、怒りと、悔しさで手を握り締める。掌と膝からじんわりと痛みが広がった。

その時、後ろから聞こえていた笑い声が、急に騒《ざわ》めきに変わり、ふっと地面に影が出来た。

「――……大丈夫か」

上から聞こえた低い声に顔を上げる。

そこには、眉間にしわを寄せた若い男性が立っていた。

藍色とも暗い青とも言える短い髪を軽く後ろに流し、見下ろしてくる切れ長の瞳は紅い。整った顔立ちは精悍で、切れ長の鋭い目元には、やや近寄りがたい雰囲気がある。

背は高く、差し出された手も大きくて、軍服と思われる黒色の服を纏っている。

目が合った男性の眉間にしわが増える。とても不機嫌というか、不愉快そうな表情だ。

………誰？

まさかここで誰かに手を差し出されるとは思わなかったので驚いてしまった。

男性は膝をつくと、わたしの手を取り、軽く引っ張って立たせた。

そしてわたしの手と膝を見て、横に視線をやる。

「血が出ているな。……おい、アルノー」

いつの間にか、別の男性もいた。アルノーと呼ばれたその男性は色素の薄い柔らかな茶髪に、くすんだ青い瞳の穏やかそうな顔立ちをしており、わたしの手を掴んでいる男性と同様に黒い軍服を着ている。ただ、わたしの目の前にいる男性のほうが、何やら胸についているバッジの数が多い。

アルノーさんとやらがわたしの傷口を覗き込んだ。

「お嬢さん、少し失礼しますね～」

ゆるい口調で声をかけ、手を翳してくる。

『この者を癒したまえ』

ふわっと淡い光が手と膝に集まった。同時に、痛みが消える。

「はい、治りましたよ。大丈夫ですか？」

と改めて訊かれた。

なんで声をかけてくれたのだろうとか、どうして見知らぬ相手なのに優しくしてくれるのかとか、色々と思うことはあったのだけれど、それを口に出すよりも先にぽろりと涙がこぼれた。思わず俯いたものの、涙があふれてくる。

……大丈夫じゃ、ない……。

声が漏れそうになって唇を噛み締める。

この世界に来てから、大丈夫なことなんて、一つもない。

この王城の人達はこんな風に優しくなどしてくれないし、気遣ってもくれないし、むしろ、わたしを疎ましがっているから。

わたしは泣きながらも、わたしの手を摑んだままだった男性の手に意図的に魔力を流した。

……お願い、気付いて。わたしは役立たずなんかじゃない。

大きな手が一瞬だけ、ギュッとわたしの手を握った。

同時に男性が口を開く。

「貴様は聖女と共に召喚された娘か？」

……き、貴様って……。

低い声に問われて、驚きながらも頷く。

わたしはこの異世界に突然召喚された、ただの一般人だった。

＊＊＊＊

時を遡ること数週間前。水曜日の放課後。

やっと週半ばだと、溜め息を呑み込みながら日誌を書く。

もう一人の日直は教室内の机の並びを丁寧に整えていて、わたしはそれをチラと横目に見た。クラスメイトであり、前の席の女子だ。彼女がどこか楽しそうなのは、多分、この後に部活があるからだろう。

柔らかなピンクブラウンに染められた髪は肩口でふんわりと切り揃えられており、カラーコンタクトだろう同色の瞳に、薄く化粧がしてある顔はとても可愛らしい。勉強も運動も出来て、真面目で優しくて、見目が良い。クラスどころか学校全体で人気の高いことで有名な子だ。

ふっと視線を手元に戻す。日誌に黒髪が落ちて、それを肩に払う。

彼女に比べてわたしは、染めてもいない真っ黒な長い髪に、面白みのない黒に近い瞳、顔立ちも平凡と言っていい。勉強・並、運動・並、外見・並。どこにでもいる平凡な女子高生。

それがわたしだった。それでもいいと思っていた。……その瞬間までは。

適当に日誌を書いているると、足音が近付いてくる。

顔を上げれば同じ日直のクラスメイト――香月優菜《こうづきゆうな》さんが立っていて、小首を傾げて訊いてきた。

「篠山さん、こっちは終わったけど、日誌は書き終わったかな？」

篠山沙耶《しのやまさや》。それがわたしの名前だ。

「うん、もうすぐ終わるから、香月さんは先に部活に行ってもいいよ」

「え、いやいや、それは悪いよ！　私も日直だし、書き終わったら一緒に職員室に出しに行こう？」

慌ててぱたぱたと手を振る香月さんは可愛い。

同性でもそう感じるのだから、異性だったら、もっと可愛く見えるのだろうなと思った。

たまたま席が前後だったというだけなのに、香月さんは、わたしがいつも一人でいることが多いからか、よく話しかけてくれる。多分、孤立しないよう気を遣ってくれているのだろう。

そういう分け隔てしない優しい人だからこそ、人気があるのかもしれない。

わたしみたいに人との関わりを面倒に感じたり、思ったことをすぐ言って相手を怒らせてしまったり、それが嫌で一人でいるようなタイプの人間とは違う。

「分かった、すぐに書く……？」

急に足元がパッと輝いた。

「え？」と呟いたのはわたしなのか、それとも香月さんなのかは分からなかった。

二人同時に足元を見た瞬間、一際強く、足元の光が輝いた。

「きゃあっ、何これ!?」

香月さんの悲鳴と共に光に包まれる。エレベーターに乗った時のような、わずかな浮遊感に襲われ、ガクンと座っていた椅子が消えた。そのせいでわたしは強《したた》かにお尻を打ちつけてしまう。

「痛っ」

……いったい何が起こったの？

その疑問に答えるかのように、声がした。

「おお、聖女様だ！」

「聖女様がいらしてくださったぞ!!」

と、騒めきが聞こえてくる。

顔を上げれば、わたしのすぐそばで香月さんがお尻をさすりながら辺りを見回している。どうやら彼女もお尻を打ちつけたらしく、少し痛そうにしていた。

彼女に釣られて周りを見ると、なんだかやたらと裾の長い服を着た、見知らぬ人々に囲まれていて、わたしと香月さんは丸に六芒星を重ねたような不思議な図形の中心にいた。

そこは天井の高いどこかの室内で、上の方の窓からは薄日が差し込み、石造りの壁がぼんやり見えた。

周囲の人々がわたしと香月さんをジッと見つめてくる。その視線の鋭さは酷く居心地が悪かった。

そのまま訳も分からず、見知らぬ場所で見知らぬ人々に観察される。

「な、何……？」

香月さんの不安そうな声がいやに響く。

すると突然人々がコソコソと話し合い、それから数人が近付いてきて、わたしだけ押し退けられた。

「え、ちょ、うわっ？」

その人々は香月さんを取り囲むとそれぞれに喋り出す。全ては聞き取れないけれど、喋る内容が「聖女様」「召喚」「成功した」というものだったのはなんとか理解出来た。

金髪や茶髪、銀髪、緑の髪など様々な髪色の人間がいたが、黒髪は見当たらない。

そもそもここにいる人々の顔立ち自体、日本人とは違って、彫りが深かった。それでも何故か、彼らの話す言葉が理解出来る。

呆然としていると、金髪の若い男性がカツカツと踵を鳴らしながら近付いてくる。

やたら整った顔立ちのその男性が、香月さんの前で跪いた。

「聖女様、お名前をどうかお教えください」

問われた香月さんが「え？」と目を瞬かせた。

「あ、え、私ですか……？」

「はい、私はヴィクトール＝エリク・ドゥエスダンと申します。我がドゥニエ王国の王太子です、

「聖女様」

男性がそっと香月さんの手を取る。

香月さんは戸惑いながらも質問に答えた。

「えっと、私は香月優菜です。香月が家名？　姓？　で、優菜が名前です……？」

「ユウナ様とおっしゃるのですね。この度は我らの召喚魔法に応じてくださり、ありがとうございます」

「しょうかん……？」

「はい、ここはユウナ様のおられた世界とは別の世界なのです。突然のことで驚かれたとは思いますが——……」

その光景を見ながら、わたしはポカンとする。

聖女、召喚魔法、別世界……？

……待った、こんなの、まるで最近流行《はや》りの女性向けファンタジー小説じゃないか……!!

呆然と眺めていると、近くにいた、甲冑みたいなものを着た人間に腕を掴まれた。

「殿下、こちらの者はいかがいたしますか？」

その問いかけにこの国の王太子だという男性が振り向く。わたしを見たその美しい緑色の瞳が冷たく細められる。

「何者だ？」

すると香月さんが慌てて声を上げた。

「あ、篠山さんはクラスメイトで……！」

「くらすめいと、とは何でしょうか？」

「えっと、同じ部屋で一緒に勉強を学んできた友達というか……」

その説明に男性が「ふむ」と考える仕草をした。

「その者は客間にでも連れて行き、世話をしてやれ」

そう言った声は、香月さんに話しかけていた時とは打って変わって冷たいものだった。

わたしの腕を掴んでいた人が「はっ」と返事をし、わたしを引っ張って立たせると、有無を言わさずそのまま引きずるようにして連れて行こうとする。

「ちょ、待って……っ」

必死に足を突っ張っても、容赦なくずるずると引きずられて、廊下らしきところへ出される。

振り返れば、閉まりかけた扉の向こうに香月さんと王太子とかいう男性、そして多くの人々がいた。

でも、誰もこちらを見てはいなかった。

「離してっ、ねえ、ちょっと!!」

声をかけても、まるで聞こえていないかのように腕を引っ張る力は緩まない。それどころか強く腕を掴まれて痛いほどだった。

しかも前を進む人の足は速くて、なんとか追いつくだけで精一杯だ。

しばらく小走りでついて行ったが、その人が急に立ち止まるものだから背中にぶつかってしまう。

思い切りぶつけた鼻を押さえていると、横の扉を開けたその人に目で示された。

「ここでお過ごしください」

背中を押されて中へ入る。背後でバタンと扉が閉められた。

部屋は広くて綺麗だけれど、それだけだ。誰か説明してくれる人もいない。

窓に近付いて外を見れば、眼下では赤やオレンジ色の可愛らしい三角屋根が密集していて、大きな街を形作っている。壁はアイボリーや白、淡い黄色、茶色などだ。以前テレビで見た、ヨーロッパの美しい街並みを思い起こさせる。少なくとも日本の雑多な街並みとは似ても似つかない。

一瞬、影が通りすぎた。それを目で追えば、そこには小さなドラゴンのような生き物が飛んでおり、よくよく見ると背中に人を乗せているらしかった。

「……ほんとに、異世界なんだ……」

ははは、と乾いた笑いが漏れる。

先ほどのことを思い出した。あの人々の言葉を信じるなら、ここは異世界で、香月さんは聖女としてこの世界に魔法で召喚されたのだ。誰もが香月さんを見て聖女だと言った。

……香月さんが聖女なら、そうではない、い、いい、いわたしは？

物語なら、聖女様は異世界に召喚されて、みんなから愛されて、敬われて過ごすことが出来る。聖女の力で人々を助けて、色々と悩みながらも最終的には幸せになれる。

でも聖女でない者はどうだろうか。

……ここから逃げるべき？　だけど逃げたとして、どこに行く？　この世界のことなんて何も分からないのに。

壁に背中をつけて、ずるずるとその場に座り込む。

……どうしたらいいの……？

考えてみても解決策は思い浮かばなかった。ただ延々と時間だけが過ぎていく。

気付けば部屋は薄暗くなっていた。

トントントンと扉が叩かれる。

慌てて立ち上がると、扉が開き、一人のメイド姿の女の子が入って来た。

「ほ、本日より、お世話をさせていただきます、マリー・ルアールと、も、申します……！」

柔らかな茶髪を二つに分けて三つ編みにしており、丸眼鏡の奥には垂れ目がちなくすんだ金の瞳がある。見た目からしてわたしと同じか少し年上だろう。どう見ても新人といった感じである。落ち着かないその様子はいかにも気弱そうだった。

「わたしは篠山沙耶です。えっと、沙耶が名前ね。歳も近そうだし、マリーちゃんって呼んでもいいですか？」

「は、はいっ、私のことはお好きにお呼びください！　それから、使用人の私に丁寧な口調は、その、不要ですので……！」

なんとか言えた、という風なメイドさんに苦笑してしまう。

「うん、分かった。じゃあマリーちゃんって呼ばせてもらうね。マリーちゃんもわたしには気楽に話してくれる？」

「い、いえ、聖女様と同郷の方にそのようなことは出来ません……！　怒られてしまいます……!!」

「そっか……」

ぶんぶんと手と首を振る姿を、残念に思う。

だけど無理強いしても仕方がない。

「改めまして、ほ、本日より、よろしくお願いいたします……！」

マリーちゃんの言葉に頷き返す。

「分からないことだらけで迷惑かけちゃうかもしれないけど、よろしくね」

「はい！　あ、お、お疲れですよね？　お食事にいたしますか？　それとも湯浴みをされますかっ？」

言われて、うーん、と考える。この状況のせいか食欲は湧かなかった。

……出来れば、わたしの状況を知りたいかな？

「マリーちゃん、良かったら一緒にお喋りしない？　わたしも、ここに来てすぐにこの部屋に入れられたから、何が起こったのかよく分からないの」

マリーちゃんがハッとした顔をする。

「そ、そうなのですね……。では、僭越《せんえつ》ながら私からご説明させていただいても、その、よろしいでしょうか？」

「うん、そうしてもらえると凄く助かる」

マリーちゃんにソファーを勧められてそこに座る。でもマリーちゃんは立ったままで、私が勧めても、使用人ですから、と絶対に座らなかった。

それはともかく、わたしはマリーちゃんから今の状況について聞くことが出来た。

この世界にはまず、魔物というものが存在する。簡単に言うと、獣や人に似た、魔法が使える異形の者達の総称なのだとか。凶暴で、人間を襲い、そして総じて人間よりも強い。

そんな魔物は世界中のどこにでもいて、何もせずに過ごしていては人間が襲われてしまう。

そのため村や街などに、魔物が入れないように特別な魔道具で障壁を張る。

しかし障壁を張るためには、この魔道具に聖属性の魔力を注がなければならない。

だが聖属性の魔力持ちは少なく、魔道具に魔力を注げるほど力の強い者はもっと希少らしい。

それゆえ各国がこぞって聖人、または聖女と呼ばれる聖属性の魔力保持者を探し出し、自国の民のために魔道具に魔力を注いでもらっている。

「ですが、このドゥニエ王国の聖女様は数ヶ月前にお亡くなりになってしまいました。そ、その後、国中を探し回ったのですが、魔道具に魔力を注ぎ込めるほどの聖属性魔力の保持者は見つかりませんでした……」

このままでは魔道具が機能しなくなり、村や街が魔物に襲われてしまう。

それを防ぐために、ドゥニエ王国は周辺国にも使者を遣わして聖人や聖女を王国に派遣出来ないか打診したものの、どの国からも良い返事はなかった。

どこの国でも聖人、聖女は国や民を守るために必要な、特別な存在だ。手放すことなどありえないし、どの国も派遣出来るほどの余裕はなかった。

「そ、そのため、我が国は最後の手段として、召喚魔法を行うことになったのです。ドゥニエ王国には秘術の召喚魔法があり、我が国の歴史には時折、召喚魔法によって現れた聖人様や聖女様がおられました。こ、今回も、そのお慈悲に縋ろうとしたのです」

「なるほど」

つまり、香月さんは聖属性の魔力を持った聖女様で、召喚魔法によって喚び出されたのはやっぱり彼女だけだったということか。

「じゃあ、本当にわたしは巻き込まれただけなんだね」

マリーちゃんがびくりと小さく肩を震わせた。

「も、申し訳ございませんっ」

「なんでマリーちゃんが謝るの？」

「だって、その、サヤ様には関係なかったのに、こちらの世界に引き込んでしまって……」

まるで悪いことをして叱られた子供みたいに震える声で言うものだから、わたしは思わず立ち上がって彼女の手を握った。

「確かに巻き込まれたけど、マリーちゃんのせいじゃないでしょ？　運が悪かったんだよ」

顔を上げたマリーちゃんの目が潤んでいる。

「今まで召喚された聖人様や聖女様が、元の世界に戻ったって話はない？」

「あ、ありません……。き、聞いた話ですが、召喚は行えるものの、その、元の世界に帰す方法については見つかっていないそうです……」

泣きそうなマリーちゃんの姿に苦笑が漏れた。

……やっぱり、そうなんだ。

喚び出すのは簡単でも元の場所に戻すのは難しいというのは、こういう物語ではありがちではないだろうか。そうかもしれないという気持ちはあった。

帰れないということは、家族にも、友達にも、もう誰にも会うことが出来ないのだ。頭で理解していても、心が追いつかない。実感がなくて、現実味もなかった。

ただ、漠然とした不安だけは感じられた。

「わたしは、この世界で何をしたらいいんだろうね」

聖女でもないオマケのわたしはこの国で必要とされないだろう。

「サヤ様はゆっくりお過ごしください！　その、す、好きなこととか、見つかったら、それをなさればいいと思います……！」

マリーちゃんの言葉に「そうだね」と頷く。

だけど、数時間前に見た王太子だという男性の冷たい眼差しを思い出す。

……あんまり楽観視はしていられないかもなあ。

あの目は明らかに「お前は不要だ」と語っていた。

そうしてマリーちゃんから話を聞いた後、わたしは考える時間が欲しくて、一人にしてもらった。

そのことにマリーちゃんは嫌な顔一つせず、それどころか「こ、こちらにお飲み物を用意しておきますね」と飲み水らしきものを置いて、部屋を出て行ってくれた。

隣にメイドさん用の控え室があるようで、マリーちゃんはそこにいるらしい。

……いい子だなあ。

この部屋はわたしのためにあてがわれた場所らしく、ここにあるものは好きに使っていいそうだ。

クイーンサイズのベッドに寝転がる。思いの外ふかふかだった。

なんとなくスカートのポケットを探ってしまい、そこにスマホがないことに気付いてがっかりした。そういえばあの時、教室の机の上に置きっぱなしにしていた。家族や友人との思い出の写真すらもう見られない。

じんわりと涙が滲んできて、それを手の甲で拭う。でも、後から後から涙があふれてくる。

まだ実感はないくせに、会えないと思うと急に寂しくなった。

……聖女じゃないなら帰してほしい。

香月さんだってそうだ。いきなり誘拐されて、この国の人のために働いてくれなんて、そんなの形だけのお願いであって、実際には脅しみたいなものだ。もし断れば、きっとわたし達は生きていけない。いきなり放り出されたら、右も左も分からない状態でなんとかなるとは思えない。

……悪質だ……。

やけに豪華な天蓋をジッと見上げた。そうしていると次第に怒りが湧いてくる。

……なんか、凄くムカつく……。

泣いたって今の状況が変わるわけじゃない。

何より、こうして泣いているとなんだか負けたような気持ちになってくる。

そもそも、わたしはなんで聖女じゃないと判断されたのだろうか。

あの場にいた人達は誰もが香月さんを見ていた。

袖でぐいと涙を拭って、上半身を起こし、考える。

……目に見える何かがあるとか？

今度は自分の掌を見つめてみる。

この世界には魔法があるらしい。魔法なんてどうやって使うのだろうか。

掌に意識を集中させてみたけれど、何も起こらなかった。

「そんな簡単に使えるわけないかあ」

とにかく今はどんなことでもいいから情報を集めよう。

あの王太子とかいう男性の冷たい眼差しを思うと、いつまでここにいられるか分からないし、最悪、使えない人間に用はないと突然追い出される可能性もある。

まずはこの世界やこの国のこと、あと常識とかも知っておかないと。もし出来たら本も読んでみたいが、言葉が通じるとはいえ文字が読めるかどうかは分からないし、そうなったら文字も習う必要がある。その辺りはマリーちゃんに訊かないと。

「やれることはやってみよう」

そう考えればくよくよしてる時間はない。

ベッドから立ち上がって、手櫛で髪を整えつつ、マリーちゃんのいる部屋の扉を叩いた。すぐにマリーちゃんが出てくる。

「お、お呼びですか、サヤ様」

うん、と頷いた。

「マリーちゃん、明日からこの世界の常識とか、文字とか、色々教えてほしいんだけど、いいかな？」

と訊けば、マリーちゃんが驚いた顔をする。

「え、わ、私でいいのでしょうか……!? お願いすれば、きちんとした教師をつけていただけると思いますが……」

「私はマリーちゃんがいいな。ほら、いきなり沢山のこと習っても覚えられないし、最初にマリーちゃんからある程度教わってからのほうが安心でしょ？」

マリーちゃんは戸惑っていたけれど、改めてお願いすると頷いてくれた。

そうしてあれこれと話をしているうちに、外は完全に真っ暗になり、マリーちゃんが部屋の各所にあるランタンみたいなものに明かりを灯した。

それは魔法を使ったものらしく『炎よ灯れ』とマリーちゃんが唱えると、ポッと手元のランタンみたいなものの中に小さな火が現れた。

「うわあ、魔法だ……」

思わずまじまじと見たわたしに、マリーちゃんが「あ」と振り返る。

「サヤ様は魔法を見るのは初めてでしたか……!?」

「うん、面白いね。わたしにも魔法って使えるかな？」

「ええっと、その、サヤ様は使えないと思います……」

「え、なんで？」

香月さんが聖女、つまり聖属性の魔力を持つなら、同じ世界の人間のわたしだってなんらかの魔力を持っているのではないだろうか。

しかしマリーちゃんは眦《まなじり》を下げる。

「サヤ様からは魔力を感じません……。だから、多分、サヤ様は魔力をお持ちではないのではないかと、思います……。魔力がある者同士であれば、大体は魔力を感じられるはずなので……」

「え」

……わたし、魔法も使えないの？　それこそ本当にただの厄介者ではないか。

さすがに落ち込んでいると、マリーちゃんが慌てた様子で声をかけてくる。

「で、でも、魔力がない人や少ない人のほうが多いですから！　魔力持ちは大抵王族や貴族、豪商だったりしますし！」

わたしは平民の仲間って感じなのか。……いや、まあ、実際そうですけど？

「まあいいや、どうせわたしの世界には魔法なんてなかったし、使えないならそれでもいいよ」

ちょっと残念だけど魔力がないなら仕方ない。

「あ、そ、そうです、そろそろお夕食はいかがですか？　えっと、湯浴みも出来ますっ」

話題を変えようとしているのを感じたので、わたしもそれに乗っかることにした。

「じゃあ湯浴みをしてもいいかな？　食欲はないから、今夜はいらないと思う」

「わ、分かりました、すぐに準備します……！」

そうしてマリーちゃんが入浴の準備をしてくれた。

入浴のお世話を、と言われたけれど、それは丁重に断っておいた。他人に体を洗ってもらうなんて恥ずかしすぎる。

シャワーがなくて、体や髪をそれぞれ専用の石鹸で洗ったら、浴槽の湯を掬って流す。それから湯船に浸かった。

……異世界でもこうしてお風呂に入れて良かった。

落ち込んでいた気持ちが少しだけ浮上する。

浴槽から出て、タオルで髪や体を拭い、バスローブを着て部屋に戻る。

制服はともかく、下着だけは洗ってもらうことにした。部屋から出ないならバスローブだけでもいいだろう。

「あ、か、髪を乾かしますね……！」

椅子に腰かけたわたしの後ろにマリーちゃんが立って、また魔法の詠唱らしきものを行うと、手から温風が出た。それで髪を乾かしてくれる。

……ドライヤーみたいだなあ。

その後に丁寧にブラシで髪を梳いてもらった。

誰かにこうして髪を乾かしてもらうなんて小学生以来で、じんわりと切ない気持ちになった。

「は、はい、終わりました」

「ありがとう、マリーちゃん」

「いえっ、そんな、大したことではないですからっ。あ、明かりはまだつけておきますかっ？」

「ううん、もう消しちゃっていいよ」

マリーちゃんは新しい飲み物を用意してから、明かりを消して回ると、最後にぺこりと一礼して控え室に下がっていった。

それに手を振りつつ見送って、扉が閉まった後、立ち上がってベッドへ向かう。

ぼふ、とベッドへ寝転がった。

……あー、頭の中ぐちゃぐちゃ……。

靴を適当に脱いで、シーツの海に潜る。

色々と考えなくちゃいけないこともあるし、これからどうなるんだろうとか不安も大きいけど、とりあえず、今は寝る場所には困らない。

眠れないかと思ったが、横になると眠気がやってきて、わたしは目を閉じた。

………疲れた……。

＊＊＊＊

翌朝、優しく肩を叩かれて起こされた。

目を覚ました時、自分がどこにいるのか分からなくてぼうっとしてしまったが、マリーちゃんに声をかけられて思い出す。

「お、おはようございます、サヤ様」

……ああ、そっか、異世界に来ちゃったんだっけ。

「おはよう、マリーちゃん」

ベッドから起き上がり、縁に腰かける。

マリーちゃんがサービスワゴンらしきものを押して、わたしの前にやって来た。ワゴンの上には陶器の洗面器が置かれており、中に水が入っているようだった。

「こちらで、お顔を洗ってください」

そう言いながらわたしの髪を軽く纏めてくれたので、ありがたく顔を洗わせてもらった。水かと思ったが洗面器の中身はぬるま湯で、心地好い。

ぱしゃぱしゃと洗顔すれば、マリーちゃんが持っていたタオルで丁寧に顔を拭ってくれる。

「す、すみません……、本当なら化粧水をつけたり、お化粧をしたりするのですが、手に入らなくて……」

しょんぼりと落ち込むマリーちゃんに笑う。

「化粧水はあったら嬉しいけど、お化粧はしなくていいよ。どうせ普段からしてないし。……あ、それより着替えとか、あるかな……？」

……

「そ、それなのですが、すぐには用意出来ないとのことで、その、わ、私のもので恐縮なのですが……！」

と、マリーちゃんが服を差し出した。

ずいと目の前に出されたそれを思わず受け取る。

「え、いいの？　服借りちゃって大丈夫？」

マリーちゃんがこくこくと何度も頷いた。

「は、はい、大きさが合わなくて着ていなかった服なので。でも、一昨年のものなので、今年の流行りからは外れてしまっていますが……。それに地味ですし……」

服を広げてみれば、可愛いワンピースだった。

柔らかなモスグリーンで、大きな襟と袖は白地に黄色のラインが入っている。胸の下辺りでキュッと絞ってあり、膝下くらいまでの丈だろう。正面は胸元から下まで黄色のリボンがまっすぐ一列に並んでおり、全体的に普通に可愛い。

……これで地味なの？

他にも重ね穿きするのだろう白いスカートがあって、そちらは裾がちょっとだけギザギザのレースになっている。

「し、下着だけは新品のものをご用意いたしました！」

差し出された下着は、なんというか、裾を絞ったハーフパンツみたいな形をした白いものだった。なんだろう、このそこはかとないダサさ。

その下にはロング丈の薄いタンクトップみたいなものがあって、胸の部分は厚めに作られている。あと胸の下辺りがぐるっと厚手になっていて、紐がある。なんだかコルセットみたいだ。

それらを手にしたまま困っていると、マリーちゃんが服をベッドに置いた。

「その、お着替えを手伝わせていただいても……？」

控えめに訊かれて、頷いた。

「うん、どれがどういうものか説明しながら手伝ってくれる？」

「はい、かしこまりました……！」

まず、ハーフパンツみたいなのは元の世界で言うところのパンツだった。ドロワーズというらしい。なんだか聞いたことがあるなと思った。

それからタンクトップみたいなのもやっぱり下着で、胸の下の厚手の部分もやっぱりコルセットだった。その紐をマリーちゃんに容赦なく絞られた。

「腰が細いほど美しいと言われております……！　サヤ様は細身で羨ましいです……！」

……それならそんなに絞らないでほしい。

がっつり紐で絞られて、その上から白いスカートを穿いた。どうやら布地が重ねてあるようで、穿くと裾がふんわり広がった。その上にモスグリーンのワンピースを着る。ややコルセットが苦しいけれど、可愛いと思う。

「そ、それでは朝食を取りに行って参りますっ」

髪も纏めるか聞かれたけれど、このままでいいと返せば、マリーちゃんはそう言って洗面器の載ったサービスワゴンを押しながら出て行った。

壁にかけられた鏡で格好を確認する。

……わたしにはちょっと可愛すぎるかも？

これで地味らしいので、この世界ではもっと華やかな服のほうが人気があるのかもしれない。

しかしゴテゴテに着飾るのはあんまり好きではないし、これくらいで丁度いい気がする。

鏡から離れて、鏡台の前の椅子に座り、ブラシで髪を梳く。

……今日はどうしようかな。

このまま部屋に閉じこもっていても意味はないので、出来れば部屋の外に出てみたい。

髪を梳き終えて窓辺に寄る。

窓の外にはバルコニーがあったので、鍵を開けて、そこへ出てみた。

それからわたしがいた建物を振り返る。

……やっぱりお城だ。

眼下に街が広がっていて外壁なども見えたので、そうだろうとは思っていたけれど、わたしがいたのはお城だったようだ。むくむくと好奇心が湧いてくる。

……よし、出歩いていいなら、お城の中を見て回って、ついでに色々と情報を集めてみよう。

そんなことを考えていると室内からわたしの名前を呼ぶ声がした。マリーちゃんだ。

部屋に戻れば、わたしを見つけたマリーちゃんがホッとした顔をする。

けれども、すぐにしょんぼりと肩を落とした。

「サヤ様、申し訳ありません……」

謝罪されて首を傾げた。

「何が？　どうかしたの？」

「その、お食事のことなのですけれど……きちんとしたものを用意してもらえなくて……」

申し訳なさそうに言われて、わたしはサービスワゴンを見た。

そこにはパンとスープ、ちょっとしたサラダと少しの肉があるだけだった。

「酷いですよ！　サヤ様だって召喚された方なのに、こんな、使用人の食事の残りみたいなものだなんて!!　本来はきちんと用意すべきなのに!!」

怒るマリーちゃんに、まあまあ、と声をかける。

「もらえるだけマシじゃない？　わたしは聖女様じゃないんだし、お金をかけたくないっていうのも分かるしね」

それでも召喚した以上はきちんと責任を取るべきだと思うけれど、ここでマリーちゃんを責めるのは違う。彼女は何も悪くないのだ。

マリーちゃんが潤んだ目で「サヤ様……」と見返してくる。

「とりあえず、食事にしよう。あと、出歩いてもいいのかな？」

「は、はいっ。立ち入り禁止の場所もありますが、それ以外なら問題ないと思います……！」

「じゃあ案内してもらえる？　わたし、こういうお城って初めて来たから、せっかくだし、色々見て回りたいな」

マリーちゃんが大きく頷いた。

「わ、私でよろしければご案内いたします……！」

「うん、よろしくね」

朝食は冷たかったが、味は悪くはなかった。

＊　＊　＊　＊

この世界に来てから一週間が経ったが、わたしは何もせずに過ごしている。

結論だけ言うと、わたしはやはり厄介者扱いされているようだった。

香月さんは正式に聖女として認められたそうだ。

この世界には魔法があり、それを使うための魔力は属性というもので分類される。それは火・水・風・土・聖・闇の六属性で、自身の持つ属性の数が多いほど素晴らしいと言われている。

そして香月さんは五属性持ちなのだとか。これはかなり凄いことらしい。

魔法に優れている王族や貴族でも三属性や四属性くらいなので、五属性も持っている香月さんは特別な存在だと言われているようだ。さすが聖女様、と誰もが彼女を崇《あが》めている。

一方、わたしは聖女様と同じ世界から来たのに魔力すらない役立たずという認識だ。

そんなわたしが毎日城中をうろちょろしているので、かなり白い目で見られている。

ちなみにお化粧品や服、食事が適当なのは、わたしがなんの役にも立たないと分かっているから雑に扱っているのだ。

……気持ちは分からなくはないけどさあ。

そっちが勝手に召喚して巻き込んだんだから、たとえ役立たずだったとしても、それなりに生活を保障するのは当然の責任ではないだろうか。

確かに寝る場所や食事は与えられているけれど、逆を言えば、それ以外は全部マリーちゃんがいてくれるからなんとかなっている状態だ。マリーちゃんがいてくれて本当に良かった。

あと、わたしが出歩く時には騎士が一名ついてくる。名目上は護衛らしいが、やる気のなさそうな様子なのに必ずついてくるので、多分、監視の意味合いもあるのだろう。

騎士には話しかけても無視されるので、わたしもすぐに話しかけるのをやめた。

「見て、また『聖女様のオマケ』がうろついてるわよ」

「毎日毎日、暇そうでいいわよね。私達は仕事で忙しいのに」

「聖女様はさっそくこの国について勉強なさっているそうよ」

「まあ、さすが聖女様！　どこかの『オマケ』とは大違いね」

お城の中を歩き回るとヒソヒソ陰口を叩かれるが、そんなことを気にしていたら何も出来なくなってしまうので、鬱陶しいがこちらも無視している。

どうせわたしが何か言い返したところで「『聖女様のオマケ』の分際で生意気だ」とでも言われるのが簡単に想像出来たし、余計に悪口が酷くなるだけだろう。

今のわたしは、午前中はマリーちゃんに常識などを教わって、午後はふらふらと城内を散歩する生活だ。

ありがたいことにこの世界の文字の読み書きは出来た。見たこともない文字なのに、何故か読めて、書こうとすると自然と手が動く。もしかしたら召喚された時の特典みたいなものなのかもしれない。言葉も通じるし、読み書きも出来るなら、放り出されたとしてもなんとかなりそうだ。

ちなみにこれらの言葉や文字はこの世界の共通語らしい。どの国も同じ言葉と文字を使っているそうだ。

今日も、あてどなく城内を散策して時間を潰していたら、茂みの向こうから話し声が聞こえてきた。どうやら訓練中の騎士達が休憩しているようだ。

「二週間後に帝国から使者が来るらしいぞ」

……帝国？

「それって聖女様に会いに来るってことか？」

「多分、そうだろう。ほら、今回の聖女様の召喚には帝国から魔法士を借りていたから。その魔法士達も使者と一緒に帰るらしい」

「ああ、そうだっけな」

そこで一人の騎士が不思議そうに言う。

「魔法士を帰すだけなら使者は必要ないよな？」

「それなんだけどさ、もしかしたら帝国も聖女様が欲しいんじゃないか？　確か、帝国の今の聖女様って結構なお歳らしいし、そろそろ次の聖女候補を探さないとまずいだろ？」

「でも、うちだって聖女様がいなくなったら困る」

「そうだよな。だけど、帝国の魔法士なしじゃ聖女様を召喚出来なかったから、もし聖女様の派遣を要請されても王国は断れないだろうし……」

ふと茂みの向こうが静かになる。

「おい、訓練を再開するぞ！」

という声と騎士達の返事が聞こえ、足音が遠ざかって行った。

……………帝国、か。

このままこの国にいるより、他国に逃げたほうがいいのかもしれない。

これからもわたしはずっと『聖女様のオマケ』と呼ばれ続けるのだろうし、どうせ扱いも変わらない。なんとかして他国へ行けないだろうかと歩きながら考える。

二週間後に来るという帝国の使者は、聖女である香月さんに会うためにこの王国を訪れる。

マリーちゃんに尋ねてみたら、王国は帝国と同盟を結んでいて、今回の聖女召喚の際も王国では魔法士が足りなかったため、帝国も協力して魔法士を派遣してくれたのだとか。

……うーん、さすがに帝国に責任は問えないよね。でも魔法士を派遣した件は使えるかも。

あくまで主導は王国のはずだが、魔法士を貸していたことでこの召喚には帝国も関わっていることになる。それを足掛かりになんとか話が出来ないだろうか。

……とりあえず、まずは近付いて様子を見てみようかな。

＊　＊　＊　＊　＊

夜、ベッドに寝転がって本を読む。

わたしは蔵書室に入れなかったが、マリーちゃんは入れるということで、本を何冊か持って来てもらったのだ。恐らく、わたしは身元も不明で信用されていないからだろう。

今読んでいるのは魔法に関する本だ。魔力のないわたしが魔法の本を読みたいと言っても、マリーちゃんは嫌な顔一つせず、分かりやすい本を選んできてくれた。

……魔法は想像力が大事ねえ。

魔法を使うには、魔力と詠唱と想像力が必要らしい。まず、魔力を感じることが重要で、全身の血管を意識して、体の中心から血管を通って魔力が全身へ流れる様をイメージする。

「魔力の流れるイメージって何？」

……血みたいなものなのだろうか。

つい、魔力がないと分かっていても、試してみたくなる。

ベッドから起き上がり、本を片手に、部屋の広い場所に立つ。

体の中心とは恐らく心臓だろう。この世界では、そこから血が流れるように魔力というものが血管を通して全身に流れていると仮定する。

目を閉じて、右掌を上へ向ける。

心臓から右掌までが血管で繋がっていて、そこに魔力が流れ、掌に溜まる。

血が流れて掌の上で水球になる様を想像する。

……あれ、なんか、掌がちょっと温かい気がする。

目を開けてみても、右手に変化はない。気のせいだろうかと思いつつ、本を読み進める。

魔力が集められたら使いたい魔法の詠唱と共に、魔法が発動した時の様子を想像する。ここに書いてある詠唱は火属性の魔法のようだ。

……えっと、使いたい魔法を想像……。

掌の上で炎が燃え上がる様をイメージする。

『炎よ、燃えろ』

ボウッと音がして、掌の上に炎が現れた。

それは四十センチほどの大きなもので、ビックリして手を握ると、一瞬でジュワッと消えた。

「……え、魔法、使えちゃったんだけど……？」

わたしには魔力がないとマリーちゃんは言っていた。

でも、今、確かに火が出た。試しにもう一度、今度はライターの火をイメージして詠唱を行うと、指先にポッと可愛らしい火が灯る。指先がほのかに温かい気がする。

まじまじとそれを見た。

「どういうこと……？　わたし、本当は魔力があるの？」

本のページを捲っていくと、魔力を測定する魔法というのが書かれていた。

部屋に置かれていた紙とペンを拝借して、紙に魔法陣を描いてみる。

置いてあった果物用のナイフで指先を僅かに切って、魔法陣に血をつけた。

瞬間、パァアアァッと魔法陣が強く輝いた。

「眩しっ」

輝いたのは数秒のことだったけれど、あまりの眩しさに目がシパシパする。

本には「光が強いほど魔力が多い」と書かれていた。

……結構、魔力があるってことだよね？

傷ついた指を口に入れつつ、魔法陣を描いた紙を暖炉に放り込んだ。

暖炉で燃やせば証拠は残らないだろう、と紙を見れば、ポッと火が灯った。

……わたし詠唱してないよね!?

呆然と燃える紙を眺めた。どういうわけか分からないけれど、わたしは相当な魔力があるにもかかわらず、他の人にはそれを感じ取ることが出来ないらしい。

……これ、帝国に亡命する取引材料にならないかな？

聖属性魔法が使えなかったとしても、魔力量が多くて、無詠唱で魔法が扱える。

ここ一週間、城内を見て回ったけれど、誰もが詠唱を行って魔法を使っていたので、無詠唱で魔法が使えるというのはかなり良いアドバンテージになるのではないだろうか。

「よし、こっそり魔法の練習してみよう」

そして帝国の使者に接触してみよう。

＊　＊　＊　＊　＊

この世界に来てから三週間。

質素な食事を食べ、毎日城内を歩き回って、夜はこっそり魔法の練習をしていたら、何故か一気に痩せた。そのことにわたし自身も驚いたが、マリーちゃんに至っては悲しそうな顔をしていた。

「や、やっぱりきちんとしたお食事が取れないから、心労でこんなにお痩せになってしまって……」

と、言われたが多分違う。

魔法の練習をした後は凄くお腹が減る。間食も出来ないので我慢しているが、魔法を使うと体力か何かを使うのだろう。質素な食事も一因かもしれないけれど、毎晩魔法の練習をしているせいで、足りない分のエネルギーとして脂肪が燃やされているのではないかとわたしは考えている。

でもおかげで魔法の扱いにも慣れてきた。

やはりわたしは無詠唱で魔法が使える。こうしたいと考えるだけで使えるのだが、これはかなり凄いことだと思う。

だけど、これを王国に知られたくはない。もし王国がこのことを知ったら、聖女扱いはしなくとも、何かに利用される可能性が高い。わたしはこの国のために汗水垂らして働く気はない。

「そういえば、今日、帝国の使者が来るんだよね？」

マリーちゃんに訊けば、頷き返される。

「は、はい、そのようです」

「……ねえ、マリーちゃん、これは相談だけど、その使者の人達に接触出来ないかな？」

「え!?」

驚いた顔でマリーちゃんがわたしを見る。

「このままここにいても、いつ追い出されるか分からないし、ずっとこのままでいるわけにもいかないから、帝国に行ってみたいんだよね」

朝食を用意していたマリーちゃんの手が止まっている。

「お、王国を出て行かれるのですか?」

「うん、ここだとわたしは『聖女様のオマケ』って馬鹿にされ続けることになるでしょ? そんなところにいるより、別の国で新しい人生を過ごしたいなーって」

マリーちゃんが押し黙った。

わたしがメイドや騎士達から『聖女様のオマケ』と呼ばれて白い目で見られたり、馬鹿にされたりしていることは彼女も知っている。それについてはわたしよりも、きっとマリーちゃんのほうがずっと詳しいだろう。ここにいても、わたしは幸せにはなれない。

マリーちゃんが俯いた。

「申し訳、ありません……」

「マリーちゃんが謝ることじゃないよ。むしろ、マリーちゃんには凄く良くしてもらってる。いつもありがとう」

「そ、そんなの当たり前のことです……!」

マリーちゃんは泣き出してしまった。

「サヤ様は何も悪くないのに、巻き込まれただけなのに、なんでこんなに酷い扱いをされなければならないんですか……！　私は悔しいです……!!」

この三週間、ずっとマリーちゃんはわたしに付き添って色々と教えてくれたり、城内を案内してくれたりした。王国はどうでもいいけど、マリーちゃんだけは好きだ。

「で、でも、使者の方々と会っても、帝国に連れていってもらえるかどうか……」

それにわたしは笑い返した。

「一応、策は考えてあるよ」

それが通じるかどうかは分からないけどね。

＊　＊　＊　＊　＊

帝国の使者であり、現皇帝の弟であるディザーク＝クリストハルト・ワイエルシュトラスはドゥニエ王国に行くために転移門へ向かっていた。

ドゥニエ王国では前聖女が亡くなって数ヶ月が経ったにもかかわらず国内で聖女を見つけることが出来ず、他国からの派遣も得られなかったため、先日召喚魔法を行うこととなった。

召喚魔法とは、異世界より聖人、もしくは聖女を喚び出す魔法である。

しかし召喚魔法を行うには魔法士が足りないというので、帝国は同盟国である王国へ魔法士を派遣した。派遣した魔法士からの手紙によると、召喚魔法は成功したらしい。

ドゥニエ王国は無事、聖女を手に入れた。

国境を接する帝国としても、王国の民が魔物に襲われてこちらへ難民として逃げ込んできても対応に困るため、そのことには安堵した。だが、問題もあった。

召喚魔法で喚び出された少女は二人いたそうだ。

片方は聖女ユウナ・コウヅキ。一目で分かるほどの多くの魔力を有し、王国の調べによると非常に珍しい五属性持ちである。聖女が現れたことに王国の民は大喜びしているだろう。

だが、問題はもう一人の少女だ。

報告によると、もう一人の少女は召喚に巻き込まれた一般人らしく、魔力は欠片も感じられなかったという。そうして、王国はその一般人の少女をほぼ放置している。

意図しなかったにせよ、巻き込んで喚び出してしまったのだから、本来であれば王国が責任を持ってその少女も保護しなければならない。しかし、王国はそれを怠っているという。

帝国は魔法士を貸したが、召喚魔法についてはもっと深く考えるべきだった。

……まさか聖女でない者まで巻き込まれるとは……。

王城では、聖女ではない少女を誰もが『聖女様のオマケ』と馬鹿にして、役立たずの厄介者だと陰で嘲笑っているらしい。

少女の名前は報告にはなかった。少女には新人らしき若いメイドと、監視役らしい騎士が一名ついているだけ。いつ見ても流行りの過ぎた地味な装いをしているという。

王国の気持ちも分からなくはない。

召喚した聖女に余計なものがついてきた。魔力もなく、何も出来ないのに金はかかる。

……だが少女は巻き込まれただけだ。何も悪くない者にする仕打ちではないだろう。

そう思うと王国の不誠実な対応に不快感を覚えた。

一般人の少女は真っ黒な髪をしているらしい。

たとえ魔力がなかったとしても、帝国ではそれだけで価値がある。もし王国が少女を不要と言うのであれば、帝国に引き取るつもりだ。

帝国ならば少女を粗末に扱うことはないから、少女ももう少し心穏やかに過ごせるだろう。

ただし、その場合は少々面倒な立場となってしまうが……。

今回の訪問は聖女と、その少女に会うことが目的だ。

……帝国への聖女の一時派遣を王国が受け入れるかどうか。恐らく、難色を示す。

王国にしてみれば、帝国の手は借りたものの、聖女を帝国に送り出せば聖女が王国を捨ててしまうかもしれないと考えるだろう。帝国はこの大陸随一の国土と文化を持つ豊かな国だ。

「殿下、転移門の準備は整っております」

門を管理している宮廷魔法士の言葉に頷いた。

「では行って来る」

聖女の件は兄の側近を連れて来ているので、そちらに一任すればいい。

それよりも自分にとっては黒髪の少女に会うことのほうが優先事項である。

ディザークはどうやってその少女と接触するか悩みつつ、門に足を踏み入れたのだった。

＊＊＊＊＊

「サ、サヤ様、帝国の使者様方と国王陛下との昼食会が終わったそうです」

マリーちゃんの言葉にベッドから跳ね起きる。

「どこかで会えそう？」

「その、帝国の騎士と王国の騎士とで交流を深めるために親善試合を行うそうですっ」

「そこに行ってみよう」

ベッドから立ち上がって、スカートのしわを伸ばす。

今日は帝国の使者に接触するために、制服を着て、ずっと待っていた。

使者が到着したのは午前中のことだったようで、昼食会を経てのようやくのチャンスだった。

この世界でこの制服は非常に目立つだろう。

マリーちゃんには「足を出しすぎでは……」と微妙な顔をされたけど、今回は目立つことが大事なので、むしろ注目を集める格好のほうがいい。

「どこにいると思う？」

「お、恐らく第一騎士団の訓練場かと……。先ほど、第一騎士団の騎士達が試合について話しておりました」

「そっか、ありがとう」

髪を手櫛で整えて、マリーちゃんを連れて部屋を出る。

当たり前のように騎士が一名、ついて来る。時間的にはいつもの散歩の時間と同じくらいなので、多分それだと思われているだろう。

まっすぐ目的地に向かうと怪しまれるかもしれないので、最初はふらふらと別の場所に寄る。

あちらこちらを眺めながら当てなどなさそうに歩く。

わたしの後ろをやや離れてついて来る騎士は面倒臭そうな顔をしていた。

中庭に出て、花を見ながら歩いていると、離れた場所から歓声が聞こえてくる。

「なんの声？」

わたしの言葉に、マリーちゃんが「だ、第一騎士団のほうからですね」と返した。

歓声に釣られるようにそちらへ進む。意外にも騎士に止められることはなかった。

第一騎士団の訓練場に行くと、騎士達が大勢集まっていて、ずいぶんと人が多い。

……うーん、見えない。

人垣の後ろからジャンプしてみるが、この世界の人達は総じて背が高いのであまり意味がない。

多分、この向こうに使者達がいるのだろう。

どうしようと思っているとマリーちゃんが振り向いた。

「サ、サヤ様、こちらです……！」

いつもは気弱なマリーちゃんがわたしの手を引いて、騎士達の中へ突入していく。

彼らはわたしを見ると怪訝そうな顔をしたが、関わりたくないのか避けてくれたため、マリーちゃんとわたしは前へ進む。

が、最前列まで行ったと思った瞬間、ドンと後ろから誰かに突き飛ばされた。

このままでは、マリーちゃんごと転んでしまう。

咄嗟にそう判断して手を離せば、わたしは前方の地面に両手と膝をついた。

……痛っ……。

掌に痛みを感じるのと同時に、背後では小さく押し殺したような笑い声がいくつもして、わたしはわざと押されたのだとすぐに気付いた。嘲り交じりの笑い声は引き続き聞こえてくる。

「『聖女様のオマケ』はこの国には要らないんだよ」

「何も出来ないくせに、いいご身分だよな」

羞恥と怒りと悔しさで、手を握り締める。掌と膝からじんわりと痛みが広がった。

「──……大丈夫か」

上から聞こえた低い声に顔を上げる。

そこには、眉間にしわを寄せた若い男性が立っていた。

藍色とも暗い青とも言える短い髪を軽く後ろに流し、見下ろしてくる切れ長の瞳は紅い。

整った顔立ちは精悍で、切れ長の鋭い目元には、やや近寄りがたい雰囲気がある。

背は高く、差し出された手も大きくて、軍服と思われる黒色の服を纏っている。

目が合った男性の眉間にしわが増える。とても不機嫌というか、不愉快そうな表情だ。

その男性は私に手を貸して立たせると、何故か掌や膝の傷を魔法で治してくれた。

想定外のことに慌てて、色々と感情がごちゃ混ぜになって涙が出てきて、それでも今しかないと藍色の髪の男性と繋がっていた手に魔力を流せば、男性はそれに気付いたようだった。

「貴様は聖女と共に召喚された娘か？」

面食らったわたしにかまわず、藍色の髪の男性は「アルノー」とわたしを治療した茶髪の男性に声をかける。

「お前はここに残って他の者達に指示を出せ。俺は客人と部屋に戻る」

「了解しました～」

藍色の髪の、恐らく帝国の使者だろう男性に軽く手を引かれる。

どこへ行くつもりかは分からないが、このまま放り出されるわけではないようで安心した。

帝国の使者は王国の者達とは違って優しいようだ。

大きな手に引かれて、わたしはついて行った。

……本当はもっと違う形で接触したかったのに。

きちんと挨拶をして、話をして、その上で魔力のことについて説明したかった。

……あと、貴様呼びはさすがにどうかと思う。

＊＊＊＊＊

すん、すん、と後ろから小さく音がする。

それを聞きながら、ディザークは出来る限りゆっくりとした歩調で歩いて行く。

どうすれば接触出来るだろうかと考えていた黒髪の少女は、驚いたことに自分のほうからこちらに接触し、ついて来た。

……それにしても、不愉快な奴らだ。

この王城の者達がこの少女を良く思っていないのは知っていたが、まさか、突き飛ばすとは。

黒髪の少女は思っていたよりも小柄で、細く、ディザークを一度見上げた瞳もほぼ黒に近かった。

瞳まで黒いとは知らなかったが、光を反射させる黒い瞳も、髪も、まるで夜を切り取ったようだ。

すぐに俯いた少女の掌と膝には擦り傷が出来ていて、少しだけ聖属性魔法を扱える副官のアルノーに治療させたが、少女は泣き出してしまった。傷が痛かったから泣いたというわけではないだろう。

泣きながらも、摑んだ手から流れ込んできた魔力に驚いた。

魔力がないという報告だったが、どうやら、それは間違いであったようだ。

流れ込んできた魔力はかなりの量があり、娘の魔力量の高さが窺えた。

娘は何か理由があって魔力を隠しているのだ。

だが、思えば、それも当然なのかもしれない。

突然異世界に喚び出され、聖女ではないからと粗雑な扱いをされて、周囲の者達には馬鹿にされて、そんな状況では周りの者達を信用出来るはずもない。

黙ってついて来る少女の後ろを、ディザークの部下数名と気の弱そうなメイドが追いかけてくる。

更にその後ろに王国の騎士が一名いた。報告にあったメイドと騎士だろう。

帝国の使者のために用意された貴賓室に到着し、ディザークは振り向いた。

「王国のメイドと騎士はここで待て」

メイドが「え」と少女を見たが、少女が頷けば素直に一歩下がった。

だが騎士は譲らなかった。

「私は護衛を任されており、離れることは出来かねます」

その言葉にディザークは目を眇めて騎士を睨んだ。

非難と不快感を織り交ぜた鋭い視線に、騎士は怯んだ様子であった。

「護衛対象が突き飛ばされても、嘲笑われても、何もしない者が護衛だと？　己の責務を果たさぬ騎士に用はない」

部下達が騎士を下がらせ、別の部下が扉を開けた。

ディザークは少女の手を引いて部屋に入る。護衛の部下が二人入り、扉を閉めた。

「これで監視はない」

そう言えば、少女の肩がホッとしたように少しだけ下がった。

ソファーに座らせ、ディザークもその向かいのソファーに腰かけた。部下達が後ろに立つ。

「自己紹介が遅れた。俺はディザーク＝クリストハルト・ワイエルシュトラス。ワイエル帝国の皇弟であり、今回は帝国の使者の纏め役でもある」

「……こうてい？」

聞こえてきた声は意外にも落ち着いていた。

「皇帝陛下の弟という意味だ」

まだ潤んでいるが、黒い瞳がまっすぐに見つめてくる。

大抵の者はディザークが皇弟だと知ると、すり寄ってくるか、逆に身分の違いに恐縮して離れるかだったが、少女の目はただディザークを見るだけだった。

皇弟と知ってもこうして正面から見つめてくる視線には好感が持てる。ディザークのことを恐れず、一人の人間として捉えているのが感じられて、憐れだという感情以外に、少女自身への興味が湧いた。

報告を読む限りでは黙って虐げられているように感じられたが、実際は違うのかもしれない。

「わたしは篠山沙耶です。篠山が家名で、沙耶が名前です。……サヤって呼んでください」

「そうか。ではサヤ、貴様は魔力持ちだな？」

「はい」

少女、サヤがしっかりと頷いた。

「報告では魔力はないと書かれていたが、隠していたのか」

「ここの人達はわたしを役立たずだと思って馬鹿にしています。もし魔力があると知られたら、何に利用されるか分かりませんでしたから……。わたしは聖女じゃないので……」

なるほど、と思う。いくら魔力があったとしても、聖女でなければ敬う必要はない。きっと王国はサヤを使い潰そうとするだろう。これまでの扱いを改めるとも思えない。これまでの粗雑な扱いに、サヤも色々と感じるものがあったはずだ。

「わたし、帝国に行きたいんです」

サヤが右手を上げた。瞬間、その掌にボッと炎が現れた。

部下達が剣を構えたので、手で制する。

「……驚かせてすみません。でも、わたしは詠唱を使わずに魔法が出せます。魔力もそれなりにあると思います」

確かに今、サヤは詠唱を行わなかった。

無詠唱で魔法を扱える人間など、ディザークが知る限り、一人もいない。

……サヤは聖女ではないと報告があったが……。

たとえ聖女ではなかったとしても、無詠唱で魔法を扱える上に魔力量も多いとなれば、優れた魔法士となる可能性が高い。

「お願いします。帝国に連れて行ってください」

サヤが炎を消してこちらへ頭を下げる。

「ここには、王国にはいたくないです。きっと、わたしが無詠唱で魔法を使えると言ったとしても、ここでの待遇は良くならないと思います」

「帝国になら、利用されてもいいと？」

「王国に利用されるくらいなら、帝国と利害の一致で利用されたほうがまだマシです。……この国の人々はわたしを『聖女様のオマケ』と蔑んでいますから」

サヤの願いは、帝国としては良いものである。優れた魔法士になりそうという点でもそうだが、その黒い髪と瞳もまた、重要だった。

先ほどの王国の騎士達を思い出す。

……ここにいても、サヤは苦しむだけだろう。

摑んだ手の細さがまだ、掌に残っている。

「帝国としても貴様の状況には少なからず責任を感じている」

「わたしの状況、ですか？」

「ああ、召喚魔法など安易に行うべきではなかった。帝国としてもそれに手を貸すより、もう一度、周辺国と協力して聖女を派遣するなり、新たな聖女を探すなり、別の道を選ぶべきだった。……まさか一般人が巻き込まれるとは思っていなかった」

召喚魔法で現れるのは聖人か聖女だけ。そう王国側からは言われたが、もしかしたら、これまでの召喚でも、ただ名が記録されなかっただけでそういった者がいたのかもしれない。

サヤのように虐げられて一生を終えた者がいたのかと思うと、帝国が魔法士を貸したことも間違いだったのではとも思う。

「もっと、召喚については慎重になるべきだった」

サヤが目を瞬かせ、そして笑う。

「この国の人達にあなたの爪の垢を煎じて飲ませたいです」

言葉の意味は分からなかったが、笑った顔に暗い影はない。

「帝国としてはサヤの受け入れは構わない。が、一応貴様の身は今のところは王国預かりだ。一度王国と話し合わねばならん」

「ここの人達は喜んでわたしを捨てると思いますよ」

「そうだろうか？　帝国が欲しいと言えば、何かあるのではと邪推して渡すのを渋るかもしれない」

そこまで言ってディザークは一瞬黙った。

ここで兄の策を使うのが確実なのは分かっているが、歳若い娘に強いる内容ではない。

サヤを見れば、不思議そうに見返される。やむをえまいと口を開いた。

「一つ、確実に連れ帰る手段がある」

だが、それにはサヤの同意も必要だ。

「どんな方法ですか？」

ディザークはまた少し躊躇《ためら》った。

見たところ、サヤは十代半ばほどだろう。成人していないのは確かだ。一方、ディザークは二十二歳で成人している。

他国の男が女を自国に連れ帰るのに最も簡単で、確実性の高い手段。それは……。

「俺の婚約者になることだ」

サヤがキョトンとした顔をする。

ややあって、意味を理解したのか驚きに目を見開いた。

「え、婚約って結婚しますって約束するアレ!?」

「そうだ。俺がサヤを見初めたから帝国に連れ帰りたいと言えばいい。幸い、俺は結婚もしていなければ、婚約者もいない身だ。疑われはしないだろう」

黒い瞳がぱちぱちと瞬いている。

「そこまでする必要があるんですか……？」

サヤの戸惑いは当然のことだ。しかし帝国としてもサヤを、黒を有する者を欲しいと思っているので、これはある意味でどちらにとっても良い条件だ。サヤは王国を出られて、帝国は黒髪の者を手に入れられる。

「ここでは理由を説明出来ないが、我が国は黒を持つ者を欲している。サヤは髪も瞳も黒い。帝国としても、サヤが来ることは願ってもないことだ」

サヤは考えるように俯き、しばし黙った。

けれども、覚悟を決めた様子で顔を上げる。

「分かりました。あなたの婚約者になります。だから帝国に連れて行ってください」

その言葉に、ディザークは深く頷いた。

「あ、でも一つだけお願いがあります。わたしのこと『貴様』って呼ぶのはやめてください」

ディザークは言葉に詰まった。そんなことを面と向かって言われたのは初めてだった。

これまで男ばかりの軍隊で過ごしていたせいか、荒い言葉遣いが染み付いていた。

それについて指摘されたことに驚いたが、不思議と不快感はなく、むしろはっきりとした物言いに清々しさすら感じた。こちらを恐れたり、必要以上にへりくだったりしないところが話しやすいとも思う。

「……ではなんと呼べばいい？」

「名前で呼んでください。お前とかでもいいですけど、その『貴様』って呼び方、威圧感があってちょっと苦手です。怖くないけど良い気はしません」

「今後は気を付ける」

ディザークはまたもしっかりと頷き返したのだった。

＊　＊　＊　＊　＊

「ところで話は変わるのだが、聖女召喚の際に一般人も巻き込んだという報告を聞いた。その一般人の少女を帝国で引き取りたいと考えている」

ドゥニエ王国の王太子、ヴィクトール＝エリク・ドゥエスダンはワイエル帝国の皇弟に対し、思わず「……は？」と返してしまった。

現在、王城の応接室にてワイエル帝国の使者とヴィクトールとの間で聖女の派遣に関する話し合いが行われていた。

聖女ユウナはこの世界でも珍しい五属性持ちで、しかも、聖属性にかなり適性がある。恐らく、魔法の訓練を続ければ優秀な魔法士になれるし、聖女としての才能も開花していくことだろう。そうなれば王国としては安泰だが、帝国もユウナに目を付けた。

帝国は召喚の際に魔法士を貸したのだから、今後帝国の聖女が亡くなり次代の聖女が見つからない場合はユウナを派遣してほしいと申し出てきた。

正直なところ頷きたくはない。

ワイエル帝国はドゥニエ王国よりも発展している。文化も、生活水準も、流行りさえも帝国はいつだって他国の先駆けとなっている。

帝国に一度でも行ってしまえば、ドゥニエ王国との差にユウナも気付くだろう。

ドゥニエ王国は周辺国の中でもそれなりの国力を持っているが、帝国と比べれば領土は半分もなく、それ以外の魅力的な面はほとんどと言っていいほどない。ユウナが帝国に行きたいと言い出した時、ドゥニエ王国にはそれを止める術がないのだ。

どこの国でも王家より聖女の意思が尊重されるため、もしもユウナがこの国を出て帝国に行くと言えば、あちらは喜んで招き入れるだろう。

……聖女の流出だけはなんとしても止めなければ。

だが、中堅国家の一つに過ぎないドゥニエ王国が、大陸の王者である帝国に強く出られるはずもない。

どうにか話し合いを続けた結果、帝国の聖女が亡くなってどうしても次代が見つけられなかった場合のみ、短期間だけ派遣し、そのたびに必ず王国に聖女ユウナを帰すという条件をつけるのがやっとだった。

「召喚のために我が国から魔法士をお貸ししたのですから、そちらから派遣くらいはしていただいてもよろしいのではないでしょうか」

という帝国の使者の嫌味にも取れる言葉が不愉快だったが、正論なので言い返すことが出来なかった。

そうしてやっと使者との話し合いを終えたところで、皇弟ディザーク＝クリストハルト・ワイエルシュトラスに黒髪の少女の件を切り出されたのである。

ヴィクトールは一瞬固まった。

ユウナと共に召喚された一般人と言われて、誰のことか、本当に分からなかったのだ。

しかし次の瞬間には珍しい黒髪を思い出した。

「あ、ああ、あの魔力のない者ですか……」

ユウナが膨大な魔力を有していた一方で、同じ世界から来たはずなのに欠片も魔力を感じられない黒髪の娘に、ヴィクトールはまったく興味がなかった。

……そういえば、あれからあの者はどうしたのだったか……。客間に連れて行って世話をするよう指示したはずだが、それから報告は受けていない。

皇弟の眉間にしわが増える。

……この方はいつも、不機嫌そうな表情だ。

皇弟は生真面目で武骨で、軍人らしい人物である。少々堅いところはあるが物事に対して常に誠実で、何かしらの信念を持っている。ヴィクトールはそんな皇弟の真面目な一面には好感を持っていたが、同時に、威圧的なところが少し苦手でもあった。

「ああ、その魔力なしの娘だ」

「何故、とお訊きしてもよろしいでしょうか？　帝国とて、あのように魔力のない者を連れ帰っても益はないと思いますが」

それともあの者には何か利用価値があるのだろうか。もし、そうだとしたら帝国に引き渡すのは惜しい。

だが皇弟はこちらをまっすぐに見ながら言う。

「俺の婚約者にしたいと考えている」

ヴィクトールは自分の耳を疑った。

「あ、あなたの婚約者に、ですか……」

思い出してみても、黒髪の娘の顔を思い出せない。記憶にないということはユウナよりは美人でもなければ可愛らしくもないということだろうが、覚えているのは黒髪だったという点だけだ。

「ああ、昨日偶然出会って、しばし共に過ごしたのだが、なかなかに話が合ってな。俺もそろそろ身を固めねばならんが、下手なしがらみを持たぬためにも出来ればどことも繋がりのない者が望ましい。あの娘は見目も悪くないし、ここにいるよりは帝国のほうが居心地も好いだろう」

皇弟の言葉にヴィクトールは訊き返した。

「しかし、我が国で召喚した者なので、あの者は我が国に属する扱いとなっております」

「そのわりには随分聖女と扱いに差があるようだが。区別するのは大事だが、差別するのは問題ではないか？　召喚に巻き込まれた者ならば、手厚く保護するべきだと俺は思うがな」

「我々はきちんと保護しています」

皇弟の目が眇められる。

「では何故、あの娘はあんなに痩せている？　今日は流行りの過ぎた服を身に着けていた。それに髪も肌も手入れが行き届かず、食事もまともなものは食べていないようだったが？」

「そんなはずは……」

そこまで言いかけて、ヴィクトールはふと、自分がその巻き込まれた娘の扱いをどうするか明確にしていなかったことに気が付いた。客室に通せと言ったので、客人としての待遇はなされているとばかり思っていたのだ。けれども、本当に客間に通されただけだったとしたら？

「メイドが一名、やる気のない護衛騎士が一名。ドゥニエ王国の客人への対応はそういうものだと、そう捉えてもいいということか」

ヴィクトールはハッとして首を振った。

「いいえ、違います。そのようなことはありません。どうやら使用人との間に誤解が生じていたようです。巻き込まれた者の待遇については改善いたします」

「いや、その必要はない。先ほども言ったが、我々が帰国する際に俺の婚約者として我が国に連れて帰る。本人もそれに同意している。この国に未練はないそうだ」

そこまで言われてしまえば、ヴィクトールがこれ以上何を言っても意味などないだろう。

……どうせ魔力もなく、特別に見目の良い娘でもない。下手に拒否して帝国との間に軋轢を生むのは避けるべきだ。

「分かりました。我が王には私からお伝えしておきます。許可が出るのであれば、どうぞ、お連れください」

皇弟が「そうさせてもらう」と答え、立ち上がる。使者も一礼してその後を追った。

巻き込まれた娘は役に立たないのだし、王城にいつまでも残しているよりずっと良いはずだ。

そのはずなのに、何故か、砂を握っているような妙な感覚を味わう。何かを摑み損ねたような、奇妙な感覚だった。

扉が閉まり、部屋に残されたヴィクトールは軽く首を振って立ち上がった。

……ユウナに会いに行こう。

彼女にも同郷の者が他国に行くと告げておく必要がある。

それに、ヴィクトールは少なからずユウナに対して好意を感じていた。

この三週間、明るく、優しく、朗らかな彼女を見て接しているうちに、特別な想いを抱き始めていたのだ。

＊　＊　＊　＊　＊

皇弟殿下の婚約者になることには頷いたものの、わたしの中では少し引っ掛かる点もあった。

……帝国はどうしてそこまで黒にこだわるんだろう。

婚約とは、結婚を約束するということで、簡単な話ではない。

わたしも承諾する前に悩まなかったと言えば嘘になる。それでも、相手が皇弟殿下だったことから、この人の婚約者になればさすがに酷い扱いはされないだろうという打算が働いた。

……なんかトントン拍子に進んでるなあ。

たった二日しか経っていないのに、わたしを取り巻く人々が変わっていった。

まず、護衛が増えた。帝国の騎士達だ。相変わらず例のやる気のない騎士が一人交じっているが、帝国の騎士達の中で居心地が悪そうである。この騎士はドゥニエ王国に置いていくつもりだ。

ちなみにマリーちゃんはついて来てくれることとなった。

「わたしは帝国に行くけど、マリーちゃんはどうしたい？　王国に残る？　それとも一緒に来る？

皇弟殿下は侍女を連れて来てもいいって言ってくれてるし」

そう訊くとマリーちゃんは意外にも即答した。

「サヤ様について行きます！　私、怒ってるんですっ。サヤ様に酷いことをした王国が、許せません！　そ、それに、ここにいても私は虐められるので、ここにいるくらいなら、私に優しく接してくださったサヤ様と共にまいります!!」

気弱なマリーちゃんが珍しくハッキリと言うので、わたしは少し驚いたが、同時に嬉しかった。

「良かった、初めて行く場所だから一人は心細かったんだ。マリーちゃんも一緒に来てくれるなら嬉しい」

「サヤ様……わ、私、帝国へ行ってもサヤ様のおそばでお仕えさせていただきます！」

「うん、ありがとう」

ということで、それを皇弟殿下に伝えたら、ただ一言「分かった」とだけ返された。マリーちゃんを連れて行きたいと言い出すのを分かっていたみたいだった。

皇弟殿下はわたしの置かれた状況を知ると、毎回食事に招待してくれるようになり、おかげでわたしは三週間ぶりにまともな食事を口にした。

まだあくまで婚約者候補ではあるのだが、騎士も派遣してくれて、その騎士達はマリーちゃんと一緒に部屋の掃除などの雑用もしてくれたのでとても助かった。

暇だったから一緒に掃除をしたら驚かれて、やって来た皇弟殿下に止められたが。

「それは使用人の仕事だ」

使用人にはきちんと仕事が割り当てられているので、下手に手伝ってはいけないらしい。騎士は使用人を手伝ってもいいのだろうか、と思ったが、皇弟殿下がつけてくれた騎士達は使用人も兼ねて派遣しているからいいのだとか。……だから女性騎士がいたんだ。

「おい、もっと食え」

ぼうっとしていると皇弟殿下に言われる。

別のことを考えていて、手が止まっていたようだ。だけど、どちらにしても食事は食べ切れなそうだ。

わたしは首を振った。

「いえ、もうお腹いっぱいです」

コルセットで絞っているのも理由だけれど、三週間ずっと粗食続きだったので、急に豪華な食事を沢山食べろと言われても胃が受け付けない。

ナイフとフォークを置くと、皇弟殿下の眉間にしわが増えた。

「少なすぎないか?」

「そう言われても……。この世界に来てから、大体パンとスープにちょっと何かあるかどうかぐらいだったから、いきなり沢山は食べられません」

「そうか……」

何故か眉間のしわが深くなる。

……あのしわ、消えなくなりそうだなあ。

スッと皇弟殿下がお皿を差し出してきた。

「デザートくらいは入らないか?」

差し出されたそこには二、三口程度のケーキが載っていた。これくらいなら、と受け取れば、皇弟殿下の眉間のしわが少し薄くなる。

ちまちまとそれを食べていると皇弟殿下が口を開いた。

「明後日、帝国へ帰還する」

「そうなんですね。じゃあ、それまでに行く準備をしておきます。……まあ、わたしは持って行くものなんてほぼありませんけど」

召喚された時に着ていた服くらいだろうか?

マリーちゃんは心得ていたのか「じゅ、準備は進めております」と言う。

「帝国に着き、俺の兄である皇帝陛下の承認さえ得られれば、サヤは俺の婚約者となる」

「はい。それで、あなたの婚約者って何をすればいいのでしょうか？　わたしはこの世界に来てから、ほぼ何も学んでいないので、急に仕事をしろと言われても困るのですが……」

「それについては特にはない」

「ええ？」

皇弟殿下の顔をまじまじと見てしまう。

「何もないんですか？」

そんなはずはないだろう……と心の中で突っ込む。

「皇弟の婚約者と言っても、やることはない。俺は軍務で忙しいし、社交界は皇后陛下が纏め上げているし、両陛下の間には既に子が二人もいて皇位継承問題も解決している。むしろ何もしなくていい。皇弟が力を持ちすぎると継承権争いに発展する可能性もある」

「じゃあのんびり過ごしていいと？」

「ああ、好きに過ごせばいい。だが、あまり散財はするな。皇族の生活費は民の税金で賄われている」

「わたしは衣食住がそれなりに揃っていれば満足なので、散財はないと思います」

皇弟殿下はわたしを見て一言、「そうか」と納得した様子で頷いた。

「しかし帝国に帰ったらまずはドレスを作らせなければならんな。皇弟の婚約者がみすぼらしい格好では困る。相応の装いはしてもらおう」

「え、ドレスを着るんですか？」

今のワンピースが一番動きやすくていいんだけど。

するとマリーちゃんが「そうですよ！」と声を上げた。

「サヤ様もドレスを着るべきなんですっ。こんな、私のお古なんて良くありません……！」

「そう？　これ、動きやすいし、いいと思うんだけどなあ。これで十分だよ？」

「いけません！　王国でも流行遅れということは、帝国では、もはや骨董品扱いになります……！」

マリーちゃんの言葉に控えていた騎士達が頷く。

……結構可愛いのに。

まあでも、皇弟殿下の婚約者という立場を考えると、やはりそれなりにきちんとした装いをしなければならないのだろう。ここよりもまともに扱ってもらえるなら、向こうの指示には従おうと思う。

わたしもここでいつまでも虐げられるのは嫌だし、たとえ待遇改善されても、『聖女様のオマケ』と呼ばれ続けるのは変わらないだろう。

けれども帝国なら、それほど言われない――と思いたい。

「帝国では俺の宮で過ごしてもらうが、しばらくは建物から出ないように。正式に婚約者として発表するまでは静かにしていてもらう」

この世界に来てから毎日王城内をうろついていたけれど、正直、人に見られたりコソコソと陰口を叩かれたりするのは精神的にも疲れるのだ。引きこもっていいなら大歓迎である。

「それから侍女と騎士は常にそばに置いておけ。……皇弟の婚約者という立場を欲する者は多い」

「狙われやすいんですね」

「理解が早くて何よりだ」

……うーん、まあ、なんとかなるでしょ。

わたしは皇弟殿下の宮から出るつもりはない。何もしなくていいなら、のんべんだらりと過ごさせてもらうだけだ。

「大丈夫です、勝手に外に出たりしませんから」

むしろ引きこもりライフを謳歌しよう。

「あの、ところでまたお願いがあるんですが」

「なんだ」

「良ければあなたのお名前を紙に書いていただけませんか。お名前、長すぎて覚えられていないんです」

一瞬、皇弟殿下が押し黙った。僅かにその紅い瞳が細められる。

「分かった」

皇弟殿下が軽く手を上げれば、後ろに控えていた騎士が殿下にペンと紙を渡した。

サラサラとペン先が紙の上を流れる。そうして、その紙を手渡された。

ディザーク＝クリストハルト・ワイエルシュトラス。

やや無骨な字のそれを眺めていると、ペンと紙が差し出される。

「サヤの名前も知っておきたい」

それを受け取り、名前を書いて、二つ折りにして渡す。

「改めてよろしくお願いします、ディザーク殿下」

＊　＊　＊　＊　＊

ディザークはあてがわれた貴賓室に戻って来ると、ソファーに腰かけた。

そうして、自分の婚約者となることを決めた少女、サヤ・シノヤマから渡された紙を取り出す。

小さな紙には見たこともない文字が書かれていた。随分と複雑な形をした文字で、恐らく、元の世界の文字なのだろう。独特な形だが、不思議な美しさがある。

そういえばサヤの魔力も不思議な感じがした。

普通ならば、他人の魔力というものは譲渡される際にピリリとした痛みを伴う。それは譲渡する側と譲渡される側とで魔力の属性に違いがあるからだ。

ディザークは火と風、土属性に適性がある。

つまり、ディザークに魔力を譲渡する場合、火と風と土の属性の者からは苦痛を伴わずに受けられるが、それ以外の水と闇、聖属性の者から受け取ると僅かな痛みを伴うというわけだ。

サヤの魔力も同様に痛みを感じたが、それ以上に心地好さがあった。

流れ込んできた魔力量も多かったが、ディザークが心地好いと感じるなら、火、風、土のいずれかの属性を持っているということだ。

そして痛みも伴ったことからして、水、闇、聖属性のどれかの属性も持っているはず。

よって最低でもサヤは二属性は持っていることになる。

……二属性であの魔力量なら、それだけでも優秀な魔法士としての将来性があるな。

もし本人に学ぶ意思があるならば、魔法士としてきちんと訓練を積ませることで帝国の利益に繋げられるかもしれない。自分の力で居場所を得たほうが、サヤにとっても良いだろう。

名前の書かれた紙を畳んで懐へ仕舞った。

「ディザーク様は本当によろしいんですか～？」

副官のアルノー・エーベルスに問われる。

「何がだ」

「あの子が婚約者で良いのかということですよ。皇帝陛下よりご命令されたとしても、ディザーク様にだって選ぶ権利があるでしょう？」

「つまり、お前から見て相応しくないと言いたいわけか」

アルノーは小さく肩を竦めたものの、否定しなかった。

だが、ディザークからしたらサヤの存在は丁度良かったのだ。

皇帝である兄には子供もおり、もうあと数年もしたら皇太子となるだろう。

ディザークは兄ともその子供とも、継承権問題で争うつもりはないが、もし早々に継承権を放棄してその後兄や子に何かあったら、帝国を率いる者がいなくなってしまう。

そのため、せめて皇子が無事に立太子の儀を迎えた段階で、継承権を放棄するつもりである。

その方針は既に公にしているのだが、それでも皇弟の妻という座は魅力的なものらしい。断り続けても、いまだにあちこちから見合いを勧められてうんざりしていたのだ。

……結婚するならば媚びない者が良い。

その点、サヤは問題なさそうだった。ディザークが皇帝の弟だと知っても顔色一つ変えなかったし、態度が変わることもなかった。

身体的に少々か弱いところはあるかもしれないが、異世界に召喚されても、粗雑な扱いを受けても折れない胆力は、素直に凄いと思っている。

「皇弟であらせられるディザーク様の隣に立つのは、彼女には少々荷が重いように感じられたので」

ディザークはふと微かに笑ってしまった。

「異世界に召喚されて、自分が不必要と判断されて、それを理解した上で己の実力を隠して帝国の使者に接触してくる者が弱いと思うか？」

「まあ、それは意外でしたが……」

「恐らく、見た目に騙されていると痛い目を見るぞ」

サヤはか弱そうな見た目だが、精神はそうではないようだ。

帝国に行きたいと言った時も、婚約者になることを頷いた時も、一度だってディザークから目を逸らさなかった。

威圧的だとよく言われる自分が、女性や子供から怖がられているのは知っている。

そんなディザークを前に普通に受け答えをし、まっすぐに見つめてくる黒い瞳には、恐怖もなければ欲望も感じない。サヤはとても落ち着いていた。

十代半ばくらいと思っていたが、もしかしたら、もう少し年上かもしれない。

「どの国にも属さず、自ら帝国行きを望んでおり、黒を有する。魔力もあり、恐らく二属性以上の属性持ちだ。政治にも興味はないだろう。結婚相手として過不足はない」

はあ、とアルノーが溜め息をこぼす。

「ディザーク様はあの娘と結婚してもいいのですか」

「俺と会話が出来るならば特に不満はない」

これまで見合いをしてきたのは、自ら申し込んできたにもかかわらず、怯えたり、全く目を合わせなかったり、という令嬢ばかりだった。それと比べれば、きちんとこちらの目を見て話すサヤのほうがずっと良い。

「それに、選ぶ権利というのであれば、サヤこそが選ぶ権利を持っている。俺も帝国も、国に来てくれるよう乞うべき立場だ」

「それはそうかもしれませんが……」

「婚約者として嫌がられないよう努力すべきは俺のほうだろう」

とにかく不自由な思いはさせないようにしなければ。この王国で嫌な思いもしているだろうから、宮に着いたら服飾店の者達をこっそり呼び、侍女も必要数つけて、食事もしっかりと食べさせることにしよう。……サヤは痩せているからな。

魔法を使うには体力もいる。あまり痩せていては魔法を使う体力もないだろう。

「帰ったらまずは医者に診せるか」

その前に皇帝との謁見があるが。

第2章　ワイエル帝国と聖竜

帝国への出発まで数日あったが、その間にマリーちゃんは家族に事情を説明したようだ。

「わ、私のお古ですが、帝国に行ってすぐには着るものがないと思いますので……！」

と、わたしに合いそうなお古を家から沢山持って来てくれた。

その時に聞いたが、マリーちゃんは子爵家の末っ子なのだそうで、ちゃんとした貴族だった。

……わたしより地位が上なんだ。

でもマリーちゃん自身はそういう気持ちは持っていないらしく、いつも甲斐甲斐しく、たまにオドオドしながらもわたしの世話を焼いてくれる。

ちなみにわたしの日用品ばかり持って来るので「自分の分は？」と訊いたら、鞄三つ分ほどしかなかった。

「わたしのことを気にしてくれるのは嬉しいけど、マリーちゃん自身の分も用意してね」

「あ、ありがとうございます！　でも、私はこれで十分なので……！　それにメイドや侍女は普段、お仕着せを着ていますからっ」

と返され、その後、鞄は増えなかった。

わたしの様子を見に来ていたディザーク殿下に「似た者同士だな」と言われたが、それがどういう意味なのかは訊けなかった。

マリーちゃんとそんなやりとりをする一方で、ディザーク殿下とも話をする時間がかなりあったので、あれこれ会話をした。

「今更だが、サヤは何歳だ？」

「十七歳です。ディザーク殿下は何歳ですか？」

「二十二だ」

もう少し年上かと思っていたのは秘密だ。いつ会っても眉間にしわを寄せているせいか、もう二、三歳くらい年上に見える。

ディザーク殿下のそばによくいる茶髪の、穏やかそうな顔立ちの人は副官だそうで、名前をアルノー・エーベルスさんといった。

「よろしくお願いいたします、お嬢様」

ニコニコとした笑顔がやや胡散臭かったけど、ディザーク殿下の副官ということはこれからも付き合いがあるだろうから、わたしはとりあえず頷いておいた。

「よろしくお願いします、エーベルスさん」

帝国の騎士達は王国の騎士とは全然違った。突然ディザーク殿下が婚約者として連れ帰ると言い出したわたしという存在に戸惑うこともなく、丁寧に接してくれる。年上の騎士達に敬語を使われるのは落ち着かないが、ディザーク殿下には「慣れろ」とだけ言われた。

「皇弟の婚約者となれば、大抵の者がそうなる」

なるほど、と思った。それで傲慢になるつもりはないが、相手もそうしなければならない立場なのだと理解すれば受け入れられる。

一人だけ交じっていた王国の騎士はどうもついて来る気だったようだけど、わたしが連れて行かないと言えば、酷く驚いた顔をされた。

……いや、なんで当たり前のように自分も連れて行ってもらえると思ってるの？

不真面目なのもそうだけれど、わざわざ監視役を連れて行く理由がない。

そもそもディザーク殿下からもらった許可も、侍女一名だけ、ということだったので連れて行くことは出来ないし、連れて行きたくもない。

「帝国に着いたら、まずは皇帝陛下に会ってもらう」

ディザーク殿下の言葉に頷いた。

「まあ、そうなりますよね」

ディザーク殿下のお兄さんだし、外見や性格も似ているのだろうか。それとも違うのか。婚約者という立場上、わたしとは微妙な間柄になる。

……反対されたらちょっと困る。

また王国に戻されたくはない。

「心配せずとも婚約の件は陛下も了承済みだ」

わたしの心を読んだかのように言われた。

「すみません、顔に出てました？」

「ああ」

　つい自分の頬を触ってしまう。

「最終判断は俺に任されているが」

「自分で言うのもなんですけど、よくわたしを婚約者にしようと思いましたね？　それとも、帰ったらすぐに解消しますか？」

「いや、しない」

　即答されて、思わず「あ、そうなんですね」とちょっと驚いた。

「皇弟である俺の婚約者の座というのは、どうやら他人からすればかなり魅力的なようだ。欲望の多い者を据えたくはない」

「わたしも欲望バリバリにありますよ」

「ほう？　たとえば？」

　興味深そうに訊き返されて考える。

「ふかふかのベッドで一日中ごろごろしたい、三食昼寝付きでぐうたらしたい、外に出たくない、面倒なことはしたくない、美味しいものが食べたい、毎日お風呂に入りたい。色々ですね」

　指折り数えながら言えば、クッとディザーク殿下が笑った。

「確かに欲望ではあるが、豪奢なドレスを着たいだとか、美しい宝石を集めたいだとか、そういう気持ちはないのか？」

「ありませんね。ただでさえコルセットが苦しいのに更に重そうなドレスを着るなんて拷問じゃないですか。宝石も邪魔ですし。そもそもわたし、金属アレルギーがちょっとあるのか長時間貴金属をつけると赤くなったり、かゆくなったりするから要らないです」

「そうなのか。覚えておこう」

おかげで可愛いネックレスもブレスレットも泣く泣く諦めることになったのだが。

「ディザーク殿下が気にしているのは、そういう欲望ではない……んですよね？」

「ああ、皇弟の婚約者という身分を使って好き勝手にしなければ、それでいい。たとえばドレスや宝飾品を買い漁って国庫を食い潰したり、他の貴族を無理やり従わせたり、気に入らない者を虐げたり、そういったことをする者は俺自身も好かん」

「あー、それはダメですね」

わたしもそういう人は嫌いだ。うんうんと頷きつつ、ディザーク殿下に返す。

「大丈夫です。わたしは三食昼寝付きでぐうたら出来るなら、それで満足なので」

わたしはわたしの好きなことが出来ればいい。

「それなんだが、家庭教師をつけてもいいか？」

「家庭教師？」

「一応、皇族の婚約者となるのだ。礼儀作法や必要な教養を覚えてもらいたい。あとは、そうだな、たまに公務として夜会に参加してもらうかもしれない」

「ええー……」

……それ凄く面倒臭そうなやつ。でも、まあ、仕方ないか。

皇弟殿下の婚約者となれば、やはり多少の公務もあるだろうし、立場上、きちんと礼儀作法も学ばないとまずいだろう。

「……分かりました」

さすがに本当に何もしないで三食昼寝付きは無理だと分かっていたし、どうせなら、これを機にこの世界のことを学ぶのも面白いかもしれない。

そんなこんなでとりあえず何事もなく、わたし達は帝国行きの日を迎えたのである。


その日は朝からマリーちゃんが騎士達に荷物を頼んでいて、わたしは数日ぶりにまた元の世界で着ていた制服に身を包んでいた。

……これ、意外と目立つんだよね。

帝国へはその日のうちに行けるというので、皇帝陛下と会う時には「異世界人ですよ〜」と分かりやすい格好のほうがいいかなと思ったのだ。

それにマリーちゃんから借りた服はどれも帝国では流行遅れもいいところな骨董品らしいから、それならいっそ制服で行ってしまえば流行も何もないだろう。

「て、帝国に行くのが楽しみですね……！」

マリーちゃんの声はどこかウキウキしている。

「そんなに良いところなの？」

「もちろんです！　その、帝国はこの大陸随一の大国ですし、文化も流行も、色々と先進的なんですっ。帝国で流行ったものは他国でも絶対に流行るくらいなんですっ」

「へえ、それは凄いね……？」

あんまり想像がつかないけど。

そんなマリーちゃんと午前を過ごし、ディザーク殿下が昼食会に出ている間に自室で食事を済ませ——帝国の使者の同伴者となってからは食事が劇的に改善された——午後もまったり過ごす。

そうしていると、部屋の扉が叩かれた。

ゴツゴツとちょっと力強く叩かれたので、恐らくディザーク殿下だろう。元よりわたしのところに来るのは彼しかいない。

香月さんとは会えていないが、多分、あの王太子とか周りの人々が止めているのだと思う。

……何しろあの王太子だからねえ。

召喚されたばかりのわたしに対して、害虫でも見るみたいな冷たい眼差しを向けてきたのだ。わたし、あなたに何かしたかって感じだが、巻き込まれてくっついてきた余計なものと思われているのは確かだ。

しかし、それも今日までだ。

帝国に行ってしまえば、少なくとも、今よりもっと過ごしやすくなるだろう。

マリーちゃんが応対して、案の定、ディザーク殿下が入ってくる。

「迎えに来た」

手を差し出されて、それに自分の手を重ねる。

軽く引き上げられてソファーから立つ。

マリーちゃんに教えてもらったのだが、この世界の王族や貴族の男性は、婚約者がそばにいる時はその人をエスコートする必要があるらしい。

ディザーク殿下が左腕をスッと差し出すので、そっと手を添える。

……ぜんっぜん慣れない。

「このまま転移門に向かうが、忘れ物はないか？」

「ありません」

首を振ってから、ふと疑問に思った。

「転移門ってなんですか？」

「ある場所まで一瞬で行ける転移魔法というものを、魔道具に付与したものだ。各国に一つか二つはあり、それは基本的に門同士の行き来しか出来ない。今回は王国から帝国まで転移門で移動する」

「それは便利でいいですね」

馬車の旅で～とか、王城の外を飛んでいた小さなドラゴンみたいなやつに乗って～とかだと思ってたから多少は覚悟していたのだ。もしドラゴンみたいなやつに乗るとなったら勇気が要る。

廊下に出ると王国の騎士らしき人が案内役として先導し、わたし達の前と後ろには帝国の騎士達がいて、マリーちゃんもついて来ている。

午前中のうちに荷物は全部運ばれて行ったので、わたし達は何も持って行く必要はない。

これでこの王城ともお別れかと思うと清々する。寂しいとか悲しいとか、そういう気持ちはない。

しばらく歩き、長い階段を上る。

そして両開きの扉の前に到着すると、扉を警護していた騎士達がそれを両側から開けた。

塔の天辺にこの部屋はあるようで、天井がドーム型になっており、部屋の中心には金属製の枠みたいなものが設置されていた。

たとえるなら、ヨーロッパの貴族の邸宅の入り口にありそうな門の、扉がないバージョンである。

……あれが転移門かな？

そこにはあの王太子と数人の男性達、そうして意外なことに香月さんもいた。

王太子はディザーク殿下にエスコートされているわたしを一瞬見たが、すぐにディザーク殿下に視線を向ける。

「ディザーク殿下、このたびは魔法士を貸してくださり、ありがとうございました。感謝の意を皇帝陛下にもお伝えいただけたら幸いです」

「伝えておこう。ああ、聖女の派遣についても忘れぬよう願いたいものだ」

「……ええ、もちろんです」

……おや？　おやおや？

ついディザーク殿下と王太子を盗み見てしまう。

帝国は大国だと聞いたが、この様子を見る限り、王国は帝国に頭が上がらないといった風に見える。

もしや帝国って王国よりもずっと立場が強いの？　……だからわたしの引き渡しもあっさり進められたのかな？

香月さんが近付いてきて、手を取られた。

「篠山さん、本当に行っちゃうんだね……」

潤んだピンクブラウンの瞳に苦笑する。

「うん、ごめんね」

「……ううん、私こそごめんなさい。最初に召喚されてから、私、ずっと自分のことばっかりで……。最近になって篠山さんの状況、調べたの。私のせいで巻き込まれてこっちの世界に来ちゃったのに、篠山さんに対してみんな酷くて。……でも、ドゥニエ王国から、本当にいなくなっちゃうの？」

香月さんにギュッと手を握られる。そこから香月さんの不安が感じ取れた。

「うん、いつ放り出されるか分からないし、ここにいてもわたしの扱いは良くならないから。皇弟殿下の婚約者として帝国に行けば、少なくとも、ここより良い暮らしが出来るし」

そう答えれば香月さんは「そうだよね……」と俯きかけて、顔を上げた。

「私、元の世界にいた時から篠山さんと仲良くなりたいってずっと思ってたの」

「え、そうなの？」

「うん、篠山さんは覚えてないかもしれないけど、一年の時も同じクラスだったんだよ。高校に入学して、友達が出来るかなって不安だった時に最初に話しかけてくれたのが篠山さんだった。でもすぐに席も離れちゃって、なかなか話しかけるタイミングがなかったけど……」

……全然、気が付かなかった。

「そうだったんだ。だけど、多分、わたしも自分のことで精一杯で、香月さんのこと、気にする余裕はなかったし、香月さんが悪いってわけじゃないんじゃない？」

「それは、そうかもしれないけど……」

言い募ろうとする香月さんを手で制する。

「だからお互い様だと思う」

「……でも、篠山さんが誰かと婚約するとは思わなかった」

チラ、と香月さんがディザーク殿下を見る。

次いで心配そうにまたわたしを見たので、思わず微笑んだ。

「わたしも驚いたけど、でも、自分の意思で婚約者になるって決めたから大丈夫」

「そっか……」

香月さんがどこかホッとした表情を見せた。無理やりわたしが連れて行かれるのではと思ったのかもしれないが、帝国に行くのはわたしの意思だ。

皇弟の婚約者というのは想定外だったが、帝国にも何やらわたしを必要とする理由があるようなので、お互いの利益のための契約である。そのほうが、ただの善意で助けてあげますと言われるより、ずっと信用出来る。

「香月さんも聖女としてのこととかで色々大変だろうけど、無理しないでね」

「ありがとう、篠山さんも無理しないで」

「うん」

それから香月さんが訊いてくる。

「ねえ、篠山さん、帝国に行っても手紙のやり取りくらいなら出来るかな……？」

「うん、もちろん。落ち着いたら手紙、書くね」

香月さんの手を離すとピンクブラウンの瞳が潤む。

「香月さん、今もカラコンつけてるの？」

ふと湧いた疑問を投げかければ、香月さんはキョトンとした後、ふふっと笑った。

「ううん、してないよ。よく分からないけど、この世界に来た時にカラコンはなくなっちゃった。でも、目の色も髪の色もこのままみたい」

「そうなんだ、不思議だね」

そんな話をしていると「サヤ」と呼ばれる。ディザーク殿下と王太子がこちらを見ていた。

「もう時間だ」

短い言葉に頷き返し、もう一度だけギュッと香月さんの手を握り、離す。

振り向けば王太子と目が合ったので、ニッコリと微笑んでやった。

「この国には二度と戻りませんから、ご心配なく。短い間でしたが、大変お世話になりました」

王太子の口元がひく、と微かに引きつった。盛大な嫌味が通じたようで何よりだ。

ごほん、とディザーク殿下が小さく咳払いをする。

「では、ヴィクトール殿、息災で」

歩き出したディザーク殿下に連れられて、わたしも門へと向かう。

門の左右に人が立ち、魔法陣らしきものが門の下で輝くと、門自体も輝き出した。

その光の中へ入る直前、香月さんへ小さく手を振っておく。

光の中に入るとふわっとエレベーターに乗った時のような、微かな浮遊感があった。

それも一瞬で、次の瞬間には、別の部屋が広がっていた。

「ここは帝都の城内だ。このまま皇帝陛下へ謁見するが、問題ないか？」

「はい、大丈夫です」

これからわたしは帝国《ここ》で暮らすのだ。

＊＊＊＊＊

帝国に到着したのは一瞬のことだった。魔法というのは本当に便利である。

わたし達はこの国の官僚らしき人々に出迎えられ、ディザーク殿下はそれらの人々と一言二言会話をした後、わたしをエスコートしながら部屋を出た。

転移門の部屋は、王国と同様に何もなかったものの、そこを出ると景色が一変する。

……うわあ、豪華……。

王国の王城もかなり美しいと思ったけれど、帝国はそれ以上だった。豪華だけれど、決して下品ではない。

足元に敷かれた赤い絨毯はきっとかなり高級なものなのだろう。歩いても足音が一切しない。

「こちらだ」

ディザーク殿下について行く。

右へ左へ、階段を上ったり下ったり。どこのお城も複雑な造りは同じらしい。

歩いていくうちに段々と警備の騎士達が増えていることに気が付いた。

皇帝陛下のいる部屋が近いのだろうか、と思っているとディザーク殿下が立ち止まる。

両開きの扉の左右には騎士が立っていた。ディザーク殿下が問うようにわたしを見たので、一度深呼吸をしてから、頷き返す。

扉を、ディザーク殿下がゴツゴツと叩いた。

中から扉が開けられ、使用人らしき人が出てくる。わたし達を見ると心得た様子で扉を大きく開けて脇へ避けてくれたので、ディザーク殿下と共に中へ入る。

そこは応接室らしかった。

使用人らしき人は扉を閉めると、すぐに別の扉へ向かい、そちらを開けながらわたし達を見る。

ディザーク殿下が歩き出したので、わたしもくっついてその扉を潜《くぐ》った。

そうして、少しだけ驚いた。

これまでの豪華さから一転して、その部屋にはあまり華やかさがなかったのだ。

品はあるものの、実用的な感じがする。そんな部屋の、大きな机の向こうに人がいた。

微かに光を受けてキラキラと輝く銀髪が綺麗だ。男性にしてはやや長髪で、三十代前半か半ばくらいだろうか。

顔を上げたその人と目が合って、あ、と思う。ついディザーク殿下を見上げてしまった。

……瞳の色が同じだ。

「ただいま帰還いたしました、陛下」

陛下と呼ばれた男性がふっと笑った。

……ということはこの人が皇帝陛下？

「お帰り、ディザーク。ご苦労だったね」

その視線がもう一度、わたしに戻る。

「君が聖女召喚に巻き込まれた子だね。さあ、話も長くなるだろうから、座るといい」

手で、大きな机の前にあるソファーとテーブルのセットを示された。

ディザーク殿下がわたしをソファーへ座らせて、自分はわたしの斜め前に腰かける。

……ってこれ、わたしが皇帝陛下と真正面から向き合うことになるんですけど!!　え、こういう時はディザーク殿下が正面に座るべきじゃない!?

内心で焦っていると、目の前のテーブルにティーカップが置かれた。先ほど室内へ招き入れてくれた使用人が用意をしてくれたようだ。

「ありがとうございます」

……そういえばマリーちゃんもいない。大丈夫かなあ、と少しだけ心配になった。

ソーサーを持ち、ティーカップを持ち上げる。

……なんか、凄くいい匂いがする。誘われるまま、そっと一口飲んでみた。

「美味しい……」

ほのかな甘い香りに微かな渋み、でもすっきりとした飲みやすいお茶だった。ちょっと緊張していた気持ちが和らぐ。

「私もディザークも愛飲している紅茶なんだ」

ふふ、と皇帝陛下が小さく笑う。

「改めて、私はこの帝国の皇帝、エーレンフリート＝イェルク・ワイエルシュトラスだ」

「篠山沙耶といいます。篠山が家名で、沙耶が名前です。どうぞ、沙耶と呼んでください」

「ああ、そうさせてもらおうかな」

帝国の皇帝陛下と言うから、もっと威厳に満ちたいかつい感じの人かと想像していたが、目の前にいる皇帝陛下はそれとは正反対だった。

……なんという美形。

ディザーク殿下はややきつい顔立ちの美形だが、皇帝陛下は穏やかそうな甘い顔立ちの美形である。方向性は違うが美形兄弟というわけだ。

「ディザークから大体の話は聞いているよ。君は召喚に巻き込まれた一般人で、王国ではあまり良い待遇を受けられなかったそうだね。だから我が国に来たがった」

「はい、そうです。でもディザーク殿下の婚約者になるとは思ってもいなかったので、自分でも驚

いています。わたしは皇弟殿下の婚約者として相応しい人間ではありませんから」

「確かに異世界人で若い君には皇弟の婚約者という立場は重荷だろうね」

でも、と皇帝陛下が言う。

「ディザークの、皇弟の婚約者には特に役割があるわけではないから安心してほしい。むしろ、立場を考えれば何もしなくていい。私達は兄弟で継承権を争うつもりはない」

「そのようですね。わたしとしても衣食住に困らなければそれでいいので、ディザーク殿下には皇弟のままでいてほしいと思っています」

「正直な子だ」

「すみません、こんなこと言ったら失礼だとは分かっているんですが、一国の皇帝という人に会っている実感がまだ湧かなくて……」

雲の上の人すぎて、一周回って感覚が分からなくなってくる。とてつもなく偉い人というのは理解しているんだけど、偉すぎて逆にどれくらい偉い人なのか想像が出来ない。

皇帝陛下がははは、と眉を八の字にして笑った。

「本当に素直な子だね。君のいた国には王はいなかったのかい？」

「王というか、国の象徴である皇族の方々はいました。でも、こちらで言う国王陛下や皇帝陛下とは違います。君主一人が政治の全てを判断することはありません」

「ほう、それは興味深い。だがそちらは今度聞くとしよう。今は君の待遇について話しておいたほうがいいだろう？」

「はい、何もしなくていいと言われましたが、具体的に何をしても良くて、何をしてはいけないのか、わたしはどのような立ち位置なのかを知りたいです」

ただ引きこもっているだけならいいだろう。でも、先日ディザーク殿下が言っていたように、必要最低限の公務には出なければならないらしいし、それならば前もってわたしに許されている言動の範囲を知っておきたい。

「そうだね、一言で表現するなら、君は我が国にとって最重要人物であるということだ」

「……と、いうと？」

「我が国は大陸随一の大国だが、ただ領土が大きければのし上がれるわけではない。帝国には他国が手を出せない理由がある。……我が国にはドラゴンがいるのさ」

…………ドラゴン？

だけどドラゴンって元の世界ではモンスター扱いだったし、この世界に魔物がいるってことは、魔物の仲間なのでは……？

それを遠回しに伝えると皇帝陛下が首を振った。

「言っておくがドラゴンは魔物ではない。この世界では聖竜と呼ばれ、信仰され、崇拝されている対象だ」

「あ、そうなんですね」

「そして聖竜様は長いことずっと我が国を守護してくださっている。帝国は聖竜様のおわす場所という意味でも、ドラゴンという強い存在が後ろ盾になっているという意味でも、他国にとっては手が出せない存在なのだ」

「……なるほど？」

信仰の対象であるドラゴンがいる国を攻撃すれば、信仰している人々が声を上げるだろうし、ドラゴン自体、この世界でも強い生き物なのだろう。

帝国は聖なるドラゴンの権威と力、両方が後ろ盾となり、大国としての地位を保っている。

「そして、聖竜様は漆黒なんだ。初代皇帝は同じ黒を持つ者だったそうで、それ以降、我が国を守護してくださっている」

……待て。ちょっと待って。

ディザーク殿下は、帝国は黒を欲していると言った。そして帝国にいるドラゴンは漆黒。

「……わたし、生贄にされたりしませんよね？」

「はは、そんなことはしないよ。むしろ、聖竜様は自分と同じ黒を持つ者を寵愛される。帝国の今後の安寧のために、君にはディザークと結婚して、皇族となってもらいたいんだ。そうすれば聖竜様は君のいる帝国もそれなりに大事にしてくださるからね」

……なんだか頭が痛くなってきた。

ええ？　わたしは巻き込まれた、ただの一般人のはずでは？　それがなんで急に聖竜様とかいうドラゴンのお気に入りになるからって理由で、帝国の皇族になる話に飛躍するの？

「君を取り込むには婚姻が一番早くて確実なんだ」

……わたしの心を読まないでほしい。いや、多分もろもろ顔に出てるんだろうけど。

「帝国が黒を欲しいというのは、聖竜様の寵愛を得られるからですか？」

「そうだよ。この世界に黒髪というのはまずいないからね。異世界人であろうと、黒を持つ君のことはとても欲しいと思っているさ。まあ、君は魔力もあるらしいから、訓練して宮廷魔法士になってもいいかもしれないけど、まず皇族にはなってもらわないとね」

「……確かに、重要人物ですね」

まさか帝国の権力云々に関わるとは思わなかった。

「……ん？　じゃあ、もしわたしが王国にいる状態のまま、その聖竜様に気に入られていたら、どうなったんですか？」

皇帝陛下がうっすらと微笑んだ。

「聖竜様の守護は王国に移ってしまっていたかもしれないね。それを我々は避けたかったんだよ。一応、他国にあまり情報が流れないように気を配ってはいるから、聖竜様が黒持ちを好むことは知られていないが」

「あー、なるほど」

その聖竜というのがもし本当にわたしを気に入ったとして、わたしが王国にいたら、聖竜は王国を守護し、帝国はその恩恵を受けられなくなる。

「そういうわけで我が帝国での厚遇は約束しよう。国庫を食い潰したり、権力で気に入らない者を虐げたり、そういうこと以外なら好きに過ごしてもらっても構わない」

わたしが帝国にいてくれるなら、それなりに譲歩してくれるということか。

「とりあえず、ディザーク殿下とも話しましたが、しばらくは家庭教師をつけてもらってこの世界の常識や歴史、魔法を学ぼうかなと思っています」

「そうか、それはこちらとしても喜ばしい。目立つ必要はないと言っても皇族の一員になるのだから、それなりの教養は身につけてもらいたいからね。早急に家庭教師を見つけておこう」

「お願いします」

この国の重要人物と言われても実感が湧かないけれど、王国よりずっとまともな扱いをしてもらえるならそれでいい。

「ああ、それとディザークの婚約者ならいずれは私の義妹となる。これからも気楽に接させてもらう。君が知るべきことも、こちらの思惑も出来るだけ伝えよう」

「お気遣いありがとうございます」

「大したことではないよ。さて、せっかくだから気が変わらないうちに婚約届に署名してもらおうかな」

皇帝陛下が書類を差し出せば、使用人の男性が受け取り、ディザーク殿下とわたしにそれぞれ一枚ずつ渡した。色々と条件が書かれていたが、要約すると、帝国での厚遇と身の安全を保証する代わりにディザーク殿下の婚約者になってねという内容だ。ただし権力を振りかざして法を犯した場合はきちんと罪に問うので自重しろ的なことも書かれていた。

法を犯さず、問題を起こさず、静かに目立たず暮らす分には悠々自適に過ごせる。わたしにとって不利になる条件はない。

それに家庭教師は元よりつけるつもりだったみたいだ。

どうせ異世界に来てしまったのだ。せっかくなら、このファンタジーな世界についても知りたいし、色々と学んでおいても損はないだろう。

ディザーク殿下が手元の書類にサラサラとペンを走らせている。

使用人の男性から差し出されたペンを受け取り、わたしも書類にサインをする。

ディザーク殿下と書類を交換して、もう一度、同じように名前を書くと使用人が回収し、皇帝陛下に渡した。

書類のサインを見て、皇帝陛下が首を傾げた。

「これは異世界の文字かい？」

「はい、わたしの名前を正式に書いた文字です。四文字ですけど、一文字で音が二つになるものもあるので、これで篠山沙耶という読み方になります」

「難しそうな文字だね。でも、これなら偽造されにくくて良さそうだ」

そう言った皇帝陛下は機嫌が良さそうだ。

……まあ、これで聖竜様の寵愛は多分、帝国に残ったままになるだろうから？

「さて、二人とも疲れただろう。ディザークには後で改めて報告書を上げてもらうが、今は下がっていいよ」

「分かりました。失礼します」

ディザーク殿下が立ち上がったので、わたしも釣られて立ち上がった。

ディザーク殿下が右手を胸に当てて一礼し、とりあえずわたしも深めに頭を下げて、歩き出した彼の後を追う。

使用人が扉を開けてくれて、最初の部屋を抜けて廊下へ出る。

「俺の宮に行こう」

そう言って歩き出しかけた殿下が立ち止まり、振り向く。

なんだろうと首を傾げれば、左腕を差し出された。

……あ、エスコートか。

その腕にそっと手を添える。何度触れてもがっちりした腕だ。そこそこ体格は良さそうだが、それでも着痩せして見えているようで、触れた腕は筋肉質で硬い。

また長い廊下を右に左に、上に下にと歩いていくと、城の外へ出た。

「あ、ディザーク様、お嬢様、お疲れ様です～」

エーベルスさんがそこにいて、馬車が停まっていた。

御者が扉を開けて待っており、わたしはディザーク殿下に促されるまま、馬車へ乗り込んだ。

……人生初の馬車だ。

向かい側にディザーク殿下とエーベルスさんが座る。男性が二人座っても余裕のある大きな馬車だ。

扉が閉まり、ややあって馬車が走り出す。

「正式に婚約は出来ましたか？」

エーベルスさんの問いにディザーク殿下が頷いた。

「ああ、今後は俺の婚約者として接するように」

「は～い、分かっておりますよ」

ディザーク殿下の眉間のしわが若干深くなった。

初めての馬車は意外にもあまり揺れず、目的地に着くまでのしばしの間、わたしはその乗り心地を楽しんだのだった。

＊　＊　＊　＊　＊

ディザークはサヤやアルノーと共に、己の宮へ数日ぶりに帰って来た。

この宮に姉以外の女性を招き入れたのは初めてだ。

馬車から降りたサヤが「うわあ……！」と声を上げつつ宮を見上げる。

「本物の宮殿だ……！」

興奮しているのか、色白だった頬が少し赤い。

中へ入れば待機していたらしい使用人達が「お帰りなさいませ」と総出で出迎えた。それを見たサヤの目が輝いている。

昔から出迎えの挨拶はしなくていいと言っても、彼らはやめなかった。その行動が忠誠心からくるものだと分かっているのでディザークも無理にやめさせようとは思わず、結局、そのままいつも出迎えを受けている。

「今日からここがサヤの家になる」

そう告げれば、くるりとサヤが振り向いた。

「まるでお姫様みたいですね」

「似たようなものだろう」

サヤと話していると古くからディザークに仕えるレジスが近付いてくる。

「お帰りなさいませ、ディザーク様。そして、初めましてお嬢様、執事長のレジス＝モーリアと申します」

穏やかそうだが、こう見えて、怒ると怖い。昔はよく叱られたものだ。

サヤが浅く頭を下げた。

「初めまして、篠山沙耶といいます。篠山が家名で、沙耶が名前です。沙耶と呼んでください」

「サヤ様、私《わたくし》ども使用人に丁寧な口調は不要でございます。どうぞ気楽にお話しください」

「え？　あ、ええっと、すぐには直せないので、少しずつでもいいですか？　じゃなくて、いい、かな？」

戸惑いながらもサヤが口調を崩そうとすると、レジスは穏やかに「はい、ありがとうございます」と微笑んだ。

「部屋へ案内してやってくれ」

ドゥニエ王国に向かう前、上級使用人達には婚約者が出来るかもしれないこと、その婚約者が異世界人で、もし婚約を承諾したなら連れて来るだろうことも伝えていた。そのための部屋の用意も出来ているはずだ。

「かしこまりました」とレジスが頷く。

「サヤ」

「はい、なんですか?」

「俺のことは今後ディザークと呼べ。それから、婚約者になったのだから丁寧な言葉遣いも必要ない。これからも共に過ごしていくなら、本音が言い合えるくらいには親しくなりたいと思っている」

サヤの黒い瞳が二度、瞬いた。

それからニッと笑う。

「うん、これからはディザークって呼ぶね」

貴族の令嬢なら絶対に浮かべない笑みだが、そんな風に嬉しそうな顔をされると少し落ち着かない。それとなく視線を逸らしてしまう。

「ああ、何かあれば遠慮なく言え」

「りょーかい」

それからレジスが侍女二人の名前を呼び、サヤに紹介した。

今後サヤの侍女となる者達だ。レジスが選んだ者ならば間違いはない。

「……そうだ、医者を呼んでいるから診察を受けろ」

離れかけた小さな背に声をかければ、不思議そうにしながらも「分かったー」と返事を寄越す。

ひょこひょこと去って行く背中を見送り、それが見えなくなってからレジスのほうに顔を戻した。

「留守中、どうだった」

「万事恙無く」

「そうか、ご苦労」

サヤのほうはしばらく時間がかかるだろう。

……少し休憩するか。

手を振ってレジス達使用人を下がらせつつ、自室へ向かう。

アルノーはこれからレジスと、ディザークの日程に関することを話し合うだろうから放っておいても問題はない。自室へ着くと上着を脱いで椅子にかけ、そのままソファーへ寝転がった。

明日からは溜まった仕事で忙しいだろう。

……だが、しばらくはこちらへ仕事を持ち込むか。

異世界の見知らぬ国で一人で過ごすのは心細いだろうし、ディザーク自身も、サヤに何かあった時にすぐに対応出来る場所にいたほうが安心する。サヤがここに慣れるまでは近くにいたほうがいいだろう。

……どうしてか、サヤのことがつい気になってしまう。

そんなことを考えているうちに、転寝《うたたね》をしてしまっていたようで、扉を叩く音にハッとする。

起き上がって「入れ」と声をかければ、レジスが入って来た。

恐らく、サヤの診断結果を伝えに来たのだろう。

「サヤの状態はどうだ？」

「軽い栄養失調で痩せ気味なので、きちんと食事と休息を取らせるようにとのことでした。……急激に体重が落ちたようだったそうで、魔法を習い始めたばかりの者がなりやすい痩せ方だとおっしゃっておりました」

「ふむ」

サヤは教えられなくても多少魔法が扱える。初めて会った時にも炎を生み出していた。

……もしかして人目を避けて使っているのか？

そうだとしたら、早めに教師となる者をつけたほうが良さそうだ。

魔法を使うと体力が削られる。慣れていない者だと自身の体力の幅を超えて頻繁に魔法を使いがちになるため、痩せてしまうことがある。

「サヤに注意しておこう」

よほどの無理をしなければ死ぬようなことはないが、サヤは小食なので、魔法を何度も行使していたら痩せてしまうのも仕方がない。

どうしても魔法を扱いたいなら、まず食事量を増やす努力からさせたほうがいいだろう。

「夕食のお時間ですが、どうされますか？」

「今後、朝夕は食堂で摂る」

「かしこまりました」

これまでは仕事を優先して遅くに帰り、面倒臭くて夕食は自室で軽く摂っていたが、サヤがいるならば話は別だ。食事の時くらいは顔を合わせて話をする機会を作っておくべきだ。

「まだアルノーはいるか？」

上着に袖を通しながらレジスへ問う。

「はい、おられます」

「しばらくの間、この離宮で仕事をする。書類はこちらへ持ってくるよう言ってくれ」

レジスがほっほと笑った。

「そのように伝えておきます」

「それと口の堅い服飾店の者は手配出来そうか？」

「はい、明日の午後にこっそりと訪れる手筈となっております」

頷き、部屋を出る。

食堂までの道を歩いていると、サヤの背中を見つけた。

「サヤ」

呼べば、サヤがパッと振り向いた。

「ディザーク」

待っていればいいのに、わざわざこちらへ近付いて来る。

そのそばには王国から連れて来たメイドがいた。

……いや、これからは侍女か。

まだ若く、気弱な部分のある者だが、サヤに仕えたいという気持ちは人一倍強いようだ。

部下を通してサヤの状況を聞き出した際に、とにかくサヤの待遇を良くしてほしいと懇願したそうだ。数日見ていただけでもサヤとかなり仲が良いことが分かったので、連れて来ることを許可した。心許せる相手がいるというのは大事なことだ。

「食堂へ向かうところなら、共に行こう」

「うん、そうだね」

差し出した左腕にそっとサヤが触れる。

あまりに控えめに触れるので、毎回、少しくすぐったい気持ちになる。もっと力をかけられても問題ないのだが。

エスコートしながらゆっくりと歩き出す。

「ところでサヤ、隠れて魔法の訓練をしているな？」

そう問えば「え？」とサヤが見上げてくる。

「うん、してるけど……。なんで分かったの？」

「先ほど医者に診察させただろう。魔法を扱い慣れていない者が己の体力以上に魔法を行使すると、急激に痩せる」

「あ、やっぱり魔法を使いすぎると痩せるんだね」

なるほど、とサヤが納得した風に頷く。

「痩せるということは体が飢餓状態にあるということだ。そのまま無理をすると死ぬこともある。

……きちんとした家庭教師をつけるまで魔法は使うな」

「ええ、ちょっとでもダメ？」

「どうしても魔法を使いたいならば食事量を増やせ。使う分を補えれば痩せることはない」

「じゃあ魔法使いはみんな大食いなの？」

サヤの言葉につい足が止まった。

魔法士が大食いかなどと気にしたこともなかった。気付けば笑ってしまっていた。

急に笑い出したせいか、サヤが不思議そうに首を傾げている。

「……そうだな、大食いかもしれん」

そう言われてみれば、確かに宮廷魔法士の利用する食堂で出される料理は量が多い。

魔法で使用した分の体力を補うために食事を摂ることは当たり前だったので、疑問は感じていなかったが、サヤはそういったことも知らない。違う世界で生きてきたからこそ着眼点が違うのだろう。

止まっていた足を動かす。

「でも食べられる量って限度があるよね？　どうしても体力以上に魔法を使わなくちゃいけない時はどうするの？」

「一時的に他者から魔力を譲渡してもらう方法がある。最初に出会った際に俺へ魔力を流しただろう。あれが魔力譲渡だ」

そこまで言って、ふと気付く。

「お前はそこそこ魔力があるはずだが、一体どれほど魔法を使っているんだ？」

「わたしの魔力量が分かるの？」

「確実に知っているわけではない。魔力を流された時、かなりこちらに流れてきていたのにお前は平然としていた。だからそれなりに魔力量が多いのだと思っただけだ」

食堂に辿り着き、後ろを歩いていたサヤの侍女が扉を開けた。中へ入り、サヤを椅子に座らせる。ディザークはその斜め前に座った。

飲み物と料理が運ばれてきて食事が始まる。

サヤの食事の作法はこの世界のものとは少し違うが、それでも下品さは感じない。元の世界でも教育を受けていたのだろう。これならば、こちらの世界の教育でもさほど苦労しないのではないかと思う。

「さっきの話だけど、魔法は一日五時間くらい訓練してるよ。魔法で部屋が壊れないように保護して、その中で色々試してる」

「保護？」

「うん、こういう感じ」

サヤが両手を合わせて広げると、その手の中に半透明の球体が現れた。

それを見てディザークはギョッとした。

サヤの手にあるのは障壁――聖属性魔法だった。

「聖属性魔法が扱えるのか!?」

サヤがキョトンとする。

「うん、大体の魔法は使えるよ」

「……待て、それはどういう意味だ？」

「どういう意味も何も、王国で読んだ魔法に関する本に書いてあったのは全部使えたけど……」

「なんだと!?」

思わず立ち上がれば、サヤが戸惑った顔をする。

控えていたレジスや他の使用人達は静かにしているが、その表情には隠し切れない驚きの色があった。

この世界には魔法があるが、誰でも使えるわけではない。魔力があり、適性がある属性の者でなければ、使うことは出来ない。つまり魔力があっても適性のない属性の魔法はいくら詠唱を行っても、魔法は発動しない。

……それなのに大体の、いや、本にあった魔法は全て使えた？

「一応訊くが、使えない魔法はなかったのか？」

「うん、なかった。属性って火、水、風、土、闇、聖の六つだよね？　どの属性の魔法も使えるし、魔力も結構あるから、多少強い効果のものでも使えるよ」

食堂がシンと静まり返る。サヤだけが状況を理解していないようだ。

小さく息を吐いて、椅子に座り直す。

「……えっと、なんかまずい？」

恐る恐るサヤに訊かれて我に返る。

「ああ、いや、すまない、驚いただけだ。魔法に属性があるのは知っているようだが、人にはそれぞれ適性属性があるのは分かるか？」

「その人が得意な魔法の属性だよね？」

「そうだ。一般的に、魔法はその適性のある属性のものしか使えない。俺は火、風、土の三属性が適性で、この場合、その三属性の魔法しか扱えないんだ」

「…………え？」

サヤが固まった。

「……得意な適性の属性魔法が強くて、他の適性のない属性魔法はちょっとしか扱えない、とかじゃなく……？」

「適性のない魔法は使おうとしても発動しない」

サヤが押し黙った。

本にあった魔法が全て使えた。

それは、全属性の魔法が扱えるということではないのか。

ドゥニエ王国が召喚した聖女は五属性持ちだった。

……聖女ではないサヤが全属性持ち……？

そこまで考えて王国でのサヤの扱いを思い出す。

「サヤ、お前、王国で適性検査はしたか？」

「それ、魔法の属性を調べるやつだっけ。そういうのはしてないよ。召喚されてすぐに、あの客室に放り込まれたから」

もしや、と、とんでもないことを想像してしまう。

サヤは出会った当初から魔力漏れが一切ない。それに魔力譲渡も行えたため、魔力の操作に慣れているとは感じていたが、改めて考えてみるとおかしい。

「……サヤのいた世界に魔法はあったか？」

「ううん、なかったよ」

魔法のない世界にいたというのに魔力操作に長けている……。しかもサヤはそれを無意識のうちに行っているようだ。

そもそも、この世界に来てたった三週間で魔法が扱えるようになっていること自体おかしいのだと気付くべきだった。

「……レジス、明日の予定を変更する。兄上にサヤの適性検査と魔力測定を早急に行うべきだと伝えてくれ。ここでの会話もだ」

「かしこまりました」

レジスは他の執事に後を任せると下がった。

サヤが眦を下げる。

「えっと、なんかごめん」

「先ほども言ったが悪いことではない。が、想定外ではある。サヤ、全属性持ちは非常に珍しい。

それこそ、聖人や聖女と同じぐらいだ」

　サヤは目を丸くした後、ふはっと笑った。

「やっぱり魔法使えること、隠してて正解だったね」

　……今はそれが問題になっているのだが。

　だが、その笑みに釣られて、ディザークもふっと笑みを漏らした。

　もしもこの推測が真実であったなら、サヤはまさしく、この帝国の最重要人物となるだろう。予想外のことではあるが、帝国にとっては更に良い方向に転がるかもしれない。

　とりあえず食事を終えて、部屋までサヤを送って行く。

「明日は俺も同行しよう」

　部屋の中に入りかけていたサヤが振り向く。

「本当？　一人で行くのはちょっと不安だったから、凄く助かる。ありがとう」

「気にするな。では、また明日」

　そう言うとサヤが笑った。

「うん、また明日。おやすみ、ディザーク」

「……ああ、良い夢を」

　サヤが小さく手を振り、扉が閉められる。

　……おやすみ、か。

　レジス達にも「おやすみなさいませ」と声をかけられるが、サヤの言葉にはそれとは別の心地好さがあった。

＊　＊　＊　＊　＊

ディザークの離宮に来た翌日、魔法の適性検査を行うために、わたしはディザークと共にまた皇帝陛下の下《もと》へ向かうことになった。

マリーちゃんから借りているワンピースを着せてもらいながら、思わず欠伸を漏らす。

「……寝不足」

ワンピースの裾を整えてくれていたノーラさんが呟く。

「うん、まあ、ちょっとね」

ここに来て、わたしにはマリーちゃん以外に二人の侍女がついた。

最初レジスさんに「侍女は何名おつけになりますか」と訊かれたのだが、必要でないなら大勢は要らないと答えた。その結果、リーゼさんとノーラさんが侍女となった。

二人は双子だそうで、鮮やかな緑の髪をポニーテールにした金の瞳のたれ目のほうが姉のリーゼさんで、ツインテールにつり目のほうが妹のノーラさんらしい。

リーゼさんはほんわかしたお姉さんという感じで、ノーラさんはツンとした気の強そうな目付きをしており、どちらも二十歳だそうだ。

マリーちゃんも実は十九歳でわたしより年上なのだが、マリーちゃんはなんとなくマリーちゃんなのだ。

「……服、ダサッ」

「す、すみませんっ、すみませんっ、私のお古なんです……！」

「……お古でもこれはない」

あとノーラさんは結構毒舌だ。

「でも、そのおかげでわたしは着るものに困らなかったんだよ。それにこれも可愛いから」

「……」

ノーラさんは一歩下がると黙って一礼する。どうやら身支度が終わったらしい。

「それじゃあマリーちゃんは留守番しててくれる？」

「は、はい！　サヤ様が実は魔法を扱えると聞いた時は驚きましたが、魔力が沢山あるといいですね……！」

「あ、あー、うん、そうだね」

実は全属性持ちなのではという疑いが出ていることについては、触れないでくれているのだろう。もしかしたら違うかもしれないし、確実なことが分からないうちに騒いで違っていたら恥ずかしいし。

今日はノーラさんが侍女としてついてきてくれることになっている。

マリーちゃんはまだ、わたし同様にこの帝国に来たばかりで勝手が分からないので、宮でリーゼさんに色々と教えてもらうそうだ。

コンコン、と扉が叩かれるとノーラさんが応対する。

すぐに扉が開けられて、ディザークが入ってきた。

「支度は済んだか？」

「うん、多分大丈夫」

「そうか、では行こう」

差し出された左手に自分の手を重ねる。

そうしてディザークにエスコートされながら廊下を通り、正面玄関を出ると、昨日と同じく馬車が停まっていた。でも今回はエーベルスさんはいなかった。

御者が扉を開けてくれて馬車に乗り込む。

わたしとディザーク、ノーラさんが乗ると、ややあって馬車がゆっくりと動き出した。

お城までの間、暇なので訊いてみる。

「適性検査って具体的には何をするの？」

「適性検査にはそれ専用の宝珠がある。魔道具の一種だ。宝珠に検査したい者の魔力を通せば、適性のある属性の色が現れる」

「……それだけ？」

「ああ、魔力量の検査も似たようなものだ。魔鉱石という特殊な石に魔力を通せば、その者の魔力量が色で現れる。魔鉱石の色が濃くなるほど、魔力量が多いということになる。どちらも魔力を通すだけだ。難しいことはない」

その言葉にホッとする。

……魔力を通すだけなら出来るよね。

ガタゴトと揺れる馬車の窓から外を見る。

城内だからなのか、木々が並んでいるだけだが綺麗な景色だ。きちんと手入れがされている。

「全属性持ちだったら、どうなるの？」

「どうもしない。サヤはもう俺の婚約者だ。この婚約が解消されることはない。まあ、今よりも良い待遇になるかもしれないが」

「んー、いや、これ以上の待遇はもういいよ。今朝ノーラさんに聞いたけど、本当は今日ドレスとか宝飾品とかのお店の人を呼ぶ予定だったたって」

「俺の婚約者となった以上、それ相応の待遇は当然のことだ」

……サラッとそう言えるのが凄い。

ドゥニエ王国の王太子も少しはディザークを見習うべきだと思う。本当に。

「でも散財はダメなんじゃなかったっけ？」

訊き返せば、ディザークの眉間のしわが深まる。

「これは散財ではない。皇室として、皇弟である俺の婚約者の品位を保持するのに必要なことだ」

「なるほど」

確かに皇族であるディザークの婚約者の装いともなれば、色々と気を遣うのだろう。

「出来れば軽くて動きやすいドレスがいいなあ」

「それは服飾店の者と相談しろ」

「分かった」

そんな話をしているうちに、馬車の揺れが収まり、窓の外を見ればお城に到着していた。

御者が扉を開けてディザークが先に降りる。

その手を借りて降りようとした時、ふと、ディザークに声をかけられた。

「抱えてみてもいいか？」

「えっと、何を？」

ジッと見つめられて、抱えるものがわたしなのだと気が付いた。

「なんで急に？」

「軽そうだなと思った」

「体重を確認したいってこと？　まあ、いいけど、多分思ってるほど軽くないよ？」

ディザークの両手が両脇に差し込まれる。そうして、ひょいと持ち上げられた。

少し高くなった視界に「わっ？」と声が漏れてしまう。

わたしを抱えたディザークが固まった。

「……軽いな。やはり食事量を増やしたほうがいい」

意外にもそっと優しく下ろされる。

それから差し出された左腕に手を添えて、歩き出したディザークについて行く。その後ろをノーラさんが静かに歩く。

「サヤはどのような食事が好みだ？」

「そうだなあ、もうちょっと味付けが薄いと食べやすいかも。王国も帝国も料理の味が濃いんだよね。美味しいけど、沢山は食べられないかな」

この世界の料理はそういうものかもしれないが、味付けがわたしには濃く感じられる。いくら量が多くないと言っても、どの料理も味が濃いと食べ切るのは難しい。

ふむ、とディザークが呟く。

「料理長にそう伝えておこう」

「いいの？」

「痩せたままで、俺が婚約者を虐げていると勘違いされても困るからな」

ディザークを見上げれば、正面を見据えたまま歩いているが、その眉間には深くしわが刻まれている。チラと紅い瞳が一瞬だけこちらを見て、すぐに逸らされた。

不機嫌そうな顔をしていたけれど、ふと見えたディザークの耳は少し赤くなっていた。

……もしかして照れてる？

不器用なその様子が少し可愛いなと思ってしまう。自分より年上の体の大きな男性に使う言葉ではないのだろうけれど。

お城の中を歩いていくが、昨日行った場所とは違うらしく、昨日よりも歩く時間は短かった。

到着した部屋の扉をディザークが叩く。すると、中から扉が開かれた。

「お待ちしておりました、ディザーク殿下」

六十代ほどの、綺麗な白髪の男性がいた。

……うわあ、魔法使いっぽい！

丸眼鏡をかけていて、魔法使いみたいな黒いローブを着ていて、片手にクエスチョンマークみたいな形の太い木製の杖を持っていて、ちょっとテンションが上がる。

「陛下は？」

「まだいらしておりません」

扉が完全に開かれ、ディザークと共に中へ入る。

そこは本に埋もれた部屋だった。壁一面に本棚があり、床にも本が山積みにされていて、大きな机の上も書類や本でいっぱいだ。魔法使いの部屋という雰囲気がある。

ソファーやテーブル周りは片づけられていて、わたしとディザークはソファーへ並んで座ることになった。

目の前のテーブルの上には小さめのクッションがあって、その上に透明なガラスみたいな球体が鎮座している。

「サヤ、宮廷魔法士の長を務めているドラン・ファニールだ。こちらはサヤ・シノヤマ、俺の婚約者だ」

ディザークの紹介にお辞儀をすれば、穏やかな笑みを浮かべて同じように会釈を返された。

「初めまして、シノヤマ様。本日、あなた様の魔法適性を測定させていただきますドランと申します。シノヤマ様のご事情は既に伺っておりますので、ご安心ください」

「ありがとうございます。……改めましてサヤ・シノヤマです。本日はよろしくお願いします」

ファニールさんの穏やかな雰囲気にホッとする。

「シノヤマ様は魔力譲渡が出来るということですから、適性も魔力量も簡単に測れるでしょう。緊張なさらずとも大丈夫ですよ」

それに頷き返していると部屋の扉が叩かれた。

ファニールさんが「失礼します」と一言断ってから席を立ち、扉へ向かう。

開けられた扉から入ってきたのは皇帝陛下だった。

「遅れてすまないね。ああ、いいよ、座って座って」

ディザークが立ち上がったのでわたしも真似て席を立てば、皇帝陛下がひらひらと手を振った。

皇帝陛下と共に使用人らしき人――侍従というらしい――も入ってくる。見覚えがあると思ったら、前回皇帝陛下と会った時に紅茶を出してくれた人だった。

皇帝陛下は斜め前にある一人がけのソファーに腰を下ろした。ディザークが座ったので、わたしも座る。

「それで、サヤ嬢が全属性持ちかもしれないっていうのは本当かい？」

興味津々といった様子で皇帝陛下に問われる。

「現段階では『恐らく』ですが」

「そうか。さっそく試してみよう」

全員の視線がわたしへ向けられる。

「では、これより適性と魔力量の測定を行わせていただきます。……シノヤマ様、こちらの魔道具の上にそっと手を置いてください」

「はい」

促されて目の前の球体の上に両手を重ねて置く。よく磨かれているようで、球体の表面はとてもツルツルしていて冷たかった。

「そのまま魔道具へ魔力を注いでください」

言われるがまま、魔力を流し込む。

心臓から手を伝って血が流れていくようなイメージを思い浮かべれば、球体に色がつく。

赤色、青色、緑色、茶色、白色、黒色。六色が球体の中でぐるぐると輝く。

中でも白の割合が多く、半分近くあった。

「もう魔力を止めていただいてよろしいですよ」

手を離した後も、球体の中で六色が輝く。

全員がまじまじと球体を見た。

「私の見間違いでなければ六色あるな」

「俺もそう見えます」

「はい、ご覧の通り六色ございます。シノヤマ様は六属性、つまり全属性持ちということになります。しかも最も適性があるのは聖属性のようです」

ディザークと皇帝陛下がわたしを見る。

「君は聖女ユウナ・コウヅキの召喚に巻き込まれて来てしまった一般人、のはずだよね？」

「そのはずですけど……」

「一般人だなんてとんでもない！……失礼しました。全属性持ちということも稀ですが、これほど聖属性に適性があるならば聖女として選ばれてもおかしくはありません」

「え、聖女様は香月さんじゃなくて？」

ファニールさんの言葉にギョッとした。皇帝陛下もディザークも黙っている。

微妙な空気が漂う中、ファニールさんに白い石を渡された。

「次に魔力測定を行います。こちらの魔鉱石に魔力を注いでください」

「分かりました」

渡された石を掌に載せたまま、こちらも先ほどと同じく適当な量の魔力を注ぎ入れた。

白かった石が一瞬で真っ黒になってしまう。

「おお、これは……！」

ファニールさんが立ち上がった。また何かやらかしてしまったのかもしれない。

魔力を流すのをやめても石は黒いままだ。逆に先ほどの球体の中で動いていた六色がふっと消える。

そういえば昨日、魔鉱石の色が濃くなるほど魔力量が多い証だとディザークが言っていたような……。

「……これは仮説だけどね？」

おもむろに皇帝陛下が口を開く。

「サヤ嬢、多分、君も聖女だ。それもドゥニエ王国にいるもう一人の聖女よりも能力値は高いかもしれない。召喚に巻き込まれたのではなく、君も召喚された聖女の一人じゃないかな」

「やはり兄上もそう思いましたか」

「むしろ、そうとしか思えない」

……わたしも聖女？　マジで？

ついディザークを見上げれば、頷き返される。

最初に思ったのは、面倒臭い、だった。

何故そう思ったかと言うと、皇帝陛下がホクホク顔で笑ったからだ。

「これは素晴らしい。我が国の聖女はもう高齢で次の聖女候補を探していたんだが、なかなか見つからなくてな。でもサヤ嬢が聖女なら話は早い。いや、まさか全属性持ちの黒を宿した聖女様なんて、そんな素晴らしい存在が我が国に来てくれるとは！」

立ち上がった皇帝陛下に片手を取られた。

「サヤ嬢、これからよろしく頼んだよ」

やたら良い笑顔で言われて、わたしはディザークの婚約者になったのは早まったかなとも感じた。

が、同時に安堵している自分もいた。

……わたし、役立たずなんかじゃないかも。

帝国も聖女を欲していて、わたしが聖女になれるなら、それはお互いにとって良いことなのだろう。帝国は聖女を、わたしは確実な居場所を手に入れることが出来る。

聖竜とやらの好きな黒色持ちというだけの理由よりもずっといい。

「そうなると、サヤ嬢が聖女であることも公表しないと。まあ、ドゥニエ王国が何か言ってくるかもしれないが、これまでのサヤ嬢への扱いを理由にすれば強くは出られないだろう。我が国もこれで安泰だな」

ははは、と皇帝陛下が嬉しそうに笑う。

ディザークが眉間のしわを濃くしながら、わたしを見下ろした。

「大丈夫か？」

色々な意味が含まれた「大丈夫か？」だった。

「……うん、なんとか。いや、頭は追いついてるんだけど。……わたし、聖女って柄じゃないんだけどなあ……」

「属性に性格が現れるわけではない」

「あ、そうなんだ？」

それなら、無理して聖女らしく振る舞わなくてもいいのかもしれない。

「……これから忙しくなるぞ」

ディザークの言葉にちょっとだけ嫌な予感がした。

……ぐうたらのんびり三食昼寝付きでいいんだけどなあ。

思わず漏らした溜め息が何故かディザークと重なる。

横を見れば、またディザークと目が合った。

「すまない、約束とは違うことになりそうだ」

眉根を寄せて言われたので苦笑する。

「正直『嘘でしょ？』って気持ちが強いけど、聖女だっていうなら仕方ないね。衣食住の分くらいは頑張るよ」

＊　＊　＊　＊

その後、ファニールさんのところを出て、わたしは皇帝陛下とディザーク、そして皇帝陛下の侍従の四人で馬車に乗っていた。城内が広いので移動は基本的に馬車らしい。

「あの、それでどこに向かっているのでしょうか……？」

皇帝陛下とディザークがわたしの今後についてあれこれと話していたが、それが落ち着いた頃合いを見計らって声をかける。

ディザークはわたしが出来るだけ自由に過ごせる時間を持てるように、皇帝陛下にかけ合ってくれていた。

皇帝陛下もわたしの条件については知っているので、聖女としての仕事と皇族としての必要最低限の公務さえ問題なくやってくれるなら、後は自由にしていいと答えてくれた。

……その聖女の仕事と皇族としての公務、絶対忙しいんだろうなあ。

ニコニコ顔の皇帝陛下からは「のんびり出来るならどうぞ」という雰囲気が感じられた。

ディザークも微妙な顔をしていたので、多分、気のせいではないのだろう。

「ああ、皇室の霊廟に向かっている」

「霊廟ってお墓ですよね……？」

わたしが全属性持ちと分かり、聖女疑惑も出てきたせいなのか、皇帝陛下に「今から聖竜様に会いに行こう」と言われて数十分。

……その聖竜様ってそんなに簡単に会えるの？

というわたしの疑問を余所に、馬車はガタゴトと進んで行く。

「聖竜様は騒がしいのを好まないから、昔から霊廟の地下にいらっしゃるんだ。まあ、あそこなら多少警備が厳重でも不審がられないしな」

「聖竜様のいる場所はもしかして秘密なんですか？」

「秘密と言えば秘密だが、皇族の血が入るような爵位の高い貴族ならば知っていることだ。我が国が黒を欲する理由も察しているだろう」

……それってやっぱり秘密なんじゃ……？

そんな場所にわたしを連れて行っていいのだろうか。ディザークの婚約者といっても、まだ結婚したわけでもないのに、重要な場所に連れて行くなんて……。

「我が国の重要事項を知った以上、逃がさないよ？」

こちらの心を読んだようなタイミングで言われ、つい自分の顔を触ってしまう。

……考えてること顔に出やすいのかな。

そうしていると目的地に到着したのか馬車が停まった。

外から扉が開けられて、侍従、ディザーク、わたし、皇帝陛下の順に降りる。

ディザークよりもわたしが先に降りたほうが身分的に正しいのでは……と言ってみたが、

「ただの皇弟より、サヤのほうがよほど重要だ」

という言葉で一蹴された。

霊廟は真っ白な建物で、しっかり警備がされており、皇帝陛下がその霊廟の入り口へ歩き出す。

わたしはディザークにエスコートされながらついて行く。侍従も静かに付き従う。

そうして皇帝陛下が建物の壁に手を触れると、入り口の扉が重そうな音を立てて開いた。

同時にポッと霊廟の中が明るくなる。

「こちらだ」

皇帝陛下に手招きされ、霊廟に入った。中には大きな石室がいくつも並んでいる。恐らくあの中に歴代の皇族が眠っているのだろう。後ろでまた重い音を立てて扉が閉まった。

霊廟の奥には祭壇のような場所があり、皇帝陛下がその祭壇の横辺りを手でゴソゴソと触ると、それは奥へ静かにスライドした。そこには地下へ続く階段があった。

皇帝陛下は階段を躊躇いなく下りて行く。

わたし達も続いて階段を下り始めたが、階段は予想よりもずっと長く続いていた。

ずっとずっと下りた先には両開きの扉があり、皇帝陛下が壁に手を触れると、また扉が静かに開いた。

そこに、それはいた。

元の世界のファンタジー系小説やゲームで見かけるような、ともすれば邪竜なんて呼ばれていそうな、厳ついドラゴンだった。家一軒分くらいの大きさがある。想像以上にでかい。

皇帝陛下もディザークも入って行くので、わたしもついて行ったものの、未知の生物にちょっと逃げ腰になってしまう。

「落ち着け、攻撃されることはない」

と、ディザークが囁いてくれたけれど、なんとか頷くことしか出来なかった。

ドラゴンがパチリと目を開けた。その瞬間、視線が合う。ドラゴンの紅い瞳が見開かれる。

「なんと……」

ドラゴンがスッと首を持ち上げた。

「そこの人間の娘よ、近う寄れ」

……って、え、ドラゴンって喋れるの!?

驚いているとディザークが歩き出す。

手を引かれながらゆっくりと近付けば、ドラゴンがわたしに合わせて首を下げた。

「……おお、おお、その髪、真の黒であるな。これほど我に近い色は久しぶりぞ」

ドラゴンの声が喜色に満ちている。

「人間の娘よ、おぬし、名はなんという？」

「えっと、篠山沙耶です。篠山が家名で、沙耶が名前です。……異世界から召喚されてこの世界に来ました」

「なるほど、異界の者か。道理で妙な気配を持っている」

少しだけ笑いが混じっていた。

「サヤよ、おぬしは今日より我の愛し子だ。そこなる皇帝よ、サヤを皇族に入れよ」

ドラゴンの言葉に皇帝陛下が微笑んだ。

「サヤ嬢は私の弟ディザークの婚約者でございます。二人が婚姻すれば、いずれは皇族となるでしょう」

「そうかそうか、我が愛し子が皇族になるというのであれば、今後もこの国を守護しようぞ」

「ありがとうございます、聖竜様」

ニコニコしている皇帝陛下は機嫌が良さそうだ。

黒を持つわたしは元々、この聖竜と呼ばれるドラゴンに気に入られるだろうからとディザークの婚約者に選ばれた。最初は「そんな理由で？」と思ったけれど、こうしてドラゴンを見て、その体からあふれる魔力を感じて理解した。

……このドラゴン、強いんだろうなあ。

少しピリピリするような、でも温かいような、不思議な感覚がする。

「それにしても、全属性持ちでそれほどの魔力量とはさすが我が愛し子であるな」

ドラゴンが不意に片方の前足を近付けてきたので、びくりと震えてしまった。

パッとディザークがわたしの前へ出る。庇われたのだとすぐに気が付いた。

「邪魔だぞ、退け」

ドラゴンの言葉にディザークが首を振る。

「恐れながら申し上げます。我々人間は聖竜様より脆い生き物です。その爪がほんの少し触れただけでも死んでしまうこともございます」

「なるほど。確かに我の爪はどのような魔物でも切り裂く。人間には危険であろうな」

ドラゴンが前足を引っ込める。

次の瞬間、ドラゴンの体が光り出した。

眩しくて直視出来ないほどの光と風が辺りを支配して、それは数秒でふわっと収まった。

「これならば問題なかろう？」

そこには黒髪に赤い瞳の男性が立っていた。全身黒い衣服を身に纏っていて、背が高く、その顔立ちは息を呑むほどに美しいが、どこか人外じみている。人間なら二十代後半ほどか。

………ドラゴン、だよね？

皇帝陛下とディザークを見ると、二人も酷く驚いた様子だった。

「聖竜様は人の形にもなれるのですね……」

皇帝陛下の言葉にドラゴンが頷く。

「うむ、我ほどになればこの程度、容易いことよ」

ドラゴンがわたしを手招くので、そろりと近付けば、伸びてきた手がわたしの髪に触れた。

「む？　あまり手入れをしておらんな？」

「そのことですが、サヤ嬢は元々ドゥニエ王国に召喚されたものの、このように魔力がないように見えたせいで聖女ではないと判断されて、まともな扱いを受けられなかったのです」

「ああ、あの国か。あそこの王族は昔から傲慢なところがあって好かんかったが、愛し子の才を見抜けぬとは腑抜けになったものよ」

髪に触れていた手が頭の上に置かれる。

「それにしても本当に愛い色だ」

ぐりぐりと目一杯撫で回され、首がもげそうになって慌てて声を上げる。

「聖竜様、痛い痛い!!」

「おお、すまん、久しぶりにこの形になったでな、力加減を誤ってしまった」

はっはっは、と笑いつつ、今度はそっと撫でられる。

顔はとんでもなく美形なのだが、美しすぎて逆にドキドキしない。そもそも全く別の生き物なのだからドキドキする理由もないのだが、まるで美術品を見ている気分である。その撫で方もなんだか犬猫に対するみたいな感じがして、微妙な心境になる。

しばらくわたしの頭を撫でた後、ドラゴンが言う。

「うむ、決めたぞ。我は外へ出る」

驚いた皇帝陛下が訊き返した。

「どういう意味でしょうか？」

「我は愛し子のそばで過ごしたいのだ。人間の寿命なぞ我にとっては瞬く間であるからな。たまには人間の中に紛れて過ごすのも一興よ」

「え、ついて来るつもりですか!?」

つい聖竜を見上げれば、当たり前のように頷き返された。

「我を護衛にすれば愛し子も安全だぞ?」

と、言われても不安しかないのだが……。

そこで皇帝陛下が口を挟む。

「かしこまりました。ではサヤ嬢の護衛の魔法士ということにするのはいかがでしょう? ただし、その間は護衛として働いていただくことになってしまいますが……」

「良い良い。人の身で金を稼ぐというのも、なかなかに面白そうだ」

「すぐに手配いたします。サヤ嬢は現在ディザークの宮で暮らすことが決定しておりますので、聖竜様もそちらでお過ごしください」

「分かった」

二人でポンポンと勝手に決めていく。

……わたしとディザークの意見は?

チラとディザークを見てみたけれど、相変わらず眉間にしわを寄せて黙っている。

話に集中しているからか、頭からドラゴンの手が離れる。

「ねえ、いいの?」

こっそりディザークに訊けば、小さく頷かれた。

「俺は構わん。サヤはまだこの世界のことを知らないだろう？　聖竜様が護衛としてそばにいてくださるならば、危険な目に遭うこともないはずだ」

「わたし、皇族の婚約者になったんだよね？」

「今後、聖女だと公表することで他国から狙われる可能性も出てくる」

「……聖女かあ……」

自分でも思った以上に嫌そうな声が出た。

ディザークが不思議そうに見下ろしてくる。

「嫌なのか？　聖女の立場を望む者は多い」

わたしは首を振った。

「いやいや、だって聖女って国中の魔道具に魔力を注がなきゃいけないんでしょ？　それに他にも色々面倒な仕事多そうだし」

「お前は地位や名誉などに興味はないのか」

「ないね。むしろ地位が高いほど忙しそうって感じがするからやだ。ただでさえ皇族の婚約者って大変そうなのに、更に聖女になったら、のんびり出来ないじゃん」

ふっとディザークが微かに笑う。

「怠惰な奴め」

言葉とは裏腹に柔らかい声だった。

ディザークの手がわたしの頭に触れて、ドラゴンのせいで乱れた髪を整えてくれる。意外にも優しい触れ方だ。

ディザークの手が離れるのと、皇帝陛下が振り向くのは、ほぼ同時だった。

「そういうことで、聖竜様は今後サヤ嬢の護衛となる。……これからサヤ嬢には家庭教師もつけるので、あなたも人間の常識などを一緒に学ぶことが出来るでしょう」

前半はわたし達に、後半はドラゴンに向けての言葉だ。

皇帝陛下が決めたことなら、これはもう決定事項なのだろう。

「よろしくな、愛し子よ」

ドラゴンのほうもその気のようだ。とりあえず「分かりました」と答える。

「聖竜様、サヤと呼んでください。その『愛し子』という呼び方はちょっと落ち着かないので」

「確かに愛し子という呼び方では勘ぐる者もいるであろう。我も人間のふりをせねばならん。……そうだな、我のことはヴェインと呼ぶがいい」

「聖竜様はヴェイン様って名前なんですか？」

「正確には我の名の一部だが、そうだ。人の形の時にはこの名を使うこととしよう」

皇帝陛下が「かしこまりました」と頷く。

このまま出て行くと急に人数が増えたことで警備兵達に怪しまれるため、ヴェイン様──なんとなく様付けになってしまう──は自分に透明化の魔法をかけて、わたし達と共に外へ出ることとなった。

長い階段を上りながら思う。

……なんだか、どんどん深みにはまってる気がする。

最初は帝国でひっそりと過ごせればいいと思っていたのに、全属性持ちだとか聖女だとか、どんどん余計なことになってきている。

霊廟の外に出ると侍従が御者台に移動した。馬車に乗り込み、扉が閉められたタイミングで、馬車の中にヴェイン様が姿を現す。

「これで良かったか？」

「ええ、問題ありませんでした」

「ああ、皇帝よ、おぬしも言葉を崩せ。皇帝たるおぬしが我にそのような言葉遣いをしていたら怪しまれる」

皇帝陛下はそれに頷き、ディザークを見る。

「ディザーク、それではヴェインを頼む」

「承知しました」

「私は政務に戻る。お前達は今日はもう宮に戻れ。この時間なら、午後は服飾店の者を呼べるだろう。早めにサヤ嬢のドレスを用意してやるといい」

全員の視線がわたしに向けられる。正確には、わたしの着ている服に、だが。

……はいはい、どうせこの国では流行遅れなんですよね。言わなくてももう分かってるから。

「はい、そうします」

ディザークが大きく頷いた。

……ドレスなんて着たくないんだけど。でも郷に入っては郷に従えと言うし、そうするしかないだろう。

馬車がお城に着くと、皇帝陛下は「それでは、またな」と颯爽と馬車を降りて行った。

「ヴェイン様、改めましてディザーク＝クリストハルト・ワイエルシュトラスと申します。これからよろしくお願いいたします」

軽く頭を下げたディザークに、ヴェイン様が鷹揚に頷く。

「ディザークか。おぬしも普通の言葉を使うがいい」

「……分かった」

ちなみに、ディザークの宮を見たヴェイン様は「おお、美しい宮だ。それに広い」と喜んでいた。

霊廟の地下はドラゴンの姿では狭かったのだろう。

「これほどの広さならば庭で寝ても十分よな」

などと言い出したものの、ディザークの説得で無事、ヴェイン様は客室の一つに住むこととなった。

第3章　皇弟殿下の婚約者

ヴェイン様がわたしの護衛となってから数日。わたしは朝から憂鬱な気持ちだった。

今日より家庭教師がつくことになったのだが、この早さでつくということは、恐らくわたしが帝国に来る前から既に人選まで決まっていたのだろう。

しかも数日前に服飾店の人々が大量に持って来て試着までさせられたドレス達が、裾直しなどが終わったものから順次、送られてきた。

それもあってわたしは今日からドレスで過ごすことになってしまった。いつもコルセットをしているけれど、ドレスのコルセットのほうがこれまでしていたものよりも厚手でしっかりとしているせいか、ぎっちり絞られた。

おかげで朝食はまともに食べられなかった。

お腹は空くのに食べられないのは拷問だろう。なんとか呼吸は出来るものの、これで激しい運動など出来ないし、座っているだけでも少し息苦しい気がする。

そんな状態で家庭教師と顔合わせをする。しかも勉強を教わるなんて、集中出来るはずがない。

「初めまして、お嬢様。モットル侯爵家のユッテ・モットルと申します。本日よりお嬢様の礼儀作法全般の家庭教師を務めさせていただきます」

そう言った女性は気の強そうな人だった。鮮やかな赤髪に緑の瞳をして、髪をきっちりと纏めており、眼鏡をかけた姿は確かに厳しそうな教師に見える。

「初めまして、篠山沙耶です。篠山が家名で、沙耶が名前です。よろしくお願いします」

コルセットの窮屈さと息苦しさに耐えながら、出来るだけ笑顔で返した。

けれどもすぐに溜め息混じりに首を振られる。

「全くなっておりませんわね」

その言葉にムッとしてしまう。

……いやいや、それをあなたが教えてくれるって話じゃないの？　わたし、異世界人だよ？　この世界の礼儀作法を最初から知ってるわけないじゃん。なんのために家庭教師として呼んだのか理解していないのだろうか。

「最初から教えるようにと言われておりましたが、まさかこれほど知らないとは……。これから皇族になられる方とは思えませんわ」

……これは怒っていいのでは？

イラッとしていると女性が立ち上がった。そうしてわたしの後ろへ回る。

「まずは背筋をしっかり伸ばして、顎を引いて。手は膝の上に重ねて置くように。それから背もたれに寄りかかるのはいけません」

そう言われ、手で姿勢を直される。

……うっ、これ結構きつい……。

背筋をまっすぐにするとお腹に力が入り、余計にコルセットの圧迫が強く感じられる。

「この姿勢を維持してください」

そうして、女性は持ってきたバッグから何かを取り出した。

……なんだろう……？

思わず首を傾げた瞬間、ピシャリと肩に何かが当たった。

一瞬遅れて痛みを感じる。

「姿勢を崩さない！」

痛みに肩を竦めた瞬間、またピシャリと、今度は背中に痛みが走る。

振り向けば、女性は細い棒の先に小さな出っ張りのある指示棒みたいなものを持っていた。

「前を向いて、しゃんとしなさい」

その指示棒みたいなものは柔軟性があるのか、女性が振り下ろすとややしなってピシャリとわたしの背中を打った。遅れて、それが鞭みたいなものだと気が付いた。

……え、待って、これって体罰じゃない？

そう思いながらもまっすぐに背筋を伸ばす。

しかし頭の中は大いに混乱していた。

この世界の教育というのがどういうものなのかは知らないが、これから皇族の一員となる人間を道具で叩いて、まるで動物にするような躾をするなんて、あっていいのだろうか。

「お待ちください！」

リーゼさんが叫び、飛び出してきた。

「サヤ様はディザーク殿下の、皇族の婚約者様です！　それを鞭で打つなど、なんということをなされるのですか!!」

女性が鞭を持つ手をリーゼさんが摑む。

だが、女性はそれが気に入らなかったのかリーゼさんを力一杯突き飛ばした。

リーゼさんが床に倒れ込む。

「リーゼさん！」

立ち上がったわたしの腕を鞭が叩く。

「あなたは座っていなさい。私《わたくし》は皇帝陛下より、お嬢様の教師を任されたのよ？　急いで礼儀作法を身につけさせるにはこれくらいしなければならないのです」

リーゼさんは突き飛ばされた際に足を挫いたのか、痛そうな顔で立ち上がれずにいた。

女性はそれを無視してわたしのほうに顔を戻す。

「よろしい。では、お嬢様はティーカップを持ってください。……ああ、中身は空でいいのよ」

わたしは言われるがまま、空のティーカップを手に取った。

途端にまたピシャリと鞭が腕を叩いた。

「痛っ……！」

布地のある肩や背中よりも、直接肌に当たることになる手のほうが痛くて、ティーカップを落としてしまう。幸い膝の上に落ちたので割れたり傷がついたりすることはなかったけれど、女性は眦をつり上げた。

「まあ、ティーカップを落とすなんてはしたない！　いいですか、ティーカップはこのように、ソーサーを片手で持ち、もう片方の手で取っ手を持つのです。間違っても両手でカップを持ってはいけません」

女性が鞭を置いて、一度持ち方をわたしに見せる。

痛む腕を我慢しながら真似して持つ。鞭で打たれた部分が赤くなっていた。

「それから常に微笑を浮かべるように。淑女は常に微笑んで、男性に付き従うものです。多少の痛みは我慢なさい。さあ、笑って！」

ピシッと脅すように鞭がテーブルを叩く。

わたしは仕方なく微笑みを浮かべた。……多分、目は全く笑ってないだろうけど。

ピシャリとまた腕を叩かれた。

「背中が丸まっていますよ！」

慌てて背筋を伸ばす。

それからの授業は終始そのような感じだった。家庭教師はわたしが少しでも間違えたり、教えたことと違った動きをしたりすると、すぐに鞭を打った。

背中や肩も痛かったけれど、何より、腕が一番痛い。

午前中の三時間ほどの授業でわたしの右手首の下は赤くなり、よく見ればミミズ腫れのようなものまでいくつか出来てしまっていた。ヒリヒリ、ジンジンと右腕が痛む。

「午後もティータイムに授業を行います」

と、言って家庭教師は部屋を出て行った。

赤くなった腕に触れると熱を持っていて、痛い。

わたしは即座に決めた。

これは絶対におかしい。

部屋の隅に座り込んでしまっていたリーゼさんが這いずってきたので、慌てて駆け寄った。

「大丈夫？」

「はい、私は大丈夫です。お守り出来ず申し訳ございません……。お嬢様、どうかディザーク様に今あったことをお伝えください。このままではいけません……！」

「うん、そのつもり。でも私よりリーゼさんのほうが痛そうだよ。ちょっと待ってて」

すぐにベルを鳴らして人を呼ぶ。

やって来たノーラさんとマリーちゃんは驚いた顔をしたが、すぐにマリーちゃんはお医者様を呼びに行ってくれた。

ディザークはしばらくの間は離宮で仕事をしている。

だから、ここにはディザークがいるのだ。

「ノーラさん、ディザークのところへ案内して」

こんなことをしていたら、わたしの右腕はあっという間に傷だらけになってしまう。

＊＊＊＊＊

ディザークは書斎で仕事を片付けていた。

主に軍に関する内容の書類に目を通し、指示を出したり、許可の印を捺《お》したり、修正したりする。

書類を処理するだけというのも案外疲れる。

サヤがこの離宮での暮らしに慣れるまでは、すぐに声をかけられる場所にいたほうがいいだろうと考え、しばらくはこの宮で仕事をすると決めた。そのことは部下達にも通達してある。書類の移動などで少々時間がかかるが仕方ない。

サヤが一人で過ごしても問題ないと判断出来るまでは、こうするほうが、ディザークにとっても安心だった。

次の書類へ手を伸ばした時、部屋の扉が叩かれた。

その叩き方はやや強く、使用人のものではないことだけは理解出来た。

「誰だ」

やや声を張れば、扉の向こうから声がした。

「わたしです」

それはサヤのものだった。

この宮にサヤが来て数日が過ぎたが、ディザークの書斎にサヤが訪れたのは初めてである。

ディザークは内心で首を傾げつつ返事をした。

「入れ」

扉が開けられて、サヤと侍女、そしてヴェインが入ってくる。

そこでサヤの無表情に気付き、ギョッとする。

「どうした？」

思わずペンを置いて立ち上がる。

まだ出会ってからの時間は短いが、それでも、サヤの無表情というのは初めて見た。

泣いたり、不満そうな顔をしたり、喜んだり、呆れたり、サヤは基本的に表情豊かで何を考えているのか分かりやすい。……そのはずだったのだが。

「結論から言う。礼儀作法の勉強、わたしには出来ない。このまま授業は受けられない」

ハッキリとした強い口調でサヤが言う。

……確か、今日から家庭教師が来て、礼儀作法を学ぶ予定だったはずだ。

午前中から授業を受けていたはずだから、そこで何かがあったのだろう。

ドゥニエ王国での雑な扱いですら我慢していたサヤだ。ただ授業が嫌でこんなことを言っているわけではない、というのは分かった。

「何があった？」

話を聞くために近づくと、無言で右腕を差し出された。

肘より少し長い袖の先、細い腕が赤くなっていた。しかもよく見れば赤い線が何本もある。

ディザークは驚きのあまり、その腕を掴んでしまった。細い腕は熱かった。

「この国では、家庭教師が生徒を鞭で叩くの？」

サヤの問いにディザークは困った。

「生徒がどうしても言うことを聞かない場合などには鞭を使うこともあるが……」

サヤの腕にあったのは確かに鞭の痕だった。

しかもこの様子では打たれた回数も一度や二度ではないだろう。

「間違えるたびに鞭で何度も叩かれたよ。しかもリーゼさんが突き飛ばされて、多分、足を痛めちゃってる」

それを聞いてディザークは眉を顰めた。

子供の教育の中でならありえないことではないが、それでもこんな風に怪我をさせるほど強く打ったりはしない。しかもディザークの宮の人間に怪我をさせるなど……。

「その家庭教師はすぐに外す。……痛むか？」

「かなり痛い」

そこでヴェインが口を開いた。

「あれは人間の教育としては間違っておるのか？」

護衛としてヴェインがそばにいたはずだが、何故動かなかったのか。

「普通そのようなことはしない」

「そうなのか。てっきり、ああいうものだと思っておった。動物の中にも、子を育てる際に過酷な状況に置いて成長を促すこともあるが。……そうか、違うのか」

「護衛なのになんで何もしないのかと思ったら、分かってなかったんですね」

サヤがどこか呆れた顔をしてヴェインを見る。

ヴェインは何度か頷いた後、近付いてサヤの右腕に手を翳した。

ふわりとその手から聖属性の白い輝きが現れる。

あっという間にサヤの腕の傷や赤みが消え、サヤは目を丸くする。

「……あ、もしかして今の治癒魔法ですか？」

「うむ、聖属性を持つサヤも使えるはずだぞ」

「そっか、魔法で傷も治せるんだっけ……」

傷のなくなった腕をサヤがジッと眺める。

たとえ傷が消えても、鞭を打たれたという事実は変わらないし、それはつらい経験だったはずだ。

傷が残らずに済んだことにホッとしつつ、ディザークはサヤの腕から手を離した。

「家庭教師については兄上ともう一度相談する。それまで礼儀作法の授業は休みだ。歴史など勉学面の教師は来るが、それらについても教育の仕方に問題がないか確認しておく。もし何かあれば言ってくれ」

「うん、分かった」

「とにかく今日はもう休め。……すまなかった」

ディザークはサヤに頭を下げた。

「ディザークが用意した人？」

「いや、選定は兄上だが……。こちらで用意した家庭教師だ。それに俺も同意した」

今回呼んだ家庭教師は優秀だと有名だった。多くの貴族の子息令嬢の家庭教師を務め、生徒だった者達は皆、礼儀作法が素晴らしいと言われていた。

サヤの場合は一から学ぶ必要がある。だから国で最も優秀な者を用意したのだ。

しかしその教育方法までは精査しなかった。

そこでようやく、ふっとサヤが小さく笑う。

「ディザークは真面目だなあ」

サヤに表情が戻ったことに安堵する。

それから「部屋に戻る」とサヤが言うので、ディザークは部屋まで送ることにした。

書斎を出る際に、家庭教師を応接室の一つに呼ぶよう使用人に伝えておく。同時にある物も用意するように告げた。

廊下を歩く間も、横にいるサヤの気落ちしている様子が気にかかる。

「……無理はするな」

こういう時、上手い慰めの言葉をかけられれば良かったのだが、そのような言葉は思いつかず、そんな端的な物言いしかできなかった。

「……うん」

左手に添えられたサヤの手に、微かに力がこもる。

先ほど腕を掴んだ時の感触を思い出した。

……あんな細く柔《やわ》い腕に、赤く腫れるほど鞭を打つなど考えられん……。

サヤを部屋に送り届けた足で応接室へ向かいながら、ディザークは眉間のしわを深くした。

たった数時間でああなのだから、もしサヤが黙っていたらと思うとゾッとする。

目的地に着き、扉を叩いてから開ける。

中へ入ればディザークに礼を執る家庭教師の女性がいた。

「皇弟殿下にご挨拶申し上げます」

ディザークは女性に近付いたものの、ソファーに座らず、立ったまま声をかけた。

「モットル侯爵夫人、一つ問いたい」

「はい、なんでございましょう？」

「何故、俺の婚約者に鞭を使った？」

家庭教師は平然とした顔で答えた。

「お嬢様は全く礼儀作法を知らないご様子でした。ですが、私《わたくし》は陛下より、お嬢様を『皇族として問題ない程度に教育せよ』と承りました」

「それが鞭となんの関係がある？」

「一日でも早く礼儀作法を覚えていただくためには、多少手荒であっても、確実に身につく方法が最善と判断いたしました」

……あれが多少だと？　腕が赤く腫れ、いくつもの線が走り、そのせいで熱を持って、差し出した手が微かに震えるほどだったというのに……。

同時にディザークは別のことを思い出した。

モットル侯爵という響きに聞き覚えがあると感じていたが、確か、一時期ディザークの婚約者候補達の中にモットル侯爵令嬢の名があった。本人と一度話した記憶もある。

けれどもディザークが婚姻に興味がなかったことと、皇位継承権などの問題で、ディザークの婚約者の選定はある程度進んだ段階で結局見送られた。

モットル侯爵令嬢は最後まで名前が残っていたが、まさか令嬢の身内だったとは。

もしそうだったとしても、サヤを傷つけていい理由などないし、モットル侯爵夫人を選んだのは完全にこちらの不手際であった。

「なるほど、確実に身につく方法か」

ディザークは部屋の隅に控えていた使用人を促し、用意させていたものを受け取った。

「モットル侯爵夫人、利き手を出せ」

差し出された手にそれを振り下ろす。ピシャリと乾いた音が室内に響く。

家庭教師が「ひっ！」と声を漏らし、鞭を打った場所に赤い線が走る。

「あ、な、何をなさいますか……!?」

慌てて手を引っ込めたのでディザークは答えた。

「それはこちらの言葉だ。サヤはいずれ俺と婚姻を結び、皇族の一員となる。貴様は皇族となるべき者に鞭を振るったのだ」

「それは礼儀作法を覚えさせるためで……！」

「教育のためならば暴力は許されると？」

それこそが間違っている。特にサヤの場合は、聖女の可能性があり、帝国にとって重要な人物であることは前もって伝えられており、皇族の一員になることも知らされていたはずだ。

そんな人物をまるで馬の躾でもするかのように鞭打ったのだ。

突然異世界に召喚されて、ドゥニエ王国ではまともに扱ってもらえず、やっと帝国で正しい待遇を受けられるようになったというのに、これではサヤが気落ちするのも当然だった。

……不愉快だ。

ギリ、とディザークは苛立ちに奥歯を噛み締める。

「跪け」

サヤに対して恋愛感情があるわけではない。

しかしながら、人としては好意的に感じている。

皇弟という地位を狙ってくることもなく、ディザークのしかめ面に怯えることもなく、気楽に接してくれる。まるで友人にするような態度なので、時々、婚約者という意味を理解しているのかと気になることはあるものの、その態度がむしろ心地好い。

やや流されやすいところもあるため、つい大丈夫だろうかと心配にもなる。

決して気の弱い性質《たち》ではないのに、どうしてか放っておけないと感じてしまう。

……サヤが正直に話してくれて良かった。

たとえ治癒魔法で傷は治せても、心に負った傷まで癒すことは出来ない。

「貴様の行いがどういうものなのか、身をもって理解させてやろう」

鞭を手にディザークが踏み出せば、家庭教師が慌てて膝をついて謝罪の言葉を述べる。

だが許すつもりはない。

「モットル侯爵夫人、貴様には失望した」

サヤが傷つけられた。苦しめられた。

それがディザークには酷く不愉快だった。

＊　＊　＊　＊　＊

「本当にすまなかった」

家庭教師の一件があった翌日、お城へ向かうと開口一番に皇帝陛下はそう言ってわたしに頭を下げた。

前回と同じく政務室と思しき部屋だったので、非公式の謝罪だけれど、皇帝陛下ともあろう人がこんな風に誰かに謝るなんて普通はありえないはずだ。

ソファーに座り、お茶を出されてすぐのことだったので余計に驚いた。

「あ、頭を上げてください……！」

なんとかそう言えば、皇帝陛下は困ったような顔でそろりと顔を上げた。

「許してもらえるのだろうか？」

「……その、家庭教師があういう人だと知っていてワザとわたしに宛がったわけではないことは分かっています。ディザークも謝ってくれて、わたしは次の家庭教師があういう人でなければそれでいいです。傷はヴェイン様が治してくれましたし」

許す、とは簡単に口には出せなかった。初めて人から鞭で打たれた驚きと痛み、それらのショックは結構大きくて、傷が治ってもつい右腕をさすってしまう。傷が消えてもなかったことにはならない。

……そういえばドゥニエ王国では騎士に突き飛ばされて、笑われたっけ。

あの時、手を差し伸べてくれたのはディザークだった。

わたしが鞭を打たれた右腕を見せた時も、ディザークは酷く驚いて、そうしてすぐに謝ってくれた。家庭教師を外すと約束してくれて、午後にあったはずの授業もなくなって、とてもホッとしたのだ。

「モットル侯爵家は代々忠義に厚い者達ばかりであったが、まさか夫人が皇族の婚約者に暴力を振るうとは……。私の調査が甘かったのは事実だ」

皇帝陛下はやっぱり少しだけ眦を下げていた。

わたしもどうすればいいのか困ってしまい、皇帝陛下との間に微妙な沈黙が続く。

こほん、とディザークが小さく咳払いをする。

「あの家庭教師だが、どうやらサヤが俺の婚約者になったことが気に入らなかったようだ」

「どういうこと?」

「モットル侯爵家には令嬢がいるが、その令嬢は一時期、俺の婚約者候補になっていた。娘やそれ以上の爵位の者が婚約者になるならばともかく、明らかに貴族ではないサヤを見て、認められないと思ったようだ」

ディザークの説明に「うへぇ……」と声が漏れた。

「何それ、怖っ。別にわたしとディザークの婚約にあの人、関係ないじゃん。どういう思考してるの?」

「モットル侯爵夫人は淑女の鑑《かがみ》と言われる自分の娘こそ、皇弟の妻に相応しいと考えていたのだろう」

「あー……いかにも『平民です』っていうわたしが気に入らなかったのかあ」

そういうこともあるのか、と思う。皇帝陛下に認められているから大丈夫っていうのは慢心かもしれない。

……でもディザークの婚約者候補……。

「婚約者候補の人達の中で良い人はいなかったの? 結婚したいなって思う人は? 貴族のご令嬢なら、みんな綺麗で気立ても良かったんじゃない?」

「いや、気になる者はいなかった。そもそも皇弟の妻という地位目的の者か、そうでなくとも怯えて目も合わせられない者もいたからな」

「あはは、ディザーク、眉間のしわが凄いもんね」

少し顔を寄せつつディザークの真似をしてしかめっ面をして見せれば、「やめろ」と軽く頭を押し返された。

それを見て皇帝陛下がプッと小さく噴き出した。

「はは、よく似ている。確かにディザークは眉間のしわが問題だな。それのせいで怖く見える」

「そうですよね、顔自体は美形なのに勿体ない」

何故かディザークが驚いた顔をする。

「え、なんでそこで驚いた顔するの？」

「……顔の美醜の判断は出来ていたのか」

「出来てるよ。皇帝陛下もディザークも美形ってよく言われるでしょ？　まあ、わたしからしたらこの世界の人達って彫りが深いから顔立ちがハッキリしててみんな美形に見えるけど、ディザークはその中でもかなりカッコイイ部類」

言いながらまじまじとディザークの顔を眺めていると、ディザークがフイと視線を逸らした。

……お、今のは照れかな？　結構分かりやすい。

思わずニヤニヤしているとジロリと睨まれたが、照れ隠しと分かっているので怖くない。

「やだ、照れてる？　可愛い～」

「……男に可愛いはないだろう」

「そう？　でも女子の『可愛い～！』は結構上位の褒め言葉だと思うよ。少なくともわたしの中ではカッコイイより上かな」

「そうか……」

ディザークが微妙な顔でわたしを見下ろす。

なんだろう、と見つめ返せば溜め息交じりに顔を背けられた。

皇帝陛下はニコニコ顔で、いかにも愉快そうだった。

「ディザークとサヤ嬢は随分と仲が良いな」

その言葉にわたしは首を傾げた。

「うーん、まあ、そうかもしれないです？　どういう理由であれ、ドゥニエ王国から連れ出してくれたのはディザークなので、わたしにとっては恩人ですね」

「なるほど、じゃあディザークのことは好意的に思ってくれているんだね」

「そうですね、ディザークのことは好きですよ」

横でブフッとディザークのむせる音がした。見れば、ティーカップ片手にディザークが苦しげに咳き込んでいて、あまりに苦しそうだったのでその背中をさすった。

「大丈夫？」と問えば、咳の合間に「……ああ」と返事があったが、気管に入って苦しいのか顔が少し赤くなっている。

……うんうん、変なところに入ると苦しいよね。

特に効果がないのは分かっているけれど、なんとなくディザークの背中をさすっていたら「もう、大丈夫だ……」と手で止められた。声は掠れていたものの、咳は治まったらしい。

手を引っ込めて皇帝陛下のほうへ顔を戻せば、目の前に、やたらいい笑顔があった。

首を傾げてディザークを見上げると、こちらは不機嫌そうに眉間にしわを寄せている。まあでも、ディザークはいつもこんな感じか。

「あの、それで、今日呼ばれた理由はなんでしょうか？　謝罪のためですか？」

訊けば、皇帝陛下が首を振った。

「ああ、いや、それもあったが、もう一つ理由がある。……聖女をここへ」

皇帝陛下が侍従に声をかけると、侍従は下がっていく。

「聖女様？」

「そうだ、サヤ嬢がきちんと聖女として活動出来るかどうか確かめるのが今日の目的だ」

そんな話をしているとすぐに侍従が戻ってくる。

その後ろには女性がいた。

年の頃は七十前後くらいだろうか、年齢のわりにピンと背筋が伸びていることもあって、凛として見える。元の世界で言うところのシスターみたいな服を着ているけれど、色は黒ではなく白で、袖や裾、縁などが金。ほぼほぼ全身白に近い。

目が合うとにっこり微笑みかけられた。

……聖女様って言われるのも納得……。

まるで聖母のような、優しく綺麗な微笑みにぼうっと見惚れているうちに、女性が歩いてきて、わたし達の斜め前のソファーを勧められて腰かけた。

「こちらは我が国の当代聖女マルグリット・ドレーゼ伯爵夫人、そしてこちらが私の弟の婚約者であり、次代の聖女候補にと考えているサヤ・シノヤマ嬢だ」

女性が両手を胸元で交差させ、会釈をする。

「初めまして、シノヤマ様。マルグリット・ドレーゼと申します。どうぞマルグリットとお呼びください」

「初めまして、サヤ・シノヤマと申します。お会い出来て嬉しいです。わたしのこともサヤとお呼びください、マルグリット様」

「はい、分かりました、サヤ様」

声も穏やかで、とても優しそうだ。ニコリと微笑まれて、自然とわたしも笑みが浮かぶ。その場の空気が和やかになるのを感じた。

「ケヴィン、魔道具を」

……あ、侍従の人、ケヴィンっていうんだ？　いつも皇帝陛下のそばに控えている人だけれど、名前を聞いたのは初めてである。

ケヴィンさんは頷くと箱を二つ持って来た。

どちらも黒く塗られた木製の箱で、それがテーブルの上へ置かれ、丁寧に蓋が開けられる。

中には月球儀みたいなものが入っていた。

ケヴィンさんはそれを取り出すと、一つはマルグリット様の前に、一つはわたしの前に置く。

「陛下、私《わたくし》からサヤ様にご説明させていただいてもよろしいでしょうか？」

「ああ、頼む」

マルグリット様がわたしのほうを見た。

「サヤ様が異世界よりお越しくださったことは聞き及んでおりますので、疑問などがございましたら遠慮せずにおっしゃってくださいませ」

「はい、分かりました」

ニコ、とマルグリット様が微笑んだ。

それから目の前の月球儀みたいなものを手に取り、少しだけ持ち上げて見せた。

「こちらは聖属性魔法の障壁を張るための魔道具・聖障儀《せいしょうぎ》でございます。この白い球体は魔鉱石で、これに聖属性の魔力を注ぐことで魔鉱石が魔力を溜め、この星のように点在する部分より魔力が放出されて一定範囲に障壁を張ってくれるのです」

マルグリット様の手がほのかに白く輝くと、球体部分が段々と色づき、濃い青色になった。

わたしが魔鉱石に魔力を注いだ時は黒くなったので、恐らく、マルグリット様が今、目の前で魔鉱石に聖属性の魔力を注いだのだろう。

「下の調節ネジで障壁の範囲を決めると、障壁が展開されます」

コトリとテーブルへ置いた聖障儀の根元、台座の部分にあるツマミをマルグリット様が回すと、球体が浮かんで外側にあったカーブを描いた枠がゆっくりと回り出して、聖障儀を中心に半透明の膜が現れた。まるでシャボン玉みたいに表面がうっすらと虹色に輝いている。

「これが障壁です。この障壁魔法により魔物が入れないよう設定されており、どの街や村でもこちらの魔道具が使用されています」

「触ってみてもいいですか？」

「ええ、どうぞ。人に害はございません」

試しに指で触れてみると、なんの感覚もなく指が膜を通り抜けた。

視覚的には膜があるのに触覚では感じ取れない。それが不思議で、ちょっとだけ面白い。

「この魔道具は国中から集められます。それに聖属性の魔力を注ぎ入れることが、聖女の一番の仕事なのです」

「国中から……。凄く大変そうですね」

「数が多いので魔力量も多くないとつらい仕事ではありますが、私《わたくし》だけが聖属性の魔力持ちではございませんから、全てを担うというわけではないのです。小さな村などは神殿が聖属性持ちの神官を派遣しているので、こうして帝都に集められるのは大きな街や神官のいない村のもの、あとは古くて交換が必要なものになります」

それにふと疑問が湧く。

「大きな街や村にも神官がいるのでは？」

「はい、もちろんおります。しかし魔力の充塡が出来る神官というのは決して多くありません。治癒魔法は扱えても魔力譲渡が出来ない者、魔力譲渡が出来ても魔力量が少ない者と、残念ながら誰もが適しているわけではないのです」

大きな街の場合は、聖女が聖障儀に魔力を注いで返すという段取りが組めるが、国境沿いなどの小さな村々となると聖障儀の替えがなかったり、送るための費用がなかったりする。

それゆえ、魔力譲渡の出来る数少ない聖属性の神官達が神殿を通じて必要な村へ派遣されるのだ。

結果、大きな街には、そういった神官は少なくなる。

「場所によっては数名の神官で魔力を補充している街もございますが、聖属性持ちがあまり多くはないため、どうしても聖女の魔力が求められます」

なるほど、と頷く。

……香月さんも同じ役割なんだよね？

「聖女の仕事はそれだけですか？」

「主な仕事はこれですが、時間や魔力に余裕がある時には、神殿にて治癒魔法を使い、怪我や病で苦しむ人々を救うために奉仕活動を行うこともございます。サヤ様は、奉仕活動はお嫌いでしょうか？」

「今までしたことがないので、実際にやってみないと分からないです。それに治癒魔法も使ったことがないから、まずはその練習が必要だと思います」

「ふふ、正直な方ですね」

……ここで奉仕活動が好きですって言えたら、聖女らしいんだろうけどね。

元の世界では学校の活動でゴミ拾いとか清掃とかのボランティアはしたことがあるけれど、マルグリット様の言う奉仕活動はそういうのとは違うはずだ。

「サヤの魔法については、これからきちんとした教師をつけて学ばせる予定だ。治癒魔法もその中で覚えてもらうつもりではある」

ディザークの言葉にマルグリット様が頷いた。

「奉仕活動のお話はまだ早かったようですね。では、まずは聖女の第一歩として、こちらの聖障儀に聖属性の魔力を注いでみましょう」

どうぞ、と先ほどとは別の聖障儀を手で示される。

とりあえず両手で持ち上げてみると、ずっしりと重く、元の世界で市販されている月球儀とは全く違っていた。ほとんど魔鉱石の重さのような気がする。

「手に聖属性の魔力を集めてください」

「聖属性の魔力だけを別に分けられるんですか？」

「はい、出来ますよ。目を閉じて、自分の中の魔力を見てみてください。様々な色があるのが分かりましたら、その中から白い魔力だけを手に移動させる、と言えばいいでしょうか」

聖障儀をテーブルに置いて目を閉じる。

自分の体の中心に意識を向けると、瞼の裏にキラキラと色が輝くのが見えてくる。適性を調べた時に見たような、赤、青、緑、茶、白、黒の六色がそれぞれ点滅している。中でも白の割合が多い。

その白色に更に意識を集中させて、それがゆっくり腕を通って手に移動するイメージを思い浮かべる。体の中心から腕、両手へと温かな感覚が動いていく。

「魔力が手に移動出来ましたら、その魔力を魔道具にゆっくりと注ぎ入れてください。いっぱいまで溜まったら、そこで入らなくなるのでやめてくださいね」

目を開けて頷き、そこで入らなくなるのでやめてくださいね」

掌からじわじわと魔力を移す。感覚的に魔道具の魔力が空だというのが分かった。

魔道具に魔力が満たされていくのに合わせて、白かった魔鉱石の球体が少しずつ黒く染まっていく。

いっぱいだと感じて魔力を注ぐのを止める。魔鉱石の球体は真っ黒に染まっていた。

テーブルに聖障儀を置くと、マルグリット様がそれに触れた。

「素晴らしいです。聖属性の魔力がきちんといっぱいまで入っておりますね。魔力の質もとても良さそうで、これならば強くしっかりとした障壁が長期間張れるでしょう」

マルグリット様が嬉しそうに微笑んだ。

すると皇帝陛下も同じような顔をする。

「聖女としての素質は問題ないか?」

「はい、陛下。質だけでなく、魔力量も色を見る限り私《わたくし》より多いでしょう。魔力譲渡もとても滑らかに行われており、サヤ様は聖女としての素質がとても高いと思われます」

皇帝陛下が頷き、わたしを見る。

「サヤ嬢には我が帝国の次代の聖女となってもらいたい」

はっきりとした申し出に苦笑してしまう。

……ゆっくり過ごしたかったなあ……。

そう思う反面、嬉しいとも思った。ドゥニエ王国では『聖女様のオマケ』と嘲笑われていたが、本当はそうではなく、きちんとわたしにも出来ることがある。

わたしはオマケでも巻き込まれたわけでもなく、わたし自身も聖女だった。

……香月さんに教えてあげたい。

自分の召喚にわたしを巻き込んだと罪悪感を持っているようだったから、わたしも聖女だったと知れば、少しは香月さんの心も軽くなるだろう。

「必要としてくれるなら、帝国の聖女になります」

「必要だ。聖女は国の護りの要《かなめ》。サヤ嬢が聖女になってくれれば、我が国としても心強い」

「サヤが聖女になるならば、新たな聖女として公表しないといけませんね」

「ああ、新たな聖女の公表は祝いごとなので大々的に行う予定だ。各国の要人を招いて、ね。全属性持ちの聖女となれば国民も大いに喜ぶだろう」

ディザークの言葉に、ニヤリと皇帝陛下が悪そうに笑う。

……ドゥニエ王国は悔しがるだろうけどね！

自分達が無能と断じて捨てたわたしが、実は無能ではなかったと知ったら……。

あの王太子はどんな顔をするだろうか。

思わずニヤリと笑ってしまったわたしは悪くないだろう。

……逃した魚の大きさを知るがいい!!

＊　＊　＊　＊　＊

聖女マルグリット様との初対面から一週間。

その間に何度かあった皇帝陛下との話し合いの結果、わたしが帝国の聖女であると公表するのは一ヶ月後となった。

ちなみにその二週間前に、皇室主催の舞踏会にてわたしをディザークの婚約者としてお披露目するそうだ。

「本当はもう少しゆっくり進めたかったんだが」

と、皇帝陛下は苦笑していた。

本来ならば、わたしがもっと礼儀作法などを覚えてからディザークの婚約者として紹介するつもりだったようだが、予定変更となったのだ。

「まさか聖竜様のお気に入りというだけではなく、聖女でもあっただなんて予想外だった。他の国に探られる前に、さっさと我が国の聖女と公表したほうがいい」

そういうわけで、わたしが正式に聖女として人々の前に立つのは一ヶ月後に決まったのだ。

この一ヶ月というのはわたしの準備と、各国の要人が予定を調整するための準備、両方を考慮してのことらしい。

二週間後の舞踏会はちょっと気が重いけれど、聖女として公表されることについては少しだけ安心した。それが済めばわたしは正式に帝国の聖女になるため、もう二度と、ドゥニエ王国に舐められることはないだろうと皇帝陛下も言っていた。

もしドゥニエ王国がわたしを返すよう要求したとしても、ドゥニエ王国でのわたしの扱いと召喚の際に帝国から魔法士を貸したこと、そしてわたしが帝国に住みたいと望んでいることを挙げてはねつけるつもりだそうだ。

……まさか、さすがにそんな要求してこないと思いたい、けど……。

もしそんなことを言い出したら、正気かどうか、あちらの頭を疑ってしまう。

召喚後にわたしを放置して『聖女様のオマケ』だの『役立たず』だの散々嘲笑っていたのだ。今更謝罪されたとしても、わたしに受け入れる気はない。

皇帝陛下と話をした後、廊下へ出ると、エーベルスさんがいた。

「ディザーク様、急ぎの案件があるのですが……」

チラリとエーベルスさんがくすんだ青い瞳をわたしへ向けたので、ディザークの腕から手を離す。あまり人に聞かせたくない話なのかも、と感じた。

「ねえ、お城の庭を散歩してもいい？　綺麗だなあってずっと気になってたんだよね」

「ああ、構わないがヴェインと侍女を忘れずに連れて行け。侍女に止められた場所には立ち入らないように」

「うん、分かった」

ヴェイン様と侍女は常にわたしのそばにいる。

誰かにいつも見られて、あれこれとお世話をしてもらうのは少し落ち着かないが、マリーちゃんいわく「聖女様ですから、必要なことです！」とのことだった。

先日、わたしが全属性持ちで聖女であることをマリーちゃんに伝えたところ、彼女は文字通り、泣いて喜んでくれた。

ずっとドゥニエ王国で雑な扱いをされていたことで、相当心を痛めていたらしく、帝国で聖女として生きていくと言ったわたしに「良かった、本当に良かったです……!!」と言ってボロボロ泣いたのだ。

そんなマリーちゃんだが、同じ侍女のリーゼさんとノーラさんにビシバシしごかれているそうで、日に日に気弱さが抜けていっている。

最近は吃《ども》ることもなくなり、俯くことも減って、自信がつき始めたみたいだ。

「今、眺めるなら西の庭園の花が見頃だ。仕事を終えたら迎えに行く。それまで西の庭園辺りにいてくれ」

「了解、待ってるね」

ヴェイン様とリーゼさんを伴って、ディザークから離れる。

リーゼさんが西の庭園まで案内してくれるとのことで、それについて行く。

城内は人がいるため、時々、突き刺さるような視線を感じるが、気付かないふりをする。

……ドゥニエ王国に比べたらマシだなあ。

あそこでは指差されてヒソヒソ話をされたり、隠れて笑い話のタネにされたりしていたから、見られるくらいどうということはない。

お城の通路に出て、そこから庭園へ出る。

ディザークの言うように丁度見頃なのだろう。綺麗に整えられた庭園には花が咲き乱れており、それを眺めると穏やかな気持ちになれる。そのままリーゼさんとヴェイン様を連れて花を眺めた。

……ディザークって本当は忙しいんだろうなあ。

普段はお城のほうで仕事をしているらしいが、わたしが離宮に慣れるまでは話しやすい相手がそばにいたほうが安心するだろうからと、わざわざ離宮に仕事を持ち込んでくれている。申し訳ないなあと思いつつも、その心遣いが嬉しくもある。

ちょっと威圧的な口調と外見をしているけれど、ディザークはいつだって誠実で、そして気遣いの出来る優しい人だ。そういうところが素敵だと思う。

おかげであの家庭教師の時にもすぐにディザークに話をして、辞めさせることが出来た。

ディザークは何かと気にかけてくれて、それがどこかくすぐったく感じる。

しゃがみこんで足元の花を眺める。濃い青色の花はディザークの髪を思い起こさせた。

……わたし、色々してもらってばっかりだ。

早く生活に慣れて、聖女として活動して、帝国のためになることをしたほうがいいのだろう。

のんびりは過ごせないが、必要とされるというのはそんなに悪いことではない気がする。

少なくとも、わたし自身を誰かが必要としてくれるというのは特別なことだ。

ふと浮かんだ疑問に、辺りを見回し、ヴェイン様に手招きをする。

「あの、ヴェイン様」

「なんだ？」

ヴェイン様が近付いてきてわたしの横に屈んだので、しゃがんだまま少し体を起こして内緒話をする。

「愛し子って基本的には何をすればいいんですか？」

愛し子がいれば、聖竜は帝国を守護してくれる。

そういう話ではあるけれど、その愛し子が具体的に何をすべきかは誰も言わなかった。

ヴェイン様が首を傾げた。

「特にするべきことはないぞ？」

「え、ないんですか？」

「うむ、だがそうだな、あえて言うならば、この帝国で愛し子が望むまま、幸せに過ごせばいい。我のお気に入りであるサヤが笑顔でいれば、それが我にとっては一番喜ばしいことなのだ」

ワシワシとやや乱暴な手つきで頭を撫でられる。紅い瞳が優しく細められた。

「……それってヴェイン様には何も利点がない気がしますけど」

わたしがそう言えば、ははは、とヴェイン様が笑う。

「我は利点などどうでもいい。ただ、同じ黒を持つ者が苦しみ、嘆く姿を見たくないだけだ。……我は昔から我が儘なのでな」

堂々と返されてわたしはぽかんとした。

そんなわたしの頭をもう一度撫でて、ヴェイン様がふっと立ち上がった。

ヴェイン様の視線を追って道の先を見れば、杖をついた男性がこちらへゆっくりと歩いてくるのが見えた。リーゼさんが乱れたわたしの髪をサッと整えてくれる。

男性は結構な歳なのか、少し腰が曲がっていて、白髪交じりの銀っぽい髪が太陽の光に当たってキラキラと輝いていた。しかし、不意に杖の先が地面を滑り、男性は転んでしまう。

慌てて立ち上がり、その人に駆け寄った。

「大丈夫ですかっ？」

声をかければ男性が顔を上げる。

遠目で見たよりも若く見えた。恐らく五十代から六十代くらいだろう。

「ああ、大丈夫だ」

落ち着いた低く柔らかな声で返される。

立ち上がろうとする男性に手を貸し、足元に転がった杖を拾って、その手に渡す。

しわが多く、皮膚の厚い、歳を重ねた大きな手だった。

それに思っていたよりも男性は長身であった。

「すまないね。膝が悪くて。何、少し休めば問題ない」

「じゃあ、あそこまでご一緒します」

右手で杖をついているので、左腕を支えれば、男性が一瞬驚いた様子でこちらを見た。

最初はこげ茶色かと思った瞳は間近で見ると、光が差し込んで暗い紅色になる。

一瞬引っかかりを覚えたものの、とりあえず男性を支えて、庭園の中にある小さな休憩所みたいなところまで歩調を合わせて歩いて行く。ヴェイン様もリーゼさんも何も言わないなら、悪い人ではないだろう。

休憩所にはベンチがあり、男性をそこへ座らせる。

男性がふう、と小さく息を吐いた。

「ありがとう」

「どういたしまして。誰か人を呼びましょうか？」

「いやいや、後で迎えが来るからその必要はない」

そのまま場を離れることも考えたが、足の悪い男性を一人で残すことも気になったし、ディザークが迎えに来てくれるまではわたしもこの庭園からは離れられない。

「わたしも迎えが来るまで、ここで休んでもいいですか？」

「もちろん。良ければこの老いぼれの話し相手になってくれるかい？」

「まだまだお若く見えますよ」

そう言いつつ、男性が手で示した向かい側のベンチへ腰掛ける。

小さい建物で、壁はなく、そのおかげか心地好い風がほんのり吹き抜けて過ごしやすい。

男性が穏やかに笑った。

「若い女性にそう言ってもらえると嬉しいものだ。私はバルトルドという。お嬢さんの名前を聞いてもいいかね？」

「わたしは沙耶といいます」

「ああ、皇弟の婚約者が決まったという話を耳にしたが、君だったのか」

その言葉に驚いた。

「……なんでそれを知っているんですか？」

まだ公表されていないことなのに。

「こう見えて私はこの国でもかなり地位が高くてね、君が皇弟の婚約者になったことも、聖女であることも、ドゥニエ王国の召喚魔法に巻き込まれてこの世界に来てしまったことも知っていた。実を言えば、君に会ってみたかったんだ」

「転んだのもワザとですか……」

「いいや、恥ずかしながらあれは本当に転んでしまったのだよ。若い頃に体を酷使しすぎたんだろう。よく、膝が痛む」

言葉通り今も痛むのか、バルトルド様――地位が高いというなら様付けのほうがいいだろう――は膝をさすっている。

微笑んでいるけれど労わるような手つきは、元の世界に残してきた祖母と似たものだった。

……おばあちゃんもよく膝をさすってた。

いつもじんわり痛むのよ、と困ったような顔をしていた祖母の姿が重なる。

「治癒魔法で治せませんか？」

「魔法は万能ではない。治癒魔法をかければ一時的には良くなるが、しばらく経てばまた痛む」

「そうなんですね……」

少し考える。

「あの、治癒魔法をかけてみてもいいですか？」

「それは構わないが……」

ディザークに魔法の使用を禁止されているけれど、実はまだこっそり夜に練習している。……ちょっとだけどね。あんまり使うとバレそうだから。もしかしたら、もうバレてるかもしれないが。

わたしの属性で一番強いのは聖属性だから、治癒魔法も得意である。

あと、マリーちゃんがわりとおっちょこちょいで小さな怪我をすることが多く、魔法が使えることを伝えてからはこっそり傷を治してあげている。

わたしは男性のそばに屈んで、そっと膝に手を翳す。

……バルトルド様の膝が良くなりますように。

体の中心から感じる聖属性の魔力を掌に集め、魔法を発動させる。思ったよりも魔力が多く消費されるのを感じた。

マリーちゃんの怪我を治してるうちに気付いたのだが、治癒魔法は怪我の状態によって消費する魔力が違う。つまりバルトルド様の膝はかなり悪いということだ。

魔力の消費が止まるまで治癒魔法をかけ、翳していた手を下ろす。

「痛みはなくなりましたか？」

「ああ、なくなった。ありがとう。こんなに膝が軽いのは久しぶりだ。これなら歩いて帰れるかもしれない」

「無理するとまた痛くなってしまいますよ」

ベンチへ座り直したわたしをバルトルド様がしげしげと見る。

「……惜しいな」

呟きに首を傾げれば、バルトルド様が口を開く。

「サヤ嬢は皇弟に不満はないのかね？」

唐突な質問に更に首を傾げてしまう。

……ディザークに不満？

これまでのことを思い出して、つい笑ってしまう。

「全然ないですね」

「本当に？　顔や雰囲気が恐ろしいだとか、態度が冷たいだとか、社交界ではそう囁かれているようだが。それにいつも眉間にしわが寄っているだろう？」

「ディザーク……殿下は不器用な方ですから。確かにいつも眉間にしわが寄っていますし、話し方もちょっと威圧的ですし、そういうところが冷たく見えてしまうのだと思います」

だけど本当のディザークは冷たい人ではない。眉間のしわや口調のせいで勘違いされてしまうかもしれないが、本当に冷たい人なら、わたしに直に手を差し伸べてはくれなかっただろう。

たとえ聖竜のお気に入りになりうる人間だったとしても、わざわざわたしに話をせずに、ドゥニエ王国と交渉して連れ帰ることも出来たはずだし、わたしの条件なんて無視したって問題なかったはずなのだ。

でもディザークはそうしなかった。

騎士に突き飛ばされて笑われた時だって、家庭教師に鞭で打たれた傷を見た時だって、多分ドゥニエ王国での扱いを見た時も、ディザークは怒ってくれていた。家庭教師の時はすぐに謝ってくれた。

「ディザーク殿下は優しいです。それが少し分かりにくいだけで、わたしは不満に感じたことはありません。……まあ、一つだけ言わせてもらえるなら、身長差で首が時々疲れます」

……ディザークのほうが二十センチは高いんじゃないかなあ。

そんなことを思っていると、庭園の向こうに見慣れた姿を見つけて、思わず手を振った。

向こうもわたしに気付いたようで、こちらへ向かって歩いて来る。

背が高いからか、あっという間に近付いてくるディザークの姿に自然と笑みが浮かぶ。

普段はわたしに合わせて歩いてくれているのだろう。

「待たせた」

端的な言葉にわたしも頷く。

「大丈夫、バルトルド様が話し相手になってくれたから、そんなに待ってないよ」

ディザークの視線がバルトルド様に向き、それから眉間のしわが少し深くなった。

「父上、このようなところで従者の一人もつけずに何をなさっておられるのですか」

「息子の婚約者と話してみたくてな」

「それはサヤが生活に慣れてからと申し上げたはずです。何より、父上はいつもご自分の離宮にこもって絵ばかり描いて『今は忙しい』と我々を追い払っていたではありませんか」

「それはお前達が私に仕事をさせようとするからだ。もう帝位から退いた老いぼれの体にまだ鞭打つ気か？」

「老騎士のふりをして若手騎士を叩きのめしに行くような方はまだ老いぼれではないでしょう」

ぽんぽんと交わされる会話に絶句した。

……え、待って、父上って……？

ディザークは皇弟だ。皇帝陛下の弟。そうしてそのディザークが父と呼ぶ人。

それはつまり、現皇帝陛下の父親でもあり、帝位から退いたというのなら、元は皇帝の地位にいたということで……。

「サヤ、すまない、驚いただろう？」

ディザークの言葉に何度も頷いてしまう。

「驚かせて悪かった。前皇帝であり、エーレンフリートとディザークの父であるバルトルド＝ヒルデブラント・ワイエルシュトラスだ」

はっはっは、と笑うバルトルド様は全く悪びれた様子がなくて、同時に心の隅でずっと引っかかっていたことがなんなのかが分かった。

……言われてみれば皇帝陛下に似てる！

白髪交じりではあるが綺麗な銀髪で、年老いてはいるものの、整った顔立ちを見るに若い頃はさぞかし美男だっただろう。日陰で見るとこげ茶色っぽく見える瞳も、光が入ると濃い紅色だ。

「……帝国の皇族は紅い瞳が多いんですね」

なんとか出せた言葉はそれだった。

するとバルトルド様がおかしそうに目を細めた。

「騙していたと責めないのか？」

「別に騙されてはいませんよね？　バルトルド様はこの国でも地位が高いと言っていて、それは事実ですし、わたしももっと早く気付くべきでした」

あはは、と苦笑が漏れる。わたしがドゥニエ王国で召喚されたことも、ディザークの婚約者であることも、聖女となったことも、全部知っていて当然だった。

前皇帝であり、ディザークの父親なのだ。むしろ下手に高位の貴族ではなかったことにホッとする。もう貴族達にわたしの情報が流れているのかと、ちょっとだけ警戒していたのだ。

「改めて初めまして、篠山沙耶といいます。篠山が家名で、沙耶が名前です。ディザーク殿下には大変お世話になっております。気付くのが遅れてしまい、申し訳ありません」

頭を下げれば「良い良い」と軽い口調で返される。

「私が黙っていたのだ。この世界に来て日の浅いサヤ嬢が気付くはずもあるまい。そうと分かっていて私も近付いたのだ」

相変わらず悪びれる風のない様子に、何故だか怒りや不満は湧かなかった。なんというか、憎めない雰囲気の人である。

ディザークが溜め息を吐く。

もしかしたら、父親のこういう部分に苦労したことがあるのかもしれない。

「それはそうとサヤ嬢」

「はい、何でしょうか」

「私の側妃にならないか？」

……この人、すっごい、いい笑顔でとんでもない爆弾発言してきたぞ？

今度はディザークが絶句している。そりゃ父親が息子の婚約者に、妻にならないか、なんて訊けば、当然「は？」ってなるだろう。

わたしはバルトルド様をまじまじと見た。

穏やかに笑っているけれど、よく見れば、その目は全く笑っていないようにも感じられる。

「皇弟の婚約者、ひいては妻ともなれば皇族としての公務などがある。だが前皇帝の側妃となればもう公務はやらなくて済む。君の望む『三食昼寝付き』で皇弟の婚約者になるよりずっと気楽に過ごせるだろう」

……あ、その条件知ってるんだ。

確かにバルトルド様の提案は魅力的だ。バルトルド様は退位していて、公務もないから、その妻、それも側妃ともなればやることなんてないのかもしれない。

聖女としての仕事があったとしても、皇弟の婚約者としての公務がない分、きっと余裕があるだろう。

「どうだね？」

と、訊かれて即答した。

「お断りします」

「おや、即答とは少し傷付くね」

「すみません」

魅力的な話ではあるが、そうなりたいとは思えない。

「何故断るのか理由を聞かせてもらえるか？」

「単純な話、わたしが今、この世界で最も信頼しているのがディザーク殿下だからです」

ちなみにマリーちゃんも同じくらい信用している。召喚された後すぐから仕えてくれているマリーちゃんは、これまでの行動からも十分に信用に値する。

そして、ディザークはこれまでの行動と人柄を見て、この人なら頼れる、これからも信じられると思える相手だった。

マリーちゃんは信用出来るけど、将来、頼っていくことは出来ない。

こんなことを考えるのは最低かもしれないが、ディザークなら無責任にわたしを捨てないと感じられたし、恐らく婚約者でいるうちはきちんと助けてくれそうだと分かった。

この世界に召喚されたことはかなり腹立たしいと思ったし、泣いたし、悔しかったし、でも起きたことをいつまでも責めて下を向いているだけではどうにもならなくて。

それに帝国なら、ディザークなら、召喚に手を貸した罪悪感からわたしに色々と良くしてくれるかもしれないって考えていた。

……ほんと、自分のことばっかりで最低だ。

「王国を出るためにディザーク殿下の婚約者になって、多分、今はもう皇弟の婚約者という立場がなくても帝国で聖女として優遇されるでしょう。でも、いつかは誰かと結婚することになりますよね。確実に聖女を帝国に根付かせるために」

わたしが全属性持ちの聖女だと知った時、ほんの僅かに考えたこともある。

ディザークと婚約しなくても、聖女の立場があればそれなりの待遇は得られるし、皇族の公務もなくなってずっとラクが出来るって……。

でも、そうしようとは思えなかった。

「ああ、サヤ嬢の言う通りだ」

そう、どうせ結婚しなければならないなら。

「それなら、わたしはディザーク殿下がいいです」

帝国へ婚約者として連れ帰ることが出来ると言われ、それを受け入れた時から、納得していた。

誰よりも先に手を差し伸べてくれたディザーク。

ドゥニエ王国から連れ出してくれた恩人。不器用で、真面目で、優しい人だ。

恋愛感情での〝好き〟はまだ芽吹いてないけれど、もう少しでそれが芽吹く予感はある。

「この世界に来てからわたしに『大丈夫か』って訊いてくれたのは、ディザーク殿下だけだったから」

マリーちゃんはいつも気を遣ってくれた。わたしのために出来ることをしてくれた。

……だけどね、わたしにそんな風に声をかけてくれたのはディザークが初めてだった。

思わず泣いてしまうくらい心が震えたんだ。

「……そうか、残念だ」

ふう、とバルトルド様が小さく息を吐く。

でも残念と言うわりには穏やかな表情だった。

「良かったな、息子よ」

からかうような声音でバルトルド様がディザークを見たので、釣られて見上げれば、ディザークは顔を背けていた。

口元を片手で覆ってはいるものの、短髪なので、赤くなった耳が丸見えだった。

……え、そんなに照れること言ったっけ？

考えてみて、あ、言ったな、と思い直す。

告白じみた発言だった。しかし事実なので否定するのもおかしい。

ツンツンとディザークの服をつまんで引っ張れば、空いているほうの手が頭に乗せられる。

「……俺も、お前なら悪くないと思っている」

聞き逃しそうなほど小さな声だ。

あ、と思い出して頭の上の手を両手で掴む。

「そうだ、丁度いい機会だから訊くけど、ディザークはわたしに直してほしいところってある？言葉遣いとか『ですわ～』みたいな感じにお嬢様っぽくしたほうがいい？」

「それはしなくていいが、魔法の練習はやめろ」

「あー……、えっと、うん、それはごめんなさい」

バレてるかもしれないなあとは感じていたが。

「元の世界では魔法ってなくて、つい、色々試してみたくなっちゃって……」

「魔法初心者はその好奇心のせいで、魔力を使いすぎて体調を崩す者もいると言っただろう。今後も続けるならば、夜も部屋に侍女か騎士を置くことになるぞ」

「それはちょっとやだ……」

「なら、言うことを聞け」

それに「はい……」と頷き返す。

ディザークの離宮に来てから、寝る時とトイレくらいしか一人の時間がないのだ。

入浴中でも侍女がいて、断っても「私達の仕事ですので」と体や髪を洗われる。

しかも洗ってもらった後に体や頭をマッサージしてもらえるので、それが気持ち良すぎて断りづらいということもある。あれは一度味わうと断れない。

わたしがこっそり魔法の練習をしているのは寝る前なので、このままだと夜眠る時にも部屋の中に侍女がつけられてしまいそうだ。

ぐりぐりと大きな手で頭を撫でられる。

こほん、と小さく咳払いの音がした。

「仲が良さそうで何よりだが、私のことを忘れていないか？」

バルトルド様の言葉にディザークが平然と答える。

「息子の婚約者を誘惑しようとする父親など、忘れられても仕方がないと思いませんか」

「そう怒るな。皇弟《おまえ》を簡単に裏切るような者なら、いっそ、私の離宮に閉じ込めて一生聖女として使い潰そうと考えていたのだ」

……またサラッと怖いこと言ってる……。

ディザークの眉間のしわが増えた。

もしかしなくても、わたしは軟禁ルートに入りそうになっていたのだろうか。

……怖っ。さすが前皇帝、容赦ないな。

内心で冷や汗を掻いていると、ディザークに手を取られて軽く引っ張り上げられる。

「……俺達は戻ります」

明らかに不機嫌なディザークの声に、バルトルド様が明るく笑う。

「もう帰るのか？　久しぶりの親子の再会なのにつれない奴め。茶の一杯くらい付き合ってはくれないのか」

「俺は父上ほど暇ではありません」

立ち上がったわたしにディザークが左腕を差し出すので、いつもの調子でそれに手を添える。

続けて「失礼します」と言うので、わたしもそれに倣えば、バルトルド様が応えるように手を上げた。

「気が向いたら離宮に来て、絵を描かせておくれ」

返事をする前にディザークが歩き出してしまう。

後ろを振り向けば、バルトルド様は気にした様子もなく、小さく手を振っていた。

「ディザーク、バルトルド様を一人にしちゃっていいの？　前の皇帝陛下だよね？」

「心配せずとも、父上には影が……ああ見えて常に護衛が複数ついている」

「そうなんだ」

後ろをヴェイン様とリーゼさんがついてくる。

そういえば二人とも驚いた様子がなかったので、最初からバルトルド様が前皇帝陛下だと気付いていたのだろう。

……教えてほしかったなあ。

＊　＊　＊　＊　＊

帰りの馬車に揺られながら、ディザークは向かい側に座って車窓を眺めているサヤを見た。

先ほど、サヤは結婚するならばディザークがいいと言った。

恐らく人として好意を持っているというだけであって、それ以上の意味はないのだろう。

……まあ、俺も似たようなものだが。

サヤのことは嫌いではない。三食昼寝付きでのんびり過ごしたいと言いつつ、こっそり魔法の練習をしたり、皇弟の婚約者としての教育はきちんと受けたりしている。流されている部分もあるのだろうが、根が真面目なのだろう。

それに自分に対して怯まないところも気に入っている。別にディザークとて好きで怖がられようとしているわけではなく、眉間のしわは癖になっているだけだ。

口調や表情を柔らかくすればいいのだろうが、皇族として威厳は保たねばと思うと、どうしても気を張ってしまう。軍では気の荒い男達を相手にするので余計に口調も荒くなる。

だがサヤは最初からディザークを恐れはしなかった。幼さの残る顔立ちに細身でか弱そうに見えるけれど、意外と神経が図太いというか、度胸がある。

言いたいことはハッキリ言って物怖じせず、まっすぐに見上げてくる黒い瞳は見つめ返しても逸らされないし、軽く交わされる会話を心地好く感じることも多い。

どうせ共にいなければならないなら、気安く接せられる相手のほうがいい。……多分、サヤもそうなのだろう。

「父上が悪かった」

皇弟の婚約者、聖女、愛し子。どれも元の世界ならば負う必要のないものばかりであり、何よりサヤはドゥニエ王国の召喚魔法によってこちらの世界に来ることになってしまったのだ。

そんなサヤにあれこれと義務や責任を負わせることに罪悪感を覚える。

「ディザークが謝ることじゃないでしょ」

こちらを向いたサヤが笑う。

「まあ、バルトルド様の提案には驚かされたけど、どうせ向こうも本気じゃなかっただろうしね」

「それはそうだが……」

前皇帝であった父は変わった人だった。元々本人は皇帝になる予定ではなく、父の兄が流行り病によって亡くなったために突然皇帝となってしまったのだ。

そのせいか昔から「早く退きたい」とこぼしており、兄エーレンフリートが二十歳になって皇帝としての公務を満足に行えるようになると、さっさと帝位を譲って隠居生活をし始める。そんな人間なのだ。

しかし帝国の未来を気にしてはいる。だから愛し子で、聖女にもなったサヤの人となりを確認しに出てきたのだろう。

「……だが、本当にいいのか？」

「うん？　何が？」

「お前はいずれ俺と結婚する。皇族は簡単には離婚出来ない。文字通り、これから夫婦として俺と一生を共に過ごすということだ」

ドゥニエ王国から連れ出すためでもあったが、帝国がサヤという聖竜の愛し子を手放さないための策でもあった。今はそこに聖女だからという理由も増えた。

ディザークは国のためならば政略結婚に異論はない。

けれどもサヤはそうではないのだ。帝国のために人生を捧げる理由などない。

「俺は皇族として政略結婚も当然の責務だと思っているが、サヤにそれを強いるのは違うと思っている」

サヤは目を瞬かせ、そして笑った。

「今はまだ恋愛的な意味でディザークのことが好きかどうかは分からないけど、多分、そのうち、わたしはそういう意味でディザークのこと、好きになれると思う」

その言葉にディザークは戸惑った。サヤのことは好意的には思っているが、ディザークも、恋愛感情がそこにあるかと問われたら分からない。

「あ、だからってディザークは無理にわたしのことを好きになろうとしなくていいからね？　とりあえず、家族愛くらいの気持ちがあれば、それで十分付き合っていけるだろうし」

「……それでお前はいいのか？」

「うん、わたしがディザークを好きになったとして、自分が好きだから相手にも同じことを要求するのは理想の押しつけじゃん。そんなことしても気持ちが離れるだけでしょ。そうなった時にわたしの気持ちに応えるかどうかはディザークが判断することだもん」

強がりではなく、本当にサヤはそう考えているらしい。

そのことに少しばかりディザークは安堵してしまった。

これまでの人生、恋愛などというものとは無縁だったため、もしサヤに「婚約者だからわたしのことを好きになって」と言われたとしても、希望に添う自信がなかった。

「そうだ、一つ訊くけど、わたしのことは嫌いではないんだよね？　興味もない？」

「いや、関心はある。どちらかと言えば、好意的にも感じている。……が、そもそも俺は恋愛をしたことがない。人としての〝好き〟と恋愛感情の〝好き〟の違いを知らん」

正直に答えればサヤが頷いた。

「仲間だね。わたしも恋愛経験ないよ」

「それなのに、いつかは俺のことが好きになれるかもしれないというのは分かるのか？」

「お、意外とグイグイくるね」

おかしそうにサヤが目を細めて笑う。

それから、何故か声量を落として言った。

「元の世界の友達の言葉だけど『唇にキス出来る相手とは恋愛も出来る』らしいよ？」

それを聞いて、一瞬サヤと口付ける想像をしてしまい、顔が熱くなる。

「まあ、さっきはディザークに好きにならなくてもいいって言ったけど、わたしがディザークのことを好きになったら、好きになってもらうための努力はするだろうけどね」

「それは疲れないか……？」

「友達はよく『恋愛は片想いをしている時が一番楽しい』って言ってたよ。好きな相手のことを調べて、追いかけて、色々想像して、段々と仲良くなっていく間のドキドキが好きなんだって。そのせいか付き合ったらすぐ冷めちゃうタイプの子だったけど」

サヤは笑って話しているが、その友人とやらはかなり厄介な性質《たち》ではないだろうか。話の一端を聞くだけで一癖も二癖もある人物なのが感じ取れる。

「話逸れたけど、わたしはディザークと結婚することについては納得してるよ」

ディザークは「そうか」としか言えなかった。

面と向かって伝えられると気恥ずかしいものがある。まっすぐに見つめてくる黒い瞳から、つい視線を逸らしたが、サヤはこちらを見つめたまま口を開く。

「ディザークって、やっぱり結構可愛いよね」

「……は？」

何が楽しいのか、サヤは機嫌が良さそうに笑っていた。

＊　＊　＊　＊

それから二週間はあっという間に過ぎていった。

新しい家庭教師は朗らかな女性で、最初はちょっと警戒してしまったが、鞭で打たれることもなければヒステリックに怒られることもなく、授業は穏やかなものだった。

どうやら褒めて伸ばすタイプの人のようで、むしろ上手に出来れば小さなことでもよく褒められたし、失敗してもどこが悪かったのかは分かりやすく説明してくれるので、わたしもいい勉強になる。

ちなみに魔法の先生はまだいない。ただ、ヴェイン様がそばにいるなら、あまり魔力を消費しない魔法であれば練習してもいいということになった。ヴェイン様は聖竜で、わたしよりも魔力量が多く、もしわたしが魔力暴走を起こしたとしても押さえられるからだ。

でも魔法の練習は必ず侍女か騎士が見ているところでやる。魔法を使いすぎないよう監視する、と言うと聞こえは悪いが、途中で止めてくれる人がいるのはありがたい。

あと、騎士だと魔法について疑問があった時に訊くと気軽に教えてくれるので、案外このままでいいのではと思いつつある。

この二週間で二度ほど聖女マルグリット様も離宮に来て、聖属性魔法を教えてくれた。

聖女となるなら、これからは聖属性魔法を主に学んでいったほうがいいのかもしれない。

ただし魔法の練習が認められてからは、食事量も増えた。

「食事量を増やせないなら、許可出来ん」

と、ディザークが言うので頑張って食べている。

それと、飢餓状態を脱するまでは日常生活でコルセットはきつくしないという契約を結んだ。

ディザークに食事量が少ないと言われた時に、コルセットが苦しくて食べられないと返したら、緩めてもらうことに成功したのだ。

ただ女性のコルセットは下着なので、外すというのは侍女達全員に首を振られた。

とにかくわたしは、三食しっかり食べて、なんなら毎日おやつもちゃっかりいただいて、礼儀作法や歴史などの授業を受け、空いた時間に魔法の練習をしている。

意外と学校に通っていた時と生活リズムが変わらないので体力的なつらさはない。

こうして特に何事もなく二週間が経った。

そして舞踏会当日。

「サヤ様、本日はしっかりコルセットを締めさせていただきます！」

ドレスを着せてもらっていたらマリーちゃんがキリッとした顔で言う。

「うん、でも、呼吸出来るくらいの余裕は残しておいてほしいかな」

「締めてみて、苦しいようでしたら少し緩めます。……では、失礼します！」

後ろから声がして覚悟を決める。

次の瞬間、容赦なくコルセットの紐が絞られた。

「うぐ……っ」と可愛くない声が漏れたが、仕方がないだろう。

しかも後ろから「息を吐いてください！」と言われて息を吐き出せば、更にきつく絞られる。

「ちょ、無理、口から内臓出る……」

「喋る余裕があるなら大丈夫です！」

……マリーちゃん、言うようになったなあ。

少し前だったらわたしが苦しいと言えばすぐに緩めてくれたのだけど、ディザークの宮で過ごして、侍女として教育を受け始めてからマリーちゃんも変わりつつある。

コルセットの紐が縛られ隙間に差し入れられると、どんどんドレスが着付けられていく。

スカートを重ねて穿いたり、胸元に当て布みたいなものをつけられたりと、わたしにはよく分からないことが多かったけれど、それらのせいで全身が重くなっていくことだけは理解出来た。

ドレスを着ると、今度は髪を整えられる。

纏められていた髪が解かれ、丁寧にブラシで梳かれる。髪のほとんどは流したままだが、左右の髪を細く三つ編みにして後頭部で纏められると、そこに髪飾りが差し込まれる。

ワインレッドより少し明るい色味の、ちょっとゴスロリっぽさのあるドレスは派手だなあと思ったものの、意外と黒髪が映えて良い感じだった。

髪を整えたら化粧も施される。

でも意外なことに化粧はそれほど派手ではなかった。

「サヤ様はお顔立ちが幼いですから、濃いお化粧は似合わないでしょう」

確かにリーゼさんの言う通りだった。

化粧は控えめに、だけどよく見るときちんと化粧をしているのは分かる。

……うわぁ、普段より顔立ちがハッキリしてる。

それでもこの世界の人に比べたら彫りが浅いから、子供っぽく見えるのだろうけれど。

支度を済ませて待っていると部屋の扉が叩かれた。

マリーちゃんが対応し、すぐに扉が開かれる。

「迎えに来た」

そこにはディザークがいた。

いつもの黒い軍服みたいなものは一緒だけれど、今日は普段よりも多く胸元にバッジをつけていて、全体的に華やかだ。

……制服フェチってわけじゃないけど、カッコイイ……。

元々、ディザークはいつも眉間にしわを寄せているものの、その顔立ちは端整で、やや厳しそうな雰囲気が近寄りがたいクール系美形なのだ。

思わず溜め息が漏れた。

「ディザークってカッコイイよね」

ピタッとディザークの足が止まった。

何か言おうとしたのか口を開いて、一度閉じる。なんて返事をすればいいのか困っている風だった。

「ね、わたしはどう？　これだけ着飾っていれば、ディザークの横で見劣りしないかな？」

「……恐らく、しないと思うが」

「そっか、それなら良かった」

美形なディザークの横に平凡顔のわたしがいたら霞んでしまうから、目立つには着飾るしかない。

近付いてきたディザークが左腕を出したので、わたしはそこに右手をそっと添えた。

「今日のドレス、いつもより重いからちょっと心配。ふらついたり転んだりしたらごめんね」

普段もドレスを着るようにはしているけれど、舞踏会用のそれは華やかで、いつものものよりも重い。フリルとかリボンとか、スカートもかなり布地が使われている。

「そういう時は遠慮なく俺の腕にしがみつけ」

「いいの？」

「お前の体重くらいなら問題なく支えられる。人目のある場所で転ぶのは恥ずかしいだろう」

そう言ってもらえると心強い。

「うん、そうする。ありがとう」

「では行くぞ」

歩き出したディザークについて部屋を出る。

宮の中を通り、正面玄関を抜けて外へ出ると、馬車が停められていた。

御者が扉を開けてくれて、ディザークの腕が伸びてくる。そのままひょいと抱え上げられた。

そしてディザークが小さく頷きつつ、馬車に乗せてくれる。

「きちんと食事は摂れているようだな」

女子としては微妙な心持ちだが、それがわたしへの心配からくるものだと知っているので、やめてとも言いづらかった。

ディザークも馬車に乗り込むと、扉が閉められる。

侍女としてリーゼさん、護衛としてヴェイン様が別の馬車に乗ってついてきてくれるらしい。リーゼさんは舞踏会中、控え室で待機するそうだ。ヴェイン様は護衛としてそばにいる。

……舞踏会に参加とか現実味がない……。

緊張するかと思ったけれど、意外にも落ち着いた気分でいられた。

まだ礼儀作法の教育途中ということもあって、わたしが舞踏会でしなければならないことはほぼない。ダンスも踊らなくていいそうだ。

「サヤ嬢はディザークの隣でニコニコしていればいい。何か問われても曖昧に微笑んで受け答えはディザークに任せておけば何とかなる」

と、皇帝陛下も言っていたので、わたしはとりあえずディザークの横で笑っていればいいようだ。

ディザークもそれに異論はないらしかった。

ぼうっと車窓の外を眺めていると、ディザークに声をかけられた。

「大丈夫か？」

「え？」

「初めての舞踏会だ。緊張するだろう。たとえ何か失敗したとしても『初めてで緊張してしまって』とでも言って微笑んでおけば、大抵はごまかせる」

ディザークの言葉にふっと笑みが浮かんだ。

「そっか」

「そもそも、失敗したとしても皇族の婚約者に面と向かって指摘するような者はいない。そんなことをするのは愚か者だけだ。そのような者達をお前が気にする必要はない」

「分かった」

そんな会話をしていると、馬車の揺れが収まった。

外を見れば、いつの間にかお城に到着していた。

扉が開けられてディザークが馬車を降りる。

今度は手を貸してもらい、わたしも馬車を降りて、ディザークにエスコートしてもらいながらお城の中へ入った。案内役だろうメイドさんにくっついてお城の中を進む。

そうしてどこかの部屋に案内された。

ディザークが扉を叩けば、中から「入れ」と声がする。皇帝陛下の声だった。

扉の左右にいた騎士の一人が扉を開けてくれる。

中へ入ると、皇帝陛下が「やあ」と気安く片手を上げてこちらを見る。

ディザークと共に皇帝陛下に礼を執ると、おや、という顔をされた。

まだまだ礼儀作法は学ぶことが多いけれど、カーテシーと呼ばれる挨拶の仕方は覚えた。この世界の貴族の女性はこの挨拶が一般的らしい。

それから皇帝陛下の向かい側のソファーにディザークと一緒に並んで座る。

「思ったよりも早く綺麗に挨拶が出来るようになったね」

皇帝陛下の言葉に軽く頭を下げる。家庭教師から受けたアドバイスを守り、歯を見せない程度に口角を引き上げ、目尻を少し下げて微笑んだ。

「ふむ、黙っていればどこぞの貴族の令嬢と言っても差し支えなさそうだな。だが、私達だけの時は気楽にして構わない。……いずれはディザークと結婚して、私の義妹になるのだから」

「そうですね、そう言っていただけると助かります。大きな猫を被り続けるのも大変なので」

「ははは、だろうな」

おかしそうに皇帝陛下が笑う。

「『緊張せずとも今日は婚約発表をするだけだ』と言うつもりだったのだが、どうやらあまり緊張してはいないようだね」

「はい、わたしは微笑んでいるだけでいいとのことですから、こういう経験も初めてですし、せっかくなら楽しもうかと思いまして。ディザークがそばにいてくれるなら安心です」

横にいるディザークを見上げれば、小さく頷き返してくれる。

それだけで緊張しかけた気持ちが穏やかになる。

「そうか、それならばいい。今夜の舞踏会はディザークとサヤ嬢の婚約を公表するだけだ。これは決定事項であり、貴族達が反対しても解消することはない」

皇帝陛下に目で問われて、頷き返す。

……多分、これが最後のチャンスなんだ。

これはそのための面会なのだろう。ここでわたしが拒否することも出来る。

そうしたらきっと皇帝陛下は強くは出られない。

聖竜様の愛し子で、聖女となるわたしには、それくらいの力はあるのだと思う。

でも、だからと言って帝国と敵対するつもりはないし、わたしはディザークの宮での暮らしも結構楽しいと感じていて、わざわざ他に行きたいと思う場所もない。

「覚悟はしているようだな」

「はい」

わたしの返事に皇帝陛下が満足そうに頷いた。

コンコンと部屋の扉が叩かれ、外から「お時間です」と声がした。

皇帝陛下が立ち上がる。

「さあ、時間だ」

わたしとディザークも立ち上がる。差し出された腕に手を添えた。

歩き出した皇帝陛下にディザークと共について行き、部屋を出る。後ろにはヴェイン様がついて来ていた。

お城の舞踏会は、舞踏の間と呼ばれる広間で行われるそうで、そこまで行くのだろう。

……今になってちょっと緊張してきたかも。

そろりと横を見上げれば、ディザークが気付き、見下ろしてくる。その紅い瞳に「大丈夫か？」と問われたような気がして、腕に触れている手に少しだけ力が入る。

返事の代わりに笑えば、ディザークが少しだけ目を細め、前を向いた。

わたしも前を行く皇帝陛下の背中を見て、歩きながら深呼吸をする。

……大丈夫、微笑むだけでいい。

意識して微笑みを浮かべる。

皇帝陛下が両開きの扉の前で立ち止まった。

扉の左右には騎士達がいて、前を向いたまま微動だにしない。置物ではないのは確かだが。

チラリと皇帝陛下が振り向いたので、わたしとディザークは頷いた。

皇帝陛下が前を向くと、騎士達の手で扉が開かれる。

「帝国の太陽エーレンフリート＝イェルク・ワイエルシュトラス皇帝陛下、ディザーク＝クリストハルト・ワイエルシュトラス皇弟殿下のご入場です!!」

ザッと視線が突き刺さる。

しかし、それは一瞬で、すぐさま舞踏の間にいる人々が礼を執った。

みんな華やかな装いで、舞踏の間も煌びやかである。

わたし達は人々がいる場所から、数段上の高い位置にいる。

「皆、楽にするがいい」

皇帝陛下の言葉に全員が顔を上げると、先ほどの視線がまた突き刺さってくる。

明らかにわたしを見て「誰だ？」と感じている雰囲気が漂っていた。

「本日は皆に一つ、知らせるべきことがある」

ディザークが一歩前へ出たのでわたしも倣う。

「少し前、ドゥニエ王国が聖女召喚の儀を行ったことについて知る者も多いだろう。我が帝国もその際に魔法士を派遣した。そして、その召喚の儀では二人の乙女がこの世界に召喚された。ここにいるサヤ・シノヤマ嬢は召喚された乙女の一人である」

その言葉に騒めきが広がった。

……なるほど、上手く言うなあ。

はっきりとわたしが聖女だとは言っていないものの、聖女召喚で現れた人間と言えば、当然わたしも聖女だと思うだろう。

それで間違いはないが、まだ正式に公表していないのであえて断言はしないということか。

「何故、この者がここに立っているのか疑問に感じている者もいるだろう」

皇帝陛下は一度言葉を切り、人々を見渡した。

その場にいる誰もが皇帝陛下の次の言葉を待っているのが伝わってくる。

「本日、私エーレンフリート＝イェルク・ワイエルシュトラスが、我が弟ディザーク＝クリストハルト・ワイエルシュトラスとサヤ・シノヤマ嬢の婚約をここに宣言する」

静まり返っていた舞踏の間が一気に騒めきに包まれる。

「シノヤマ嬢は我が国にとって、これから必要となる存在だ。彼女の立場についての正式な発表はまた後日となるが、ドゥニエ王国で行われた聖女召喚の儀が正しく行われたことは事実である」

人々の表情に喜色や安堵が混じる。

……これってわたしが聖女だって言ってるようなものだもんね。

大勢の視線の中には期待が込められていて、わたしは改めて聖女という立場の重要性を感じたのだった。

「今宵は我が国の明るい未来を、我が弟達の幸福を祝し、皆も楽しい夜を過ごしてほしい」

その言葉を皮切りに舞踏の間に音楽が流れ出し、舞踏会が始まった。

皇帝陛下やディザークと共に階段を下りて、大勢の人々の中へ進み入る。

ふと振り向けば、いつの間にかヴェイン様が後ろにいた。服装はいつもの真っ黒だった。

ヴェイン様には亡くなられた前皇后の実家の遠縁の者という身分が与えられており、どこか地方の子爵家の三男として養子に入っているそうだ。一応、貴族なのでこういった場にも出られる。

……まあ、でも普段はわたしの護衛という立場だけどね。

先ほどまでどこに隠れていたのか疑問に感じたものの、すぐに会場にいた人々に囲まれてしまい、ヴェイン様に直接訊くことは出来なかった。

それからはとにかく大変だった。

いや、大変なのはディザークだろう。

色々な人に話しかけられ、名乗ってもらったが、残念ながら全員を覚えるのは無理である。

ただでさえ横文字の名前で長いのに、そこに爵位もくっついており、人によっては役職らしいものもあって、顔と名前を一致させることすら難しい。

わたしはディザークの横で本当に微笑んでいただけだ。時々、話しかけられても微笑んで曖昧な返事をするだけで、受け答えはディザークがしてくれた。

あとヴェイン様が凄く女性に人気だった。……まあ、あの見た目だしね。

皇帝陛下やディザークも美形だが、それよりも更に整った顔立ちは目を惹くし、初めて見た人ならば思わず見惚れてしまうだろう。わたしも最近やっと慣れてきたくらいだ。

だが、それでヴェイン様と付き合いたいとか結婚したいとかは思わない。

あれだけ美形だと、そういう感情すら湧いてこない。観賞するだけで十分である。

人々からの挨拶が終わってホッと一息つく。

「少し座るか？」

ディザークの言葉に頷いた。

コルセットもきついし、ずっと立ちっぱなしで足も疲れたし、知らない人々に囲まれ次々と話しかけられて、かなり気疲れしてしまった。

ディザークに促されて、舞踏の間の目立たない位置に移動し、椅子に腰を下ろした。

座ると少し肩の力が抜ける。

気付けばディザークは立ったままだ。

「ディザークは座らなくて平気？」

「ああ、俺は問題ない」

そう言ってから通りかかった給仕の人に声をかけ、飲み物を受け取って差し出してくれた。

一瞬ワインに見えたが、匂いを嗅いでみるとアルコールの気配は感じられなかった。ただのブドウジュースのようだ。囲まれている間は飲み物を飲む余裕もなかったせいか、一口飲むと喉の渇きを感じ、二口、三口と飲み進める。

ディザークもグラスに口をつけていた。

「本当にわたし達は踊らなくていいのかな？」

舞踏の間の中央では、音楽に合わせて複数人の男女が踊っている。

「まだダンスは習っていないだろう。……まあ、本来ならば踊ったほうがいいが、無理に踊る必要はない。それに一度踊ると他の者に誘われて断りづらいだろう」

わたしの視線に気付いたのか、ディザークもダンスを楽しんでいる人々へ目を向けた。

なんとなく二人で眺めていると声をかけられた。

「皇弟殿下にご挨拶申し上げます」

振り向けば、そこには美しい女性がいた。

年齢はわたしよりいくつか上だろう。目を惹く金髪に青い瞳をしており、整った顔にはしっかりと化粧が施されている。豊満な胸に細い腰がドレスの上からでもよく分かった。紛うことなき美女である。後ろには数人、貴族の令嬢がいた。

ディザークが「ああ」と返事をする。

「お久しぶりでございます、ディザーク殿下。この度はご婚約、お祝い申し上げます。突然のことで驚きましたが、殿下の婚約者となられる方ですから、きっと、とても素晴らしい才をお持ちなのでしょう」

にこやかに話しているけれど、一度もわたしのほうを見ずに、ずっとディザークだけに視線を向けている。わたしのことは無視している風だった。

ディザークが手を差し出してくるので、それに自分の手を添えて立ち上がる。

「そうだな、サヤには驚かされてばかりだ」

ふっとディザークが思い出し笑いを浮かべた。

それに女性達が少し驚いたような顔をする。

……そうだよね、ディザーク、滅多に笑わないから驚くよね。

「……まあ、そうなのですね」

そこでやっとわたしへ視線が向けられる。ジッと見つめられたので、とりあえず微笑む。

微妙な沈黙が続いて、それに焦れたのか、女性が口を開いた。

「わたくしはペーテルゼン公爵家の長女バルバラ・ペーテルゼンと申します。以前はディザーク殿下の婚約者候補でもありましたの。どうぞ、仲良くしてくださいまし」

婚約者候補だったとわざわざ言う必要はあるのか、と思っているとディザークが返した。

「先ほどの陛下の話で知っているだろうが彼女はサヤ・シノヤマ、ドゥニエ王国の召喚の儀で喚ば

れた異世界人で、俺の婚約者となることが決まった」

「では知らないことも何かとございますでしょう。よろしければ社交界のことや貴族女性の付き合いなど、わたくしがシノヤマ様に色々とお教えいたしましょうか？　女性同士のほうが話しやすいこともありますもの」

「いや、家庭教師を雇っているからその必要はない。そもそも無理に社交をさせるつもりはないし、サヤは別にやるべきことがあって忙しい身だ。そのようなこともあまり好まないだろう」

ディザークの言葉に「まあ！」とわざとらしいほど驚いた顔で女性が口元に手を当てた。

「殿下の婚約者ともあろう方が社交をしないなんて……。皇族となる者としての責務の放棄と取られかねませんわ」

「皇后陛下や皇太子妃ならばともかく、皇弟にすぎない俺の婚約者などさしたる責務もない」

ディザークがばっさりと切り捨てる。

すると女性の視線がわたしへ向けられた。

「シノヤマ様はどのようにお考えなのでしょう？　皇弟殿下の婚約者として、社交や公務などには率先して参加するべきだとは思いませんか？」

チラとディザークを見れば、眉間のしわが少し深くなった。

わたしは微笑みを浮かべて頷いた。

「確かに、皇族となるならばきちんと公務は行わなければいけませんね」

「そうですわよね、シノヤマ様は社交に不慣れでしょうから、わたくしのように長けた者がお教えするのがよろしいでしょう？」

「ええ、ですが、わたしにはわたしの立場というものがあります。皇帝陛下はそちらを優先し、公務は最低限でいいとおっしゃってくださいました」

三食昼寝付きで公務も最低限でいい。そういう約束でこの帝国に来たのだ。

つまり社交に関してはしなくていいはずだ。家庭教師の先生が言うには、女性同士の社交は貴族間での情報交換や顔繋ぎなどの意味があるらしいが、わたしがそのようなことをする必要はない。

「それに、今はこの世界での新しい生活に慣れることで精一杯ですので、社交をする余裕がありません」

困ったように言えば、ディザークが「気にするな」と助け船を出してくれた。

「突然別世界に喚び出されたのだから仕方がない」

「……そうですわね、わたくしの配慮が足りず、申し訳ございません。もし今後社交界に出るご予定がございましたら、わたくしにお声をかけていただければ、ご協力いたします」

そう言って女性はにこやかに微笑んでいるけれど、その目は微塵も笑っているようには見えなかった。

「お気遣いありがとうございます」

……もし社交をすることになったとしても、絶対、声はかけないけど。

なんだかわたしを自分のところに引き込みたがっているように感じるし、ディザークが再三断っているのにわたしへ話を振ってくるし、親切そうな言葉とは裏腹に嫌な感じがするし、あまり関わらないほうが良さそうだ。

女性は丁寧に一礼すると、他のご令嬢達を引き連れて離れて行った。

ディザークが小さく息を吐く。

「すまない、嫌な思いをさせたな」

「ううん、大丈夫。婚約者候補だったたってあの公爵令嬢は言ってたけど、まだディザークに未練がありそうだったね」

「俺ではなく『皇弟の妻』の座が欲しいだけだ。ペーテルゼン公爵令嬢は俺の婚約者選定が先延ばしになった時、公爵と共に最も反対していたし、その後も事あるごとに俺に近付こうとして鬱陶しかった」

「なるほど」

向こうは皇弟殿下《ディザーク》の婚約者、やがてはその妻の座に立ちたくて必死にすり寄ろうとしたけれど、ディザーク本人からは嫌がられていたようだ。

それから、ここでは休めないからと場所を移動していると、横からスッと人影が飛び出してきた。

ほぼ同時にグイと腕を引っ張られる。

スローモーションのように見えた視界の中で、横から飛び出した女性の手が持っていたグラスがこちらへ傾けられるのが分かった。中身は赤いのでブドウジュースかワインだろう。

どう足掻いてもグラスの中身はドレスにかかってしまう。

……赤いドレスだし目立たないかな。

そう思ったもののそれはわたしの顔にまでかかりそうな勢いで、思わずギュッと目を閉じる。

温かい何かに包まれたかと思うと、パシャリと液体のかかる軽い音がした。

それとほぼ同時に女性の「きゃあっ!?」という悲鳴も上がる。

……………あれ？

予想していた飲み物のかかる感触がない。

目を開ければ、すぐそばに赤い液体まみれの女性が立っていた。正面からまともに浴びてしまったらしく、淡い黄色の可愛らしいドレスの前面と顔が濡れてしまっている。悲鳴を上げたのは彼女のようだ。顎先からぽたぽたと液体の雫を垂らしながら呆然とした様子だった。

「反射魔法で防いだぞ」

ドヤ顔でヴェイン様が言う。

それを聞いて、彼に液体を防いでもらったのだと理解し、強張っていた体から力が抜ける。

気付けば守るようにディザークに抱き寄せられていた。

「誰か、そこの者を下げろ」

ディザークが不機嫌そうな低い声で言う。

紅い瞳が鋭く女性を射抜き、液体まみれの女性がびくりと震える。

「皇弟の婚約者にワインをかけようとするような愚か者は、この舞踏会には不要だ」

女性はハッと慌てた様子で口を開いた。

「あ……、ち、違うのです、殿下っ、私は……っ！」

「その人間はまっすぐにサヤに向かって来た。しかも、手に持ったグラスの中身をわざとかけようとしていた。そうでなければ反射魔法程度でワインがこれほど広範囲にかかりはしない」

女性の言葉を遮るようにヴェイン様が言い、ディザークの眉間のしわが深まった。

近付いて来た騎士達が女性の左右に立つ。

「偶然だとしても、これから皇族の一員となる者だと公表したその場で、皇族の婚約者にワインをかけるような無礼者を許すつもりはない」

周囲の人々が小さく騒めく。

「お、お許しください、殿下！　わ、私はただ……」

「ディザーク殿下」

女性が言葉を続けようとした時、人混みからディザークを呼ぶ声がした。

見れば、ペーテルゼン公爵令嬢がこちらへゆっくりと進み出てくるところだった。

「どうか、彼女を許してはいただけませんでしょうか？　彼女はわたくしの友人ですが、誰かを傷付けるような方ではありません。きっと、足がもつれて手が滑ってしまっただけです。ねえ、そうでしょう？」

慌てた様子で女性が何度も頷いた。

「わたくしに免じてどうか、寛大なお慈悲を」

ペーテルゼン公爵令嬢が悲しげな顔をする。

しかしディザークは表情を変えなかった。

「貴様に免じて？　何か勘違いをしているようだが、俺が貴様の顔を立てる義理はない」

ピシッと音がした気がする。ペーテルゼン公爵令嬢の表情が固まった。

「婚約者候補ではあったが、それは過去のことだ。候補は候補に過ぎない。それ以上でも以下でもなく、今は無関係である。そんな貴様の言葉を俺が聞く理由はない」

……うわぁ、容赦ない。

ディザークの言葉がグサグサとペーテルゼン公爵令嬢に突き刺さっていくのが感じられた。

シンと沈黙が落ち、人混みの一部がサッと左右に分かれる。

そこから皇帝陛下が歩いてきた。

「皇族主催の舞踏会、それも祝いの席で騒ぎとは感心しないな。……ああ、そこの令嬢は下がらせろ。ワインまみれでいるのはつらいだろう」

皇帝陛下が手を振ると、騎士達が女性に近付き、左右から支えるようにして舞踏の間から下がっていく。

女性は抵抗しながら「私はバルバラ様のためを思っただけで！」「私の意思ではなかったの！」「バルバラ様こそが皇弟殿下の婚約者に相応しいとみんなが言っていたから!!」と喚き散らしていた。

だが名指しされたペーテルゼン公爵令嬢は困ったような顔をする。

「申し訳ございません、彼女は何か勘違いをして、このようなことをしてしまったようです」

それにディザークは不愉快そうに目を細める。

皇帝陛下が「ふむ？」と微笑んだ。

「ペーテルゼン公爵令嬢、勘違いとは？」

「恐れながら、彼女はわたくしがディザーク殿下の婚約者になるものだと考えていたのではないでしょうか？　最近、彼女と親しくなったのですが、そういえば時々『皇弟殿下の妻』はわたくしがなるべきだと言っていました。ただの冗談だと思っていたのですが……」

それから「まさかこんなことをするなんて……」と少し俯く。

美女の悲しげな表情は武器だな、と思う。……まあ、白々しさは感じるけどね。

皇帝陛下が「そうか」と頷く。

「つまり、全てはあの令嬢が妄想で暴走した、と」

公爵令嬢が悲しげな顔で目を伏せ肯定する。

「なるほど、確かに妄想だろうな。我が弟の婚約を解消する予定はないし、シノヤマ嬢から婚約者を変えることもない。まあ、ディザーク自身もそんなつもりはないだろう？」

「当たり前です。俺の婚約者はサヤだけで、他の者と婚約、ましてや結婚する気などありません」

皇帝陛下が微笑んだまま公爵令嬢へ問う。

「令嬢もそのようなつもりはないだろう？」

ペーテルゼン公爵令嬢が一瞬押し黙った。

ここで「はい」と言えばディザークの婚約者になることは絶対に不可能になる。

けれども「いいえ」と言えば皇帝陛下の決定に異を唱えることになってしまう。

……うーん、皇帝陛下とバルトルド様が重なって見える。顔立ちも似てるけど、中身も似てる気がするんだよなあ。

ややあって、公爵令嬢は俯いたまま頷いた。

「……ええ、もちろんでございます、陛下。ディザーク殿下の婚約者は既に決まっておりますもの。わたくしがその座につこうだなんて、畏れ多いことですわ」

「そうだろう。いや、妄想というのは恐ろしいものだな。本人の意思を無視して行動してしまうのだから」

「はい、わたくしも驚きました……」

皇帝陛下がわたし達を見る。

「しかしシノヤマ嬢が無事で何よりだ。彼女に何かあれば、我が国の国益を損なうようなものだからな」

ははは、と皇帝陛下が笑う。はっきり聖女とは言っていないが、二週間後くらいには聖女として正式に公表されるのだから似たようなものだろう。

「それにしても弟よ、婚約者のことを随分と気に入ったようで私は嬉しいぞ」

からかうように言われて、今の状況を思い出す。わたしはディザークにしっかりと抱き寄せられていて、これではいかにもディザークがわたしを手放したくないように見えなくもない。

ディザークもそれに気付いたのか、グッと眉間にしわを寄せた後、そっと解放してくれる。

「陛下、からかわないでください」

不機嫌そうだったが、それが照れからくるものであるのは一目瞭然である。

近付いてきた皇帝陛下がディザークの肩を叩く。

「そう照れるな。婚約者なのだから、仲が良いのはいいことだ。これからもそうであってくれ」

皇帝陛下の明るい調子のおかげで緊張していた場の雰囲気も穏やかなものに戻っていく。いつの間にか止まっていた音楽も流れ出す。

ディザークが皇帝陛下に言う。

「あのようなこともありましたので、申し訳ありませんが、我々は下がらせていただきます。サヤも突然のことで驚き、怖い思いをしたでしょうから」

「ああ、シノヤマ嬢も、今日は早めに休むといい」

皇帝陛下の言葉に丁寧に礼を執る。

「お心遣いありがとうございます」

ディザークに連れられて舞踏の間を後にする。

その日は、そのまま二人で宮へ帰ったのだった。


馬車に揺られ、車窓を眺めながら、内心で溜め息が漏れてしまう。

……ディザークの婚約者候補ってどんだけいたの？

前のモットル侯爵夫人といい、ペーテルゼン公爵令嬢といい、婚約者候補に関係する者からのやっかみが多い。候補だった令嬢やその家族にこんな感じで突っかかられたらさすがにわたしでも嫌になってしまう。

宮へ帰るとディザークは少し話したそうにしていたけれど、わたしは疲れきっていたので「話は明日にして」と言って部屋に引っ込んだ。

それから入浴して、部屋に一人にしてもらった。

いつもならストンと眠れるのに、その日に限ってはなかなか眠れなかった。

……ディザークの婚約者候補って、なんか腹立つ。

結局、モヤモヤとした気持ちを抱えたまま、わたしは翌朝まで眠れなくてベッドの上で何度も寝返りを打って過ごしたのだった。

＊　＊　＊　＊　＊

婚約発表の翌日、朝食の席で顔を合わせたサヤはとても眠たそうだった。

よく見れば目元にうっすらとクマが出来ており、ふあ、と欠伸をこぼしたり、目をこすったりして、どこかぼんやりとした様子だった。

「眠れなかったのか？」

朝食を食べつつ訊けば、頷き返される。

「んー……、昨日のことで色々考えてたら寝れなくって、そのうち朝になっちゃった」

「あの無礼な令嬢については兄上が調べてくれているだろう。何か分かったら教えよう」

「うん、お願い」

言いながら、また、ふあ、と欠伸をこぼしている。

「……あとで昼寝でもしようかな」

さすがに自覚があったようで、そう呟いたサヤにディザークも頷いた。

「そのほうが良さそうだな」

うん、と頷きながらもサヤは口元を隠して、また欠伸をする。

よほど眠いのか、半分ほどしか食事を食べなかったが、それでも城へ向かうディザークの見送りをしてくれた。

離宮での暮らしにサヤがだいぶ慣れたこともあって、今日からは普段通り城のほうで仕事を行うことになっているのだが、サヤの様子が少し気がかりである。

ディザークは馬車に乗り、城へと向かう。車窓を眺めつつ、考える。

……昨夜も少し様子がおかしかった。

いつもならばディザークが「話がしたい」と言えば二つ返事で頷いてくれるのだが、昨夜は「疲れたから」と言ってさっさと休んでしまった。

慣れない舞踏会で疲れたというのはあるだろうが、それだけではない気配もした。

昨夜は何か考えているような様子だった。疲れていると言うサヤを無理に引き留めるわけにもいかず休ませたが、結局、眠れなかったらしい。悩みごとがあるならば聞かせてほしいと思う。

……いや、それはサヤが決めることだ。

サヤ自身もこの世界に来て、更には帝国に来たことで、考えることも多いだろう。

ディザークはサヤを見守るしかない。そうして、もし助けが必要だったり、相談相手が必要だったりしたならば、その時はディザークも出来る限りのことをするつもりだ。

……それくらいしか、俺はしてやれん。

馬車が停まり、ディザークは外へ出た。

そのまま自分の執務室へ向かう。

執務室へ着き、扉を開ければ、既にアルノーがいた。

「おはようございます、ディザーク様」

かけられた声にディザークは頷く。

席に着いて、溜まっている書類に手を伸ばした。

とにかく今は仕事に集中せねば。

＊　＊　＊　＊　＊

「……んぇ？」

ドタリと衝撃を受けて目が覚める。

何故か視界に床が見える……。

起き上がろうとするとシーツが絡みついていて、なんとかもぞもぞと動いて腕を出す。

絡まったシーツを解きながら上半身を起こした。

……あ、ベッドから落ちたのか。

視界を邪魔する髪を掻き上げて部屋を見回した。

眠る前と今とで変わっている部分はない。風通しを良くするためか、開け放たれた窓からは心地好い風が入り、レースのカーテンを揺らしている。

しばしぼんやりとして、ふっと昨日の夜のことを思い出した。

……ほんとにああいうこと、あるんだなあ。

女性向けのファンタジー小説なんかで見かける、舞踏会に出た主人公が意地悪で飲み物をかけられるというアレ。現実でそんなことをすれば、どう考えてもかけた側の立場が悪くなるというのに。

しかもわたしの場合はヴェイン様が防いでくれたので、実質、何も被害を受けていない。

……それに……。

ディザークが庇おうとしてくれた。

頬が熱くなって、解いたばかりのシーツに包《くる》まって床に寝転がる。

今更ながらにディザークに抱き締められたことがなんだか気恥ずかしくなって、言葉にならない気持ちが込み上げてくる。

ゴロゴロと左右に転がって湧き上がる羞恥心を殺してから、溜め息が漏れる。

……………結構、力強かったなあ。

なんて考えてしまって余計に顔が熱くなる。

起き上がって何度か首を振り、シーツから出て、ベッドに座る。時計で時刻を確認したが、寝てから一時間ほどしか経っていなかった。

サイドテーブルに置かれていたベルを鳴らす。

すると、すぐに部屋の扉が叩かれて、リーゼさんとノーラさんが入ってきた。よく似た双子なので並ぶとお人形さんみたいだ。

「お昼寝はもうよろしいのですか？」

「うん、なんか目が冴えちゃった。……今日、ディザークは何時頃に帰ってくるかな？」

「普段はお夕食の前か、それより少し後ぐらいにお戻りになられます」

……っていうと午後の七時か八時くらいか。

この宮にディザークがいないと思うだけで、なんとなく落ち着かない。

これまではいつでも話せるよう宮にいてくれたが、わたしがここでの暮らしにだいぶ慣れてきたので、ディザークは元通りお城で仕事を行うことになった。

今日、わたしは授業などの予定は一切ない。

初めて舞踏会へ出た次の日だからと元から何も予定を入れずに空けておいたのだ。

リーゼさんが乱れた髪を整えてくれる。

「あの……」

「はい、何でしょう？」

「ディザークに会いに行ったら、ダメ、かな……？」

リーゼさんが「あらまあ」と微笑んだ。

「でしたら、ディザーク様にご昼食を持って行かれてはいかがでしょう？　騎士達にも時折、婚約者の方々が差し入れを持って訪れることがございます」

「そうなんだ」

「料理長に伝えれば、今からなら、丁度ご昼食の時間に間に合うと思います」

リーゼさんがニコニコしながら言う。

「急に行って、迷惑じゃない？」

「よくあることですから迷惑にはならないと思います。それに差し入れを出来るのは婚約者の特権ですよ」

何故かわたしよりもリーゼさんのほうがワクワクしているようだ。

「どうなさいますか？」と問われて、少し考えた。

「……行きたい」

わたしがそう答えると、リーゼさんが笑顔で頷く。

「ではすぐに料理長に伝えて参りますね。ノーラはサヤ様のお出かけの準備をしてちょうだい」

「分かった」

……ディザーク、驚くかな？

想像すると笑みが浮かぶ。

そういえば、自分の意思で離宮の外に出るのは、帝国に来てから初めてのことだった。

＊＊＊＊＊

ディザーク様の様子がおかしい。

私、アルノー・エーベルスは自身の仕えるべき主君をこっそりと見ながら思った。

仕事は真面目にこなしているが、その進み具合はいつもよりやや遅く、ふとした時にぼんやりとして手が止まっていることがある。

仕事中はそれだけに没頭するディザーク様らしくない。明らかに、何かに気を取られている。

……また手が止まっていらっしゃる。

ディザーク様を見ていると目が合った。

「……アルノー、茶を頼む」

ぼんやりしていた自覚があるのか、ごまかすように目を逸らして言葉をかけられる。

「了解です」

私が立ち上がった時、部屋の扉が叩かれた。

ディザーク様が「誰だ」と声をかければ、騎士が客を連れて来たと告げる。立ち上がったついでに扉を開き、来客を確認した。

そこにいる人物を見て全てを理解した。

「誰が来た?」

ディザーク様の声に扉を大きく開きつつ、横へ避けた。そうすれば、ディザーク様から来客が見える。

「ごめん、来ちゃった」

少し照れた様子で客――ディザーク様の婚約者であるサヤ・シノヤマ嬢が微笑んだ。

その登場に驚いたのかディザーク様の手から書類が落ち、酷く驚いた顔をされる。

「サヤ？　どうしてここへ……？」

驚きと困惑の入り混じったディザーク様の問いに、シノヤマ嬢は曖昧な笑みを浮かべたまま、ここまで案内しただろう騎士に礼を述べて、部屋に入って来た。侍女だろうツインテールの女性も一緒である。

一度仕事に取りかかると、なかなか席を立たないディザーク様が珍しく自ら席を立ち、机を回ってシノヤマ嬢のところへ歩み寄る。

当たり前のように差し出されたディザーク様の手に、シノヤマ嬢が自身の手を重ねた。

「えっと、お昼はもう食べた？　その、離宮から昼食を持って来たの。それと午後の休憩時間に食べられるお菓子も。差し入れ、迷惑だったかな？」

「いや、迷惑ではないが……」

「そっか、良かった」

ホッとした顔をするシノヤマ嬢とは裏腹に、ディザーク様はまだ状況を理解出来ていない様子で目を瞬かせている。

「あ、お茶の用意をして参りますね～」

そう声をかければ「お手伝いいたします」と侍女がこちらに来る。

もちろん、二人きりになるので何か起きてもすぐに止められるように扉は少し開けたまま、私は侍女と隣室へ移動した。

紅茶を淹れられる程度の簡素なキッチンで、侍女と共に黙々と茶葉やカップを用意する。私達の間に会話はなかった。そのため隣室の話し声が聞こえてくる。

「いきなり押しかけちゃってごめんね」

「それは構わないが、離宮で何かあったのか？」

……ああ、ディザーク様鈍すぎる!!

シノヤマ嬢が帝国に来てから、ディザーク様はずっと離宮で仕事をしておられた。

つまり、お二人はそば近くで過ごされてきたのだ。

だが今日からディザーク様は城で仕事をするようになった。

物理的に距離が離れて、離宮に残されたシノヤマ嬢がそれをなんとも思わないはずがない。

異世界から召喚されたシノヤマ嬢にとって、帝国で最も頼れるのはディザーク様で、そのディザーク様が離れれば不安に感じるのも無理はないだろう。

「何もないよ。ただ、ディザークが宮にいないんだなって思ったら落ち着かないっていうか、その、寂しいっていうか、急にディザークに会いたくなっちゃった」

シノヤマ嬢の素直な言葉に、ディザーク様の「……そうか」という声が聞こえてくる。

その声は冷たく聞こえるが、実際は照れていらっしゃるのだろう。

隣にいる侍女は無表情だけれど、同じように隣室の会話に耳を傾けているのが感覚で分かった。

私も侍女も極力物音を立てないように手を動かす。すると隣室の声がより聞きやすくなる。

「確か、今日は授業がないのだったな？」

「うん、昨日の舞踏会で疲れてるだろうからって、今日だけは何も予定を入れないでもらってるよ」

「それなら今日はここにいればいい」

「え、いいの？」

少し驚いたシノヤマ嬢の声がする。

ディザーク様の言葉に「よく言った！」と心の中で拍手を送る。

以前、婚約者候補達がいた頃は、それはもう毎日代わる代わる候補の令嬢達が差し入れを持って来て、ディザーク様は心底鬱陶しがっていたし、居座られて不機嫌にもなっていた。

仕事中に関係のない者が部屋にいて、延々と話しかけられるのが嫌だと前にこぼしていたが、シノヤマ嬢については別らしい。……まあ、シノヤマ嬢はお喋りではないし。

ドゥニエ王国にいた時にディザーク様のそばについて見ていたが、シノヤマ嬢には令嬢達のような姦《かしま》しさはない。けれども無口ではなく、ほどほどに会話をしていた。

話しかける回数はシノヤマ嬢のほうが多いけれど、ディザーク様から話しかけることもあり、わりとお二人の仲は良いほうだと思う。

「わたしが見ちゃいけない書類とか、ない？」

「基本的にそういったものはない。そもそも、ここに座っていたら書類の文字などそうハッキリとは見えんだろう」

「……確かにそうかも？」

シノヤマ嬢の声に微かに笑いが交じる。

「でも、そんなこと言うと帰りまでずっといるかもしれないよ？」

その言葉にディザーク様がすぐに返事をする。

「好きなだけいればいい。お前は俺の婚約者だ。遠慮する必要はないし、これからもやりたいことがあれば言え。全ては叶えてやれないが、俺に出来ることは叶えてやりたい……と、思っている」

……そう、そうです、ディザーク様！

シノヤマ嬢がディザーク様のことを好意的に思っているのは感じていたけれど、やはりディザーク様もシノヤマ嬢のことは憎からず想っていらっしゃるようだ。

これまで女性に全く興味を示さなかったので色々と心配していたが、杞憂だったらしい。

「そういうこと言うと我が儘放題になるよ？」

「ふむ、たとえば？」

「え？　んー、たとえば『今日は授業受けたくない！』とか『なんにもしないでダラダラ過ごしたい！』とか？　あ、あとは『三食オヤツがいい！』とか？」

「三食菓子はどうかと思うが、授業が進めばそのうち教える事柄が減って授業時間も少なくなるだろう」

「そこはわたしの努力次第ってこと？　まあ、三食オヤツは逆に飽きちゃいそうだから多分言わないけど、休むために努力するっておかしくない？」

「確かにな」

ディザーク様の声に笑いが交じった。

仲の良さそうな会話がポンポンと飛び交っている。

横から「……ふふ」と微かな笑い声がして、チラッと見れば無表情だった侍女の口元が僅かに微笑んでいた。二人の和やかな会話に思わず笑ってしまったようだ。

……もう少しゆっくり茶の用意をしよう。

のんびりと動く私に侍女も気付いたようで、共にキッチンの前に立って引き続き隣室の声に耳を傾けた。

「授業は褒めてもらえるから頑張れるけど、それでもずっと頑張るには気力が続かないし」

「授業で一定の成果をあげたら褒美を与えるのはどうだ？　そうすればやる気が出るだろう」

「ご褒美制度いいね！　なんでもいいの？」

「よほど高価なものでなければな」

楽しげな会話が続くのを聞きながら、出来る限りゆっくりと茶の用意をして、二人の時間を引き延ばしたのだった。

＊＊＊＊＊

昼食を終えて、また仕事へ戻る。

数週間ぶりの執務室は今まで通りで、けれども、ソファーにいるサヤの存在はこれまでとは違う。

サヤはディザークに会いに来たが、仕事を邪魔する気はないようで、持参してきた本を取り出すと静かに読み始めた。

ディザークも机の上に積まれた書類に手を伸ばす。

本来ならば用のない者をいつまでも執務室に居座らせておくのは好まないのだけれど、何故だか、サヤがそこにいるのは全く嫌ではなかった。むしろ視界に僅かに入っていることに安心感すら覚えた。

チラリと見れば、サヤは真面目な顔で本に目を向けていて、沈黙が落ちても苦痛はない。

……いや、元からそんなことを感じたことはなかった。

サヤは姦《かしま》しくお喋りを続けたりはせず、しかし無口ではないので、ほどよく会話を交わすことが出来る。

自分で持って来ておいて内容が難しかったのか、サヤが少しばかり眉根を寄せている。

それに思わずふっと笑みがこぼれる。

侍女も静かに壁際に控えており、あまり気にならない。

ディザークは仕事に集中することにした。

今朝、宮を出てから感じていた落ち着かない気持ちはもうなくなっていた。

……そうか、俺はサヤのことが心配だったのか。

そう気付くと、それまでの違和感が消え去り、仕事に集中出来る。

書類に書かれた内容もしっかり頭の中へ入ってきて、午前中よりもずっと早く作業が進む。

…………。

…………………。

……………………………。

バサッと何かの落ちる音で我に返る。

顔を上げれば、ソファーで本を読んでいたサヤが背もたれに寄りかかって寝こけていた。

今のはどうやら本を落とした音らしい。侍女が静かに本を拾い、回収する。

ディザークはペンを置くと立ち上がった。

サヤはぐっすり眠っているようで近付いても全く起きる気配がなく、すぅすぅと小さな寝息を立てている。そっと肩に触れてみたが、深く寝入っていた。

起こさないように慎重に背中と足の下に手を差し入れ、一度抱き上げ、ソファーへゆっくりと寝かせる。以前より体重はやや増えたようだが、ディザークからしてみればまだ軽い。

腕の中でサヤが微かに「……ん」と身動《みじろ》いだ。

悪事を働いているわけでもないのに体がギシッと硬直した。

ややあって安定した寝息が聞こえ、ホッとしつつもサヤの体からそろりそろりと手を離した。

あまり寒くはないだろうが、一応、上着をかけてやる。近くで見たサヤの目元には、やはり薄くクマが出来ていた。

朝の見送りの際に「このあとちょっと昼寝でもするよ」と言っていたのに、昼食の頃にはここへ来たのだから、ほぼ寝ていないのだろう。せっかく、少しずつ飢餓状態から脱してきているというのに、睡眠不足になれば体調を崩してしまう。

思わず触れた頬が予想外に柔らかくて、ディザークは驚いた。つい、ふにふにと柔らかな感触を確かめていると侍女が小さく咳払いをしたので、慌てて指を離し立ち上がる。

静かに席に戻り、サヤが目覚めなかったことに内心で安堵の息を吐いた。

視線を感じて顔を向ければ、アルノーが含みのある笑みを浮かべてこちらを見ている。

「……なんだ」

「いいえ～、婚約者と仲がよろしくて何よりだなあと思っていただけです」

いまだニヤニヤとしているアルノーに、何故だか羞恥心が湧き上がってくる。

無性にアルノーを殴りたい気分になったものの、ここで騒げばサヤが起きてしまうだろう。グッと抑えてペンを取る。

「仕事に集中しろ」

「は～い」

……とにかく、今は仕事に集中すべきだ。

サヤの微かな寝息を聞きながら、ディザークは書類へ目を落としたのだった。

＊　＊　＊　＊　＊

「──……ャ、サヤ、そろそろ起きろ」

低い声と共に肩を軽く叩かれる感覚に、意識がふっと戻る。

ぼんやりと目を開ければ、わたしを覗き込むディザークがいた。思ったよりも距離が近い。

固まるわたしを余所に、ディザークはわたしの下に手を差し込むとそのまま軽く抱き上げた。

横になっていた体がソファーへ座らされる。

「よく眠っていたな」

ディザークの大きな手がわたしの髪をぎこちない手つきで整えた。

窓を見れば、外は夕焼けになっていた。

「ごめん、わたし寝ちゃった……」

ディザークが首を振る。

「気にするな。好きなだけいていいと言ったのは俺だ。サヤが睡眠不足なのも知っていたし、お前が寝ていても特に問題はなかった」

「そっか……。もう帰る？」

「その前に陛下の下《もと》へ行く。昨夜の令嬢について調査が済んだらしい。話がしたいそうだ」

髪を整え終わったのかディザークの手が離れ、その手が差し出される。

それに自分の手を重ねれば、軽く引っぱられてわたしは自然と立ち上がった。

ノーラさんがサッとそばに来てドレスのしわを伸ばしてくれる。

……あ、ノーラさん、ずっといてくれたんだ。

「ノーラさん、ありがとう」

ノーラさんは会釈をして下がった。

「皇帝陛下のところへ行くの？」

「ああ、サヤも昨夜のことについては知っておくべきだろう？」

「そうだね、なんであんなことしようとしたのか、なんとなく想像はつくけど、理由はちゃんと聞いておきたいかも」

ディザークが頷き、エスコートしてもらいながら部屋を出る。

ちなみに部屋にはエーベルスさんがいて、挨拶をするタイミングは逃してしまったけれど、振り向くと小さく手を振ってくれたのでわたしも振り返しておいた。

お城の中を歩き、皇帝陛下の下《もと》へ向かう。

昨日、わたしがディザークの婚約者として正式に発表されたからか、すれ違う人達の視線は以前と少し違っていた。前は「誰だ？」という不信感が混じっていたが、今は「これが殿下の婚約者か」と品定めをするような空気を感じる。

でも、そんな視線は感じていません、という風に振る舞わなければならない。……いい気分ではないけどね。

こちらが変に意識してもどうしようもないし、家庭教師の先生にも堂々としているようにと言われているので、背筋をピンと伸ばして前を見る。

相変わらずお城の中の道は複雑で、まだ覚えられないが、ディザークの案内で皇帝陛下の下に辿り着くことが出来た。

騎士達が警護する扉の前に立ったディザークが、そのままノックする。

少しの間を置いて、中から扉が開かれた。中から出てきたのはケヴィンさんだった。

「どうぞ、中へお入りください」

中へ通され、皇帝陛下がいる奥の部屋の扉が開かれたので、ディザークと共にそちらへ移動する。

室内にいた皇帝陛下が書類の積み上げられた机越しに顔を上げた。

「ちょっとそこに座って待っていてくれ」

礼を執った後、わたし達は揃ってソファーへ座る。

皇帝陛下は手元の書類を読み、サインらしきものをするとペンを置いて立ち上がった。

「待たせてすまない」

机を回り、わたし達の向かい側にあるソファーへ皇帝陛下が腰かけた。

「昨日の件だが、分かりやすく言えばペーテルゼン公爵令嬢の取り巻きの一人がサヤ嬢に恥をかかせようとして起こったことだった」

「ドレスにワインをかけられることが恥になるんですか？」

「衆人環視の中で酷い格好をするというのは、貴族にとっては恥ずかしいことなんだ。たとえ他人から飲み物をかけられてしまったとしてもね」

よく分からなくて首を傾げてしまう。

何もないところで盛大に転んだとかなら恥ずかしいけれど、他人に飲み物をかけられて汚れたとしても、それはかけた側の失敗なので別にわたしは恥ずかしくないのだが。

……まあ、虐めとしては分かりやすいものなんだろうなあ。

他人事みたいな感じがして「へぇ」と呟いたわたしに、皇帝陛下が苦笑する。

「サヤ嬢には理解出来ないか。それで、昨夜ワインをかけようとしたロミルダ・レーヴェニヒ伯爵令嬢が言うには『皇弟の妻として相応しくないから立場を分からせようと思った』らしい」

皇弟ならばそれなりに地位の高い者を娶るべきで、わたしみたいなポッと出のよく分からない人間よりも、帝国の公爵家出身で、地位も見目も釣り合う人間こそがディザークの婚約者になるのが正しい。その人間こそがペーテルゼン公爵令嬢で、婚約者の座を彼女に譲るべきだ。

「と、いうのが伯爵令嬢の言い分だった。……聖女であることも公表していれば良かったな」

はあ、と皇帝陛下が溜め息を吐いた。

「そういえば、どうして昨日はわたしが聖女だと公表しなかったんですか？」

「聖女はどの国でも喉から手が出るほど欲しい存在だ。だからまず皇弟の婚約者として認知させて確実に帝国に属した人間にしてからと思ったのだ。特にドゥニエ王国が反発するかもしれない。召喚した国に属するべきだと言い出す可能性が高いんだ。そうならないためにも、先に婚約を認めさせてしまえば、婚約者同士を引き離すわけにはいかなくなるだろう？」

「なるほど」

まずディザークとわたしの婚約をドゥニエ王国に認めさせる必要があったのか。

わたしが聖女だと知れば、ドゥニエ王国は「我が国が召喚した聖女だから王国に属するべきだ」と騒ぎかねない。多分、そう言うだろう。

だから現段階でドゥニエ王国にはわたしが聖女であることは知らせない。そのまま、ただの一般人だと思わせておきたいのだ。

そしてディザークとわたしの婚約を認めさせた上で、実はわたしも聖女でした、という公表を行う。正式に婚約しているし、それをドゥニエ王国も認めてしまっているのでわたしを寄越せと言えなくなる。

「でも、その伯爵令嬢も無意味なことをしましたよね。もしワインをかけられたとしても、それくらいでわたしはディザークの婚約者をやめたりはしないですけど」

「そこは感覚の違いだろう。普通の貴族の令嬢ならば、あのような夜会でワインまみれの姿を見られたら恥ずかしくてしばらく人前には出られない」

「そうなんですね」

そう考えると、ある意味ではヴェイン様に防いでもらって良かったのかもしれない。

明らかにワザとなのは分かっていたし、もしかけられていたら、わたしも何かしらやり返していた可能性もある。さすがに女性同士の争いを舞踏会で起こすのは問題だろう。

「レーヴェニヒ伯爵家は正式に謝罪をしたいと言ってきているが、どうする？」

皇帝陛下に問われて考える。

「別に伯爵家からの謝罪は要りません。本人がきちんと反省しての謝罪なら受け入れますけど、そうでないなら不要です。反省してない人の謝罪なんて、こっちが気分悪いですし」

「そうか、では伯爵家にはそう伝えておこう」

ははは、と皇帝陛下がおかしそうに笑う。

なんで笑われたのかと首を傾げれば、ディザークがこっそり教えてくれた。

「謝罪をする機会を失えば、伯爵家は皇族の婚約者に無礼を働いた家として周囲から敬遠される。下手をすれば伯爵令嬢は嫁ぎ先がなくなるだろう。社交界で爪弾きになるのは貴族としては致命的だ」

「……貴族ってほんと、面倒だね」

……まあ、でも、前言撤回する気はない。

「しかし、レーヴェニヒ伯爵令嬢は『自分の意思でやった』と言いながらも、一方で『ペーテルゼン公爵令嬢のためだった』とも言っている。……恐らく、ペーテルゼン公爵令嬢がそれとなく伯爵令嬢に何らかの行動を取らせるよう誘導したのではと私は考えている」

皇帝陛下の言葉にディザークも頷いた。

「ええ、その可能性は高いでしょう。ペーテルゼン公爵令嬢は婚約者候補の中でも、以前いたモットル侯爵令嬢と最後まで張り合っていましたから。……俺はどちらも好きではありませんでしたが――」

「それはそうだろうね。あの令嬢達はお前のことを、自分の価値を高める装飾品か何かのように思っている節がある」

はあ、と二人が同時に溜め息をこぼした。

「皇族も大変ですね」

そう言えば皇帝陛下が肩を竦めた。

「楽な立場ではないな。……話を戻すが、サヤ嬢にはペーテルゼン公爵令嬢に気を付けてほしい。公爵令嬢はディザークの婚約者候補だった時にも他の令嬢を候補から外させるために、色々とやっていたようだ。サヤ嬢のことも今後狙うだろう」

「一応聞いておきたいんですが、いざという時に魔法を使用するかもしれません。お城の中でそれはさすがにまずいですか？」

「いや、身を守るためならば許可しよう」

「ありがとうございます」

これで何かあっても魔法を使える。

そう思っていると、ディザークに見下ろされた。どこか心配そうな紅い瞳に笑い返す。

「大丈夫、わたし全属性持ちだよ？　しかも無詠唱で魔法を使えるんだから、もしもの時は相手を吹っ飛ばすことも出来るし。まあ、まだあんまり加減は出来ないんだけど、怪我させちゃったとしても治癒魔法で治して証拠隠滅すればいいよね」

明るい声でそう言えば、ディザークがふっと微笑した。

「危険だと思った時は容赦なく使え」

「うん、そうするよ」

わたしも痛い思いはしたくないからね。

第４章　帝国の聖女

皇弟殿下《ディザーク》の婚約者として正式に発表されてから三日。特に何事もなく毎日が過ぎていく。ペーテルゼン公爵令嬢に気を付けるようにと言われたものの、考えてみれば、わたしは宮から出ることなんてまずないし、出たとしても城内で、常に侍女と護衛がついている。さすがの公爵令嬢も宮まで押しかけてくることはないようだ。

……まあ、来ても追い返されるだけだしね。

ここでの暮らしにも慣れて、ふと香月さんを思い出す。

……手紙を書くって言ったっけ。

机に向かい、封筒と便箋を取り出した。

「誰かに手紙でも出すのか？」

ソファーに座ってクッキーを食べていたヴェイン様に訊かれて、うん、と頷き返す。

「香月さん――ドゥニエ王国が召喚したもう一人の聖女なんですけど、その香月さんと話したいなって思って。……でもこの世界の連絡手段って手紙だけなんだよね？」

「はい、手紙が主です。親しい間柄で距離が近ければ使用人に言伝をさせることもございます」

訊けば控えていたマリーちゃんが教えてくれる。すっかり出来る侍女さんになってしまった。以前の「はわわ～っ」って感じのマリーちゃんが懐かしく感じられる。気弱さはかなりなくなった。でもたまに失敗すると、その名残りみたいなのが出てくるので、やっぱりマリーちゃんはわたしの癒しである。

ヴェイン様がクッキーを紅茶で胃に流し込んでから言う。

「会って話したいのか？」

「出来るならそうしたいですね。顔を見て元気か確かめたいし、手紙だとやり取りに時間がかかりますから」

「それなら、会わせてやろう」

そう言って、ヴェイン様が立ち上がった。

……会わせてやろう、ってどういうこと……？

わたしのところへ来たヴェイン様に手を取られる。

大きな手だが、ディザークよりもすらりとして、爪の先まで丁寧に整えられた綺麗な手だ。

「会いたい人間を思い浮かべろ」

言われて目を閉じ、香月さんの顔を思い出す。ピンクブラウンで、同色のカラーコンタクトをしていて、整った顔立ちは可愛くて、細身で……。

温かな魔力を感じてハッと瞼を開ければ、目の前に水の鏡のようなものが現れた。

そこにはこちらに背を向けた香月さんらしき人が映っている。

「香月さん……？」

思わず呼べば、鏡の中の人が振り返る。

「うん？　えっ!?　篠山さん!?」

慌てた様子で鏡の中の香月さんが近付いてくる。驚いた顔で見つめられて、わたしも驚いた。ヴェイン様を見上げれば「どうだ、凄いだろう？」と自慢げな顔をされたので、とりあえず頷いて香月さんに視線を戻す。

「えっと、手紙を書こうと思ったんだけど、それだとやり取りに時間がかかるでしょ？　その話をしたら、魔法で繋げてもらえたみたいで……」

「これは我ほどの魔力がなければ出来んがな」

「……ってことみたい」

そう言って香月さんを見るも、どうやら彼女の位置からはヴェイン様が見えていないらしい。それでも「そうなんだ……」と驚きつつ、嬉しそうにわたしを見ていた。

「篠山さんに会えて嬉しい。この世界はスマホとかないから気軽に連絡取れないし、帝国では大丈夫かなって気になってたの」

香月さんはわたしが帝国に行った後も、わたしがドゥニエ王国でどのような扱いをされていたか引き続き調べていたそうだ。そのたびに自分の扱いとあまりにも違うことに驚いて、同時に後悔もしたと言う。

「もっと強く言えば良かった。篠山さんに会いたい、篠山さんと一緒がいいって言っていたら、あ

んな酷い扱いはされなかったかもしれないのに……」

「ありがとう。でも、今は帝国に来て良かったって思ってるからいいの。ドゥニエ王国でああいう扱いをされてなかったら、きっと、わたしは帝国には来なかったと思うし」

その点はドゥニエ王国に感謝している。それにあの件のおかげでドゥニエ王国の価値観というか、王国の人々の本性が見られたと思えば、これで良かったのだ。

「あ、今、周りに誰かいる？」

香月さんに訊けば「ううん、いないよ」と返される。

声量を落としてこっそり話す。

「あのね、実は帝国のほうで適性検査を受けたんだけど、わたし、全属性持ちで香月さんと同じく聖女だって判断されたの」

「ええっ!?」

香月さんが大声を上げた後、パッと口を押さえて振り返った。多分、部屋の出入り口を確認したのだろう。ややあってこちらへ顔を戻す。

「それ、本当？」

「うん、本当。香月さんの召喚に巻き込まれたんじゃなくて、わたしも聖女として喚ばれたんだと思う。だから香月さんも自分を責めないで」

「……そう、なんだ……」

ポロ、と香月さんの瞳から涙がこぼれ落ちる。そのまま泣き出してしまった香月さんは、やっぱり、わたしを巻き込んだと思って自分を責めていたのだろう。

「わ、私、ずっと、篠山さんに、も、申し訳、なくて……。私の、せいで、篠山さん、の、人生、奪っちゃった、って、思って……っ」

「そうじゃないよ。わたしも召喚される運命だったんだよ。たまたま一緒にいる時に喚ばれただけで、もし別々でいても召喚されたんじゃないかな」

「ごめんね、何にも、良くないけど、良かった……っ」

「うん、香月さん、ずっとつらかったよね。早く伝えてあげられなくてごめんね」

「い、いいの、教えて、くれて、ありがとう……っ」

涙を拭って香月さんが笑う。その表情はどこかスッキリとしていて、よく教室で見かけていた、明るい、香月さんらしい笑顔だった。

少ししゃくりあげながらも香月さんがホッとしたように笑うので、わたしも大丈夫だという気持ちを込めて笑みを浮かべた。

それから香月さんがこっそり訊き返してくる。

「全属性ってことは私より篠山さんのほうが優秀だってことだよね？……もしかして、それ、もう公表した？」

わたしは首を傾げて「うーん」と小さく唸る。

「まだ正式には公表してないけど、今度周辺国の人達を招いて聖女の紹介を行うって言ってたから、もしかしたら各国の王族とか上の人には伝わってるかも？」

「……ここ数日、ヴィクトールの様子がおかしかったのってそれが原因かな……」

香月さんが眦を下げて言う。

「話してても上の空っていうか、不機嫌な時もあって、なんだか居心地悪くて……」

その話に、あ、と思う。

同じ魔法で召喚されたわたしと香月さん。ちょっと前までは魔法を使えないと思われていたわたしは、五属性持ちで聖女の香月さんと比べられて役立たずと言われてきた。

でも、そのわたしが実は全属性持ちの聖女だと判明した今、立場が逆転してしまうかもしれない。たった一属性の差だけど、比べられる可能性は高い。

逃した魚の大きさに気付いて悔しがれと思ったが、それで香月さんの立場が悪くなるとは考えていなかった。

「しかも、なんか、変な噂も聞いちゃって……」

「変な噂？」

「うん、ヴィクトールには婚約者の公爵令嬢さんがいるんだけど、結婚したら、私を側妃に迎え入れるとか入れないとか……」

「はぁっ!?　側妃っ!?」

驚きのあまり大声が出てしまった。

歴史の授業の際、こちらの家庭教師に、国王は正妃の他に側妃や愛妾を持つことが出来ると習っていたけれど、香月さんを側妃にするってどういうことだ。

つい手を振って否定してしまう。

「いやいや、側妃ってないでしょ」

「うん、ないよね。どう考えてもヴィクトールが私を好きだからって言うより、聖女を王国に縛りつけるための結婚なんだろうなってさすがの私でも分かるよ。それでもし結婚してくれって言われてもやだ……」

香月さんが不安そうな顔をした。

ドゥニエ王国の王族が勝手にそれを決めて、王太子と香月さんの結婚を強引に進める可能性もある。そうなれば外堀から埋められて逃げられなくなる。

まさかとは思うが、わたしへの扱いを考えれば、その可能性も疑いたくなる。

「香月さんって夜会とかには出てる？」

「ううん、出てない。私、魔力の操作がちょっと苦手で、まだ魔法が使えないから、もっと聖女として力が使えるようになってから公の場に出るって話はされてるけど……」

「じゃあ人の多い場所には行かない？」

「えっと、騎士さん達の訓練を時々見に行くから、その時は周りに、同じように訓練を見に来た侍女さんとか他のご令嬢さん達とかがいるよ」

不思議そうな顔をされたので、また声を落とす。

「それなら、周りに人が多い時に結婚についてそれとなく話してみたらどうかな？　たとえば『元の世界に好きな人がいる』とか『王太子と結婚する気はない』とか、とにかく、結婚には抵抗があるって誰から見ても分かるようにしていたら、もし王族が無理に結婚させようとしても拒絶出来るし」

「でも王族だよ……？　私が嫌だって言っても聞いてもらえないかもしれない……」

……確かにあの国じゃ王族の一言でどうとでも出来てしまうか。

わたし達の間に沈黙が落ちる。

マリーちゃんが「あの……」と控えめに声をかけてくる。

振り向けばマリーちゃんが近付いてきて、そっと耳打ちされた。その内容に「なるほど」と頷き返す。

「香月さん、あと一週間半くらい先のことなんだけど、帝国で新たな聖女の公表をして、そのお祝いをするんだけど、その時にこっちに来てパーティーに出られないかな？」

「それって篠山さんが帝国の聖女になるってこと？」

「うん、お披露目パーティーだよ。そこに香月さんも出て、他国の目のある場所で結婚の意思がないことをハッキリと口に出せば、もしドゥニエ王国が無理に結婚させようとしても、他国が介入してくれるかもしれない。どの国も聖女を欲しがってるから、いざとなれば保護してほしいって言えば他国に逃げられるかも」

香月さんはハッとした様子でわたしを見る。

「ドゥニエ王国から出るの……？」

「そう。さっきも言ったけど、聖女はどこの国からも望まれる存在だから帝国のパーティーで他の国の偉い人達と繋がりを作っておいて、逃げ道を用意したほうがもしもの時に心強くない？」

「……………」

香月さんが考えるように微かに俯いた。

少しの間黙っていたけれど、その頭の中で色々なことを考えているのは伝わってくる。

「……うん、そうだね、そのほうがいいかも」

顔を上げた香月さんは何か覚悟を決めたようだった。

「ヴィクトールに頼んでみる。でも、行けるかどうか分からない。……ううん、行けるまで粘ってみる。帝国の聖女が篠山さんなら『会いたい』って言えば連れて行ってもらえるかも」

「わたしのほうでもディザーク……殿下や皇帝陛下に話して、招待状とか、何か香月さんを招く方法がないかお願いしてみるよ」

「ありがとう、篠山さん」

そう言って香月さんは綺麗に笑った。

「この世界に来てから私はヴィクトール達の言うことに従って過ごしてたけど、これからはもっと、自分で考えて行動してみるね」

わたしも頷いて「そのほうがいいよ」と返す。

それから、ふと湧いた疑問を投げかけた。

「一応訊くけど、香月さんは王太子のこと、好き？」

「え、うーん……、どうだろう。嫌いではないけど、恋愛的な意味での好きって気持ちはないかな。

最初は頼れる人だなあって思ってたけど、篠山さんのことを知ってから、ちょっと信用出来なくなってきたかも……」

困ったような顔でそう返されて、まあそうだろうな、と思った。

わたしだってもし香月さんと逆の立場だったら、もう一人への対応の悪さとか、それを黙って放置していたこととか、変だなと感じている中で側妃の噂を聞いてしまえば疑心暗鬼になると思う。

……もし好きだったとしても側妃はない。

一夫一妻の日本で育ったわたし達には、気持ち的にも一夫多妻は受け入れがたいものだ。

「もし好きだったとしても側妃にはならないよ。好きな人に他にも奥さんがいて、自分は何人もいる奥さんの一人なんて多分耐えられないし」

「それは分かる。平等に愛してくれたらいいとか、そういう問題じゃないんだよね」

「うん、好きな人には私だけを見てほしいもん」

香月さんとうんうんと頷き合う。

「話は逸れたけど、とにかく、お披露目パーティーに香月さんを招けないか訊いてみるよ」

「私も行けるかどうか粘ってみる」

パーティーで香月さんに直に会えれば嬉しい。

そもそもドゥニエ王国のことは信用出来ない。王太子が結婚して国王になったら、本当に香月さんを無理やり側妃に迎え入れようとするかもしれない。

そうなった時に帝国や他の国との繋がりがあるということは、香月さんの強みになるだろう。

ヴェイン様から「そろそろ閉じるぞ」と言われて、香月さんと顔を見合わせる。

「ヴェイン様、また今度もこれを頼めますか？」

「うむ、それは構わんぞ」

「ありがとうございます。……ってことだから、香月さん、また連絡する時もこれを繋げるね」

「うん、でも出来れば夜のほうがいいな。昼間は魔法の訓練とか授業とか、色々あるから」

「分かった、気を付けるね」

香月さんとの間に沈黙が落ちる。この世界に召喚された者同士、離れた場所にいるので、なんとなくこのまま会話を終えてしまうのが名残惜しかった。

「えっと、じゃあ、またね」

手を振れば、香月さんも手を振ってくれる。

「うん、またね、篠山さん」

ヴェイン様が手を軽く振れば、水の鏡はふわっと消えてしまった。そのことに、少しだけ寂しい気持ちになる。

……ううん、寂しがってる暇はない。

両手でぴしゃりと頬を叩いて気合いを入れる。

「ディザークに手紙を送りたいんだけど、書いたら急いで持って行ってもらえるかな？」

「かしこまりました」

香月さんに出すつもりで並べていた便箋と封筒に向かう。

この世界に召喚されて助かったことは、言葉が通じることと、読み書きも問題なく出来る部分である。羽ペンだけはまだまだ慣れないが、ペン先をインクに浸し、ディザーク宛てに手紙を書き始めたのだった。

＊　＊　＊　＊　＊

「そういうことなら、ユウナ・コウヅキ嬢にも招待状を送っておこう」

ディザークに香月さんのことを話すと、すぐに皇帝陛下に伝えてくれたようで、翌日、聖女の仕事をするためにお城へ行った際にそう言われた。

「最近のドゥニエ王国の王族達は少々図に乗っている節があるからな、己の立場というものを思い出させてやるのもいいだろう」

と、面白そうな様子だった。

召喚魔法を行うことでも、実はドゥニエ王国は周辺国と少し揉めたらしい。

聖女がいないので召喚魔法を行いたい。でも魔法を使うには魔法士が足りない。だから魔法士を派遣してほしい。

もしドゥニエ王国が魔物に襲われて、国が立ち行かなくなれば、王国民が難民となって周辺国に流れてしまうかもしれない。そうなるとお互い困るだろう。なので魔法士を派遣してね、的な態度だったらしい。

ちなみに周辺国は魔法士を派遣しなかった。

……そりゃあ、そういう上から目線な態度なら派遣しないでしょ。

まあ、実際は周辺国にも余裕がなくて魔法士を送ることが出来なかったようだが。

帝国が魔法士を派遣したのは、周辺国からドゥニエ王国の召喚に手助けをしてほしいと頼まれたことと、帝国の聖女が高齢だったため、次の新たな聖女が見つかるまでの間に何かあったら召喚した聖女を派遣させようと考えてのことだったようだ。

「夜会は周辺国の使者や王族も来る公の場だ。そこでドゥニエ王国の聖女が次期国王との結婚を拒否する発言をすれば、無理強いをされそうになった際それを理由に他国が介入出来る」

「はい、そうなれば香月さんが望まない結婚を避けることが出来ます」

「たとえ周辺国が動かなくとも、いざとなれば我が国が『保護』しよう。聖女が増える分には帝国としては喜ばしいことだからね」

悪そうな笑みを浮かべる皇帝陛下が今は心強い。

それから少し話をしてからわたし達は皇帝陛下の政務室を後にして、別の場所へと向かった。お城の中にある応接室の一室だ。

そこには帝国の現聖女マルグリット様がいて、聖女付きの使用人だという人達も待っていた。

今日は初めて聖女としてのお仕事をする。

仕事内容は、国中から集められた聖障儀に聖属性の魔力を注ぎ込むこと。

マルグリット様は毎日登城して、このお仕事に励んでいるのだとか。

丁寧に箱に収められた聖障儀がテーブルの上に並んでいる。

互いに挨拶を済ませた後は、ディザークは静観するつもりらしく、わたしの横に座ったまま黙っている。

……わざわざ一緒に来てくれてるんだよね。

ディザークだって皇弟としての公務もあるし、忙しい身なのに、こうしてわたしの付き添いをしてくれる。心配してくれているんだなあと思うと素直に嬉しい。

「本日は、サヤ様に聖障儀への魔力充塡を行っていただきます。前回のように、聖属性の魔力を注いでくだされば問題ございません」

使用人達が壁際に控えていて少し落ち着かない。

マルグリット様と目が合うと、穏やかに微笑まれた。

「くれぐれも無理はなさらないでくださいね。出来る分だけに留めて。無理をされますと魔力欠乏症で具合を悪くしてしまいますので、疲れたと感じたら、そこでやめるようお願いいたします」

「分かりました」

「私《わたくし》も本日はこちらで魔力充塡を行わせていただきます。何か分からないことがございましたら、遠慮せずにおっしゃってください」

それから、とマルグリット様が振り返る。

「あちらのテーブルにご用意してありますものはお好きに召し上がっていいものです。魔力充塡を行っていると体内の魔力量が減って空腹感を覚えます。空腹とは飢餓状態の表れですので、合間に何かしら口にされることをお勧めいたします」

マルグリット様の言葉にわたしは頷き返した。

魔法を使うとお腹が空く。

皇室付きのお医者様が言うには、わたしはまだ飢餓状態を完全に脱したわけではないので、食事は欠かさず、適当に済ませないようにとのことだった。

美味しそうな軽食やお菓子が並んでいるテーブルを見る。

……あんなに食べたら太らないかな。

思わず見つめていると、マルグリット様が、ふふ、と口元に手を添えて小さく笑う。

「ご心配なさらずとも太ることはありません。魔力充塡は体力を使いますから、むしろ痩せてしまいます。私《わたくし》もこう見えてかなり食べるのですが、この仕事をしてから太ったことは一度もございません」

「そうなんですね」

それにちょっとだけホッとする。

そこで横にいたディザークが口を挟んだ。

「むしろサヤはもう少し太るべきだ」

マルグリット様が「あらまあ」と言う。

「殿下、その言い方はよろしくありませんわ。『太る』という言葉は女性にはとても良くない状態になるように感じられて、忌避感を覚えてしまいます」

「ふむ、そうなのか……」

ディザークが考えるように少し視線を落とし、それから何か納得したような顔で頷いた。

「サヤとしては何と言われたら気分を害さずに済む？」

と真面目に訊かれて、思わず笑ってしまう。

「じゃあ『もっと健康的になれ』って言ってもらえる？　『太れ』っていうのはマルグリット様の言う通り、嫌だなって思っちゃうから」

「そうか。では『もっとよく食べて健康的になってくれ』でいいか？」

「うん。これからはこうやって魔力の操作をしたり魔法を使う機会とかが増えてくるだろうから、頑張って食事量を増やすね」

「ああ、そうしてくれ」

それから、わたしはマルグリット様と共に、魔力を注ぎ入れる作業を行うことにした。

マルグリット様は慣れているようで、聖障儀を箱に収めたまま手を翳して魔力を注いでいる。

わたしも一つ、箱から取り出して手に持った。前回のことを思い出しつつ、手に聖属性の魔力を集め、ゆっくりと魔力を聖障儀へ移していく。

魔力の流れが止まるまで注ぎ、終わったら箱に戻す。

……そんなに疲労は感じない。

ディザークに「大丈夫か？」と問われて頷いた。

マルグリット様の使用人が近付いてきて、箱の蓋を閉じると、次の箱をテーブルへ置いてくれる。

見れば、マルグリット様はどんどん聖障儀に魔力を補充していた。

……わたしもああやって出来るかな？

次の聖障儀に手を翳し、目を閉じる。掌に魔力を集中させたら、その魔力を下にある魔道具へ流し、満たしていくイメージで……。

手に持っているよりも流れが早く、聖障儀はあっという間にいっぱいになる。

目を開けて手を戻す。持ち上げて魔力を入れるよりも、こちらのほうがやりやすい気がした。

使用人が箱を置いて、魔力を注ぐと箱が引き取られて、また次の箱が置かれてを繰り返す。マルグリット様も同じ動きを行っている。

数が十五個を超えた辺りで不意に空腹を感じた。

思わずお腹を押さえたわたしを見て、ディザークが立ち上がった。

それを目で追いかければ、ディザークは軽食などが並べられたテーブルに近付き、取り皿を摑むとひょいひょいと食べ物を載せていった。それからフォークとお皿を持って戻ってくる。

「これぐらいなら食べられそうか？」

差し出されたお皿には一口大のサンドウィッチやケーキなどが綺麗に並んでいた。

「うん、ありがとう」

それを受け取ると、ディザークは今度は飲み物を取りに行ってくれる。

その背中を見つつ、使用人がくれたおしぼりで手を拭いてから、サンドウィッチにかじりつく。

シャキシャキの野菜にベーコンらしき肉、甘じょっぱいソースの味が口の中に広がった。

ディザークの宮で出るものも美味しいけれど、お城のほうで出るものも負けず劣らず美味しくて驚いた。一口食べると空腹感が増したような気がする。

見ればマルグリット様もお菓子を食べていた。しかも、片手で食べつつ、もう片方の手を聖障儀に翳して魔力を注ぎ込んでいる。

まじまじと見ていたら、視線に気付いたマルグリット様が気恥ずかしそうに微笑んだ。

「食べながらやるなんてマナー違反ですが、こうでもしないと効率が悪いのです」

確かに、食べて注いで、食べて注いでては時間がかかってしまうだろう。

わたしもテーブルにお皿を置いて、片手でサンドウィッチを持ちつつ、もう片方の手を箱に翳す。

……ん、結構難しいかも。

食べるという作業をしつつ、並行して魔力を注ぐという作業も行うのは地味に集中力が要る。

自然と作業に集中して無言になる。

横でディザークが、わたしへ取っ手を向けたティーカップを持ったまま待機しているのが少し面白かった。

＊　＊　＊　＊　＊

サヤがサンドウィッチを食べつつ、聖障儀に魔力を注ぎ入れている。聖女マルグリット様も同じような状態だ。

食べながらというのは内心驚いたが、同時に、なるほどと納得もした。

礼儀作法に則って、食事をしてから作業を行い、また食事の時間を挟んで、などと繰り返していれば時間がかかってしまう。片手間で食べられるものを用意して、作業をしつつ食べたほうが効率的だろう。

最初はぎこちない動きをしていたサヤだったが、慣れてくると食べ物を頬張りながら聖障儀に魔力を注げるようになった。

ただサヤが口に結構な量を詰め込むので、喉を詰まらせやしないかと心配になってしまう。

いつでも飲み物を飲めるようにティーカップを持って構えていたら、それに気付いたサヤが小さく笑っていた。ディザーク自身も少々心配のしすぎだと分かってはいたけれど、サヤに対してはついあれこれと気を回してしまう。

しばらくサヤは食事片手に魔力充塡の作業を続けていたが、ふと手を止めると立ち上がった。

「すみません、聖障儀はあとどれぐらいありますか？」

サヤの問いにマルグリット様の使用人が答えた。

「残りは二十三個でございます」

使用人が部屋の隅に積まれた箱を手で指し示す。

それを見たサヤは、何やら考えるような顔をする。

「サヤ様、どうかなさいましたか？　もし魔力量が厳しいようでしたら、今日はもうお休みいたしますか？」

マルグリット様の言葉にサヤが顔を上げる。

「あ、いえ、魔力は全然大丈夫です。ただ一つ一つ作業するのは時間がかかるなあと思いまして。……マルグリット様はいつもこの量の聖障儀に魔力を充塡しているんですか？」

「いいえ、本日はサヤ様もいらっしゃるので普段より多く用意していただきました。本日のサヤ様の進行度合いで今後の充塡作業の分担割合を決めようと思っております」

つまり、この量は今日だけということらしい。

サヤが目を閉じる。だがすぐに目を開けると立ち上がると、ディザークの持っていたティーカップを受け取り、見苦しくない程度にグイと飲み干した。

「よし、試してみよう」

ティーカップが返される。

「何を試すつもりだ？」

訊けば、サヤは悪戯を考えている子供みたいな顔をして、魔道具の山に近付いていく。

そしてその山の前に立つと両腕を広げた。

ふわ、と風もないのにサヤの髪が揺れ、ほぼ同時に白い光がその小柄な体からあふれる。膨大な魔力量を感じてディザークは思わず立ち上がっていた。

……まさか、一気に魔力充塡を行うつもりか？

白い光が魔道具の山を包む。

艶のある黒髪が光の中で揺れている。宮廷魔法士ですら、これほど膨大な魔力量を有してはいないだろう。

微かに漏れた聖属性魔力がディザークの肌をピリリと撫でていく。もし聖属性に適性があれば、この魔力を心地好く感じたかもしれない。

数十秒か数分か。光が緩やかに収束する。

光が完全に収まるとサヤが振り返った。

「はい、終わり」

その場にいた全員が呆然とサヤを見る。

この数を一度に、しかも、全て充塡し終えただなんて……。

「ディザーク？」

サヤに名前を呼ばれ、ハッと我に返る。

「サヤ、大丈夫なのか!?」

慌てて近付き、その肩を両手で摑む。突然の行動のせいか、サヤが黒い瞳を丸くして見上げてくる。頰に触れてみたが異変は感じられなかった。

「魔力量は今、どれほど残っている？」

「え？　あ、まだ三分の一ちょっとくらい残ってるかな。そんなに疲れてないし、平気だよ」

「そうか……」

どうやら嘘偽りはないようで、サヤの顔色は普段と変わらず、体温にも変化は見られない。そのことに心底ホッとした。

「一つ一つやると時間がかかるから一気に全部、魔力を注いじゃえって思ったんだけど……ダメだった？」

少しばつが悪そうな顔でサヤが訊いてくる。

「もし魔力量が足りなくなったらどうする？」

「その時は途中でやめようって思ってたよ。魔力の使いすぎは命に関わるってことは知ってるし、いくつか聖障儀に魔力を注いで、一つでどれぐらい魔力が必要かも見当ついてたし。……でも、その、心配かけてごめん」

申し訳なさそうな様子から、サヤ自身もわざとディザークに心配をかけようとしていたわけではないのだろう。

そこでようやく、サヤの肩を思いの外強く掴んでしまっていたことに気が付いた。

「すまない、強く掴みすぎた」

「大丈夫、ビックリしたけど痛くなかったよ」

サヤの肩から手を離したものの、その肩の薄さが掌に残っていて、ディザークは利き手を握り締めた。

こんな細い肩にディザーク達は国の命運を託し、皇族の婚約者として引き入れ、聖竜の愛し子という立場と聖女の責務を負わせてしまった。

元々感じていた罪悪感が重く圧《の》しかかる。

……サヤは元の世界では平民の娘だったという。

王侯貴族の教育も、国の重責もなく、きっと穏やかな両親に愛されて暮らしてきたのだろう。正直でのんびりしたサヤの性格からもそれは察せられた。

握り締めた手にサヤが触れた。

「あの、驚かせちゃってごめんね。本当にわたしは大丈夫。これくらいなら問題ないから、聖女としての仕事もこれからもやっていけるよ」

こちらの心を読んだわけではないだろうが、その言葉にディザークは苦く微笑んだ。

ちなみに残りの聖障儀全てにきちんと聖属性の魔力が充填されたことを確認し、その日のサヤの聖女としての初仕事は終わったのだった。

サヤの行ったことにマルグリット様は驚いていた。魔力充填を長く続けてきたマルグリット様でも、一度にあれほどの数に魔力を注ぐのは難しいらしい。

「サヤ様は私《わたくし》よりも聖女としての格が上なのでしょう。これほどの魔力量と魔力操作が行えるのでしたら、次代の聖女をお任せしても安泰ですわ」

と、使用人と共に喜んでいた。

それからサヤは数日に一度は登城して、魔力充填という聖女の仕事を行うようになった。

本人は「誰でも出来る簡単な作業ですって感じ」と軽い調子で言っていたが、無理をしないように、サヤの予定や体調には気を配ろうとディザークは思うのだった。

＊　＊　＊　＊　＊

王太子ヴィクトール＝エリク・ドゥエスダンは苛立っていた。

数週間前にこのドゥニエ王国では召喚魔法が行われた。

ドゥニエ王国の前聖女が死に、国内で次代の聖女を見つけることが叶わず、帝国から魔法士を派遣してもらってようやく念願の聖女を手に入れた。

召喚魔法で現れたのは二人の娘だった。

一人はかなりの量の魔力が感じられたが、もう一人は欠片も魔力が感じられなかった。

そのため、魔力のあるほうが聖女だと判断した。事実、魔力のあるほう――ユウナ・コウヅキは非常に珍しい五属性持ちであり、感じられる魔力量もなかなかに多い。

それに比べて同じ世界から来たもう一人のほうは魔力もなければ、特別に見目が良いわけでもなく、使い道など全くなさそうであった。

だからヴィクトール達は魔力のないほうに期待しなかった。

それでも王城に住まわせたし、最初は使用人をつけるようにも言った。だが、どうやらはずれに仕えるのが嫌だったのか、使用人は新人のメイド一人しかつかなかった。

後になって監視を兼ねた護衛の騎士から報告を受けたが、当の本人も不満を口に出さなかったようで、ヴィクトールは本当にその事実を知らされていなかった。

だから帝国より訪れた皇弟が、魔力のないほうを婚約者として連れ帰りたいと言い出した時は、心底驚いた。

一瞬、帝国が欲しがるということは何かしらの利用価値があるのではと思ったが、皇弟にその娘への対応について言及されてしまい、拒否することは難しかった。

確かに無理に召喚したのはこちらであり、彼女は巻き込まれただけであるため、こちらには生活を保障する責任がある。それを疎かにしていたのは事実だった。

何より、国力や地位で言えば帝国のほうが上だ。しかも今回は魔法士まで借りている。王国はあまり強く言える立場ではなかった。

気になるところはあるものの、考えてみれば役に立たない娘を帝国が引き取ってくれるというのなら、王国としてはむしろ良い話だ。国王もそう思ったのか、皇弟の願いを聞き入れて娘を差し出した。

それから数日後に、娘は皇弟について帝国へ向かった。

召喚の儀式を行って以降見ることのなかった娘は、確かに最初に見た時よりも痩せたような気はした。王族であるヴィクトール達が娘に関心を示さなかったことで、使用人や騎士達までもが、娘を『役立たず』だと嘲笑っていたという。

……いや、自分自身にもその気持ちはあった。

同じ世界から召喚したのに何の役にも立たない娘。ユウナと扱いが違って当然だという気持ちが最初からなかったかと問われれば否定できない。

痩せた娘はユウナとの別れを済ませた後に、酷く良い笑顔をヴィクトールに見せた。

『この国には二度と戻りませんから、ご心配なく。短い間でしたが、大変お世話になりました』

嫌味だというのは即座に理解出来た。思わず頬が引きつってしまう。

最後の謝罪をする機会をヴィクトールは失った。

そのことを、今、後悔している。

それだけではなく、あの娘を帝国に渡してしまったことを悔やんだ。

帝国から送られてきた招待状と手紙。

そこには帝国の新たな聖女について書かれていた。

次代の聖女の名はサヤ・シノヤマ。希少な全属性持ちの聖女。

王国の召喚魔法にて喚び出された乙女の一人。

ドゥニエ王国が役立たずだと言って手放した、もう一人の異世界人だった。

「くそっ、どういうことだ!?」

その手紙を読んだ時の気持ちは言葉に言い表せないほどのものだった。

魔力がないと思っていた娘が実は聖女であった。それもユウナよりも優れているなんて認めたくはなかったが、帝国が嘘を吐く利点はない。

思えば、もう一人の娘は適性検査を行わなかった。どうせ魔力がないのだから、やる必要などどないと思っていた。

……だが、娘のほうも何故言わなかった?

もしも魔力があると言えば、こちらとしても即座に適性検査を行い、そこで聖女であることも判明したはずだ。

「まさか、あえて言わなかったのか……？」

やられた、と思った。恐らく皇弟は娘に魔力があることに気付いていて、だからこそ、帝国に招こうとしたのだろう。今更、取り戻すことは難しい。

使者との話し合いは公のもので、その時の会話も公式のものとして記録されてしまっている。

それに使者達が帰国する際に、あの娘は「もう二度と来ない」と言った。今後はより良い待遇を約束すると言ったところで首を縦に振るとは思えない。

その上帝国のほうが王国よりもずっと発展しているのだ。こちらが帝国以上の待遇を用意することも厳しいだろう。

どういうわけかユウナも、もう一人の娘が全属性持ちの聖女であることを知っていて、しかも帝国の聖女を披露するパーティーに参加したいと言い出した。

「私、シノヤマさんに会いたい。ここに来てからも全然会えなかったし、帝国でも元気だろうけど、ちゃんと会って話したいの」

「それは……」

ユウナを帝国へ連れて行きたくない。

帝国に行けば、きっと、王国との違いを見て、帝国に残りたいと言うだろう。

ドゥニエ王国は聖女《ユウナ》を失うわけにはいかない。

「……招待されていなければ、行くことは出来ない」

そう答えたものの、パーティーの一週間と少し前に追加で招待状が送られてきた。ユウナ宛ての招待状だった。

いっそ隠してしまおうかと思ったが、やはりそれについてもユウナは知っており、招待状が来ていないか訊かれた。

逆に何故そんなことを言うのかと訊き返すと、ユウナは離れていても帝国へ行った娘と連絡が取れるらしく、それで招待状の件も聞いたらしい。結局、ユウナも連れて行くことになってしまった。

……何とかしなければ……。

聖女として公表するということは、あの娘は魔法を扱うことが可能で、魔力も操れるということだ。

ユウナも努力しているが、魔力の扱いが上手くない。

王国が聖女を手にしたと言っても、ユウナはまだ、魔力充塡を行えないのだ。

いざとなったら帝国に聖女《ユウナ》を派遣するなどという話になっているが、現状切迫しているのはドゥニエ王国のほうだった。

王国は前聖女が亡くなり、神殿に属する聖属性持ち達のおかげでなんとか状況を保っているものの、そう長くは続かないだろう。

どうすべきか悩んでいると、とある帝国の貴族から手紙が届いた。

それを見て、ヴィクトールは考える。

ユウナのことは好意的に思っている。

だがそれとは別として、ドゥニエ王国には今すぐにでも、使える聖女が必要なのだ。……本当ならば、王となってからユウナを娶りたかったが。

自身の立場を盤石なものとするために力のある公爵家の令嬢を正妃とし、聖女たるユウナを側妃にと考えていたのだけれど、仕方がない。

「これは国のためなんだ」

＊　＊　＊　＊

ペーテルゼン公爵の長女、バルバラ・ペーテルゼンはこれまで、全てを手に入れてきた。

生まれながらに公爵家の一員という高貴な身分と他の令嬢よりも美しい容姿を持ち、それらに見合った教養と立ち居振る舞いを身につけ、多くの子息令嬢はバルバラに首《こうべ》を垂れた。

誰もがバルバラを讃え、愛した。

何か欲しいものがあれば、両親が、兄が、友人が、バルバラを慕う者達がそれを差し出してくれる。手に入れられないものなど何もない。

……そう、思っていたのに。

ティーカップを強く握ってしまう。

すぐにはしたないと気付いて、ティーカップをソーサーに戻し、テーブルへ置いた。

皇帝の妻となることは不可能だった。バルバラが生まれた時には、既に皇帝には別の公爵家の令嬢が婚約者としてそばにいた。もし年齢が釣り合っていたならば、バルバラは皇帝の妻となっても不思議ではない立場である。

それでは皇帝の息子の誰かと、とも考えたが、これもまた年齢が釣り合わない。

唯一、年齢的に問題がない皇族は皇弟だけだ。その皇弟は結婚に興味がないようで、婚約者候補が数名選ばれた時も、それらの令嬢達のことを気にした様子はなかった。

それでも、バルバラは自分だけは別だと思っていた。

美しく、身分的にも血筋的にも問題がなく、教養があり、誰からも愛されるべき存在。

そんなバルバラと話せば、皇弟も気が変わって、婚約者として選んでくれるだろう。

そうすれば皇弟の妻の座につくことが出来る。この国で最も尊ばれる皇族の一員となれる。

けれども、皇弟はバルバラを選ばなかった。

それは生まれて初めての屈辱だった。

同時に、手に入らないということに執着を覚えた。

……なんとしてでも皇弟の妻の座が欲しい。

そのためにバルバラは他の婚約者候補達に公爵家という立場を使って圧をかけたり、友人達にお願いして少々警告をしたりして、自ら候補を辞するように仕向けた。

そうして六人いた候補は半分の三人に減り、最後にはモットル侯爵家の令嬢とバルバラだけとなった。バルバラも教養には自信があったが、モットル侯爵家の令嬢の所作は美しく、もし外見がバルバラと同等かそれ以上に美しければ、おそらく負けていただろう。

だが、最後の二人になったというのに、皇弟の婚約話は流れてしまった。

政治的な意図も何やらあったようだが、皇弟の心を動かす者がいなかったからだという噂も一時期まことしやかに流れた。

バルバラがいくら微笑んでも皇弟は顔色一つ変えず、そして態度も全く軟化しなかった。

幸いモットル侯爵令嬢にもそうだったようだが、しかし、バルバラの自尊心は傷付けられた。

絶対に皇弟の婚約者となる。

そう思い、帝国内の令嬢達を常に牽制し続けた。

令嬢達も「バルバラ様こそ皇弟の婚約者に相応しいです」と口を揃えて言う。

いずれ、貴族達の言葉を無視出来なくなって、皇帝は弟の妻にバルバラを選ぶだろう。

……そう考えていたのに。

突然、皇弟に婚約者が出来た。

黒髪に黒い瞳、見慣れない肌の色と顔立ちは異国風でミステリアスだが、美しさにおいても、教養においても、何もかもがバルバラより劣っている娘。

調べれば、ドゥニエ王国で行われた聖女召喚の儀に巻き込まれた、ただの一般人だというではないか。しかも魔力を持たないらしい。

確かにこの帝国では黒は聖竜の色だと言われ、皇族の誰かが黒に近い色味の者を娶るという風習がある。だがたとえ黒を有していても、何の後ろ盾もなければ容姿が優れているわけでもない者が皇族としてバルバラの上に立つだなんて、想像するだけでゾッとする。

……あんな小娘に頭を下げるなんて絶対に嫌よ。

皇弟の婚約発表の場で、話もせずにバカみたいにただ微笑むことしか出来ない娘など、皇室にとってもなんの利益もないではないか。

握り締めた爪が掌に食い込んだ。

……わたくしよりも劣っているくせに。

夜会のことを思い出すたびに怒りがこみ上げる。

どの令嬢にも一切興味を示さなかった皇弟が、あの娘を気にかけ、他の者達との会話を一手に引き受ける。皇族特有の紅い瞳は常に娘を気遣うように見ていた。

あの眼差しを受ける娘を見た時、羨ましいと思った。

誰かを羨むなど初めての経験だった。

これまで羨望されるのはバルバラの特権であった。

羨ましがられることはあっても、他者を羨ましいなどと思うこと自体なかったのだ。

皇弟の眼差しを、さも当然のことのように受ける娘を見て、羨望と共に屈辱感も覚えた。

「あの場所にいて、あの眼差しを受けるのはわたくしのはずだったのに……」

美しく、社交も出来て、教養もあり、人々から愛されるバルバラこそが皇弟の妻になるべきだ。

いつかは皇弟もそのことに気付いて、膝をついて婚約を申し出てくれると考えていた。

その予想が砕け散ったのは人生二度目の屈辱だった。

身の程を弁えさせるために、友人に話をして少し警告してもらおうとしたのに、その友人は失敗した上に汚らしい姿を夜会で晒していた。

……わたくしに相応しくない子ね。
友人の枠から外したほうが良さそうだ。
その後、父からこっそりあの娘が聖女として選ばれた者だということを知った。
それを聞いても、どうしてか、感じた屈辱は消えなかった。
「お嬢様、お手紙が届いております」
侍女が差し出した手紙を受け取る。
先日、ある企みを持ち掛けた者からの返信だろう。思いの外、返事が早い。
ペーパーナイフで封を切り、中に収められていた便箋を取り出してサッと目を通した。
そこに書かれている内容にバルバラは笑みを浮かべた。
「わたくしも準備をしないといけませんわね」
あの娘が聖女だろうと関係ない。
……わたくしの場所を横取りするなんて許せない。
盗られたなら取り返せばいいのだ。

＊　＊　＊　＊　＊

聖女のお披露目パーティー当日。

パーティーは夕方からだと言うのに、わたしは朝からお風呂に入れられたり全身マッサージを受けたりと色々されて、気が付けば綺麗に飾られてドレス姿になっていた。

マリーちゃん達は「やり切った！」という顔をしている。

確かに、今までの人生で一番綺麗になったと思う。マッサージのおかげか体は軽かったし、肌も髪もツヤツヤ。ドレスはいつもよりずっと華やかで、薄化粧をしてみれば、なんだかんだ女の子なので少しだけ嬉しかった。物語の中のお姫様みたいだ、なんて鏡を見て思う。

……まあ、でも、顔的には言うほど美人ではないんだろうなあ。

こちらの世界の人々は顔の彫りが深くてハッキリしているから、どんなにお化粧をしても、わたしは周りとは違って幼く見えるだろう。

ソファーに座って待っていると、ディザークが迎えに来てくれる。

「支度は済んだか？」

そう言って現れたディザークは前回の舞踏会と同じ格好だったが、何度見ても格好良い。

部屋に入ってきたディザークはわたしをジッと見た。

「えっと、変、かな？」

あんまりジッと見つめられるので訊いてみれば、ディザークが首を振った。

「いや、よく似合っている。前回は赤だったが、白いドレスのほうがサヤの黒髪が映えてより美しく見える」

「本当？　あ、でも元の世界だとウェディングドレスを着ると婚期が遠退くとかなんとかって聞いた気がする」

「うぇでぃんぐどれすとは何だ？」

「新婦が結婚式に着る白いドレスのことだよ。わたしのいた国では、結婚式には白いドレスを着るっていうのが女性の憧れだったの」

ディザークが不思議そうな顔をした。

「そうなのか」

「この世界では違うの？」

「ああ、好きな色のドレスを着ることが多い」

なるほど、と思う。

……だけど白いドレスは女の子の憧れだよね。

わたしの着ているドレスは元の世界なら、ウェディングドレスと言われても不思議はないくらい飾りが多くて華やかなものだ。

この世界では白は聖なる色なのだとか。だから聖女のわたしが白いドレスを今回着るのは大事なことらしい。

ちなみに貴族でも白を身に纏えるのは、初めて社交界に出るデビュタントの時だけなのだとか。デビュタントを迎えた若い令嬢達の白いドレスもきっと可愛らしいのだろう。あとは教会で神に仕える者だけが白を纏うそうだ。

「そうなんだ、なんか面白いね」

「そうか？」

わたしの言葉にディザークはやっぱり不思議そうな顔をしたけれど、すぐに手を差し出してくる。その手を借りて立ち上がり、ディザークの左腕に手を添える。

そのまま共に部屋を出れば、ヴェイン様がいて、わたし達の後ろについてくる。

……うん、綺麗になったと思ったけど、ヴェイン様と比べるとわたしは全然だね。

ちょっとはしゃいでいた気持ちが冷静になる。

正面玄関を出れば、馬車が停めてあった。ディザークにひょいと抱えられて馬車に乗せられ、座席に座ると、ディザークも中へ乗り込んできた。そして扉が閉められる。

……今日、わたしは帝国の正式な聖女となる。

「緊張しているか？」

ディザークに問われて頷いた。

「ちょっとだけ。でもそれ以上に楽しみ、かな」

「楽しみ？　何がだ？」

「今日のパーティーにはドゥニエ王国の王太子が来るんでしょ？　どんな顔でわたしに挨拶してくるのかなあって思うとね。あと香月さんにも会いたいし」

あれから皇帝陛下はドゥニエ王国に、香月さんの招待状も送ってくれた。

帝国から招待状が届いた以上は香月さんが体調不良でもない限りは来るだろう。あの後も何度かこっそりヴェイン様の水の鏡で顔を合わせたけれど、元気そうだった。招待状についても直接言ったので香月さんは必ず来るはず。

　ドゥニエ王国からしたら役立たずだと捨てたわたしが聖女として帝国で立ち上がったのだから、驚きと焦り、そして後悔も感じているかもしれない。

　そういえば香月さんは魔法をまだ上手く扱えていないらしい。

　王国は前聖女が亡くなって、かなり苦しい状況のようなので、もしかしたらなんとかしてわたしを手に入れようとするかもしれない。皇帝陛下もそれを気にしているようだった。

　……まあ、わたしは城内で魔法を使う許可をもらっているから、何かあっても大丈夫。

　むしろ騒ぎを起こしてくれたほうがドゥニエ王国の信用が地に落ちて、王太子が面目丸潰れになって面白いとは思っている。

「サヤ、お前、随分と悪い顔をしているぞ」

「おっと……」

　慌ててニッコリ笑みを浮かべる。

「大丈夫、向こうが何もしてこなければ、わたしから何かすることはないよ」

　ディザークが小さく息を吐く。

「それが心配なのだが。まあ、帝国主催のパーティーで問題は起こさないだろう。そんなことしたら帝国から睨まれ、周辺国からも白い目で見られることになる」

「そうだろうね」

　馬車の揺れが収まり、外から扉が開けられる。

　ディザークが先に降りると、乗った時と同様にひょいと降ろされた。

馬車に乗るくらい自分で出来るのにと思うのだけれど、どうやら、ディザークはこうしてわたしの体重を確認しているようだ。女子としてはあんまり体重を知られたくはないのだが、ディザークからすれば、わたしがきちんと健康的になっているか知っておきたいらしい。

後ろをついてきた馬車からヴェイン様とノーラさんが降りてくる。ノーラさんは侍女として控え室にいてくれるようだ。

お城へ着くと、まずは控え室へ通された。

そこには皇帝陛下がいて、わたし達が入ると、手招きをされた。

ディザークと二人で礼を執ってから、ソファーへ並んで座る。

「さて、本日のお披露目ではサヤ嬢が本当に聖女であると広めるために、聖障儀への魔力充塡を行ってもらいたいと考えている。ないとは思うけれど、どこかの国が『偽の聖女だ』と言って君をひきずり下ろし、自国に引き込もうとするかもしれないからね」

「分かりました」

別に聖障儀に魔力を注ぐくらい大したことではないし、聖女としてそのほうが認められやすいというなら嫌がる理由もない。頷いているとディザークに見下ろされた。

「今日は招待客が多い。出来る限り共にいるが、場合によってはそばを離れることもある」

「ヴェイン様もいるし大丈夫」

「そうだな」

前回のパーティーでワインを防いだことにディザークはとても感謝していて、ヴェイン様もそれを満更でもない様子で受け止めていた。ヴェイン様は護衛としてもかなり優秀で、尊大な性格ではあるが、護衛中は立場を理解してかあまり喋ることはない。

ただ、目が合うと微笑ましそうな顔をされる。たとえるなら可愛いペットを眺めるみたいな……。

そもそもドラゴンと人間だから感じるものが違うのだろう。

わたしを愛し子と呼んだわりには、しつこく構ったり、変に干渉したりはしてこない。

「愛し子の幸せは我の幸せ。だが、幸せというのは個々によって感じ方が違うものだ。我の思う幸せが愛し子の幸福に繋がるとは限らない。だから我は愛し子の人生をそばで見守ることが出来れば、それで良いのだ」

そんなヴェイン様の言葉を聞いたからか、ディザークはかなりヴェイン様を信用している様子だ。

「周辺国の王族や使者だけでなく、我が国の貴族達もいる。サヤ嬢はこの間と同じように微笑んで、どこかに招待されたり判断がつかないことを訊かれたりした時だけ『わたし一人では判断が出来ませんので』と言っておけば、向こうも無理強いはしてこない」

皇帝陛下の言葉に頷き返した。

部屋の扉が控えめに叩かれ、皇帝陛下が立ち上がる。

「時間のようだ。さあ、行こう」

わたしとディザークも立ち上がる。

ディザークにエスコートしてもらいながら部屋を出て、パーティーの会場へと向かう。

緊張でドキドキと心臓が早鐘を打つのを感じて、そっと深呼吸をする。

……大丈夫、これはお披露目の場だ。

聖女を選定する場ではなく、既に聖女に決まったわたしのことを国内外へ発信する場であり、帝国の聖女という地位が覆ることはないだろう。

両開きの扉の前で立ち止まる。

陛下とディザークの視線を受けて頷いた。

皇帝陛下が扉を警護する騎士達に頷けば、扉が左右へゆっくりと開かれる。

「帝国の輝かしき太陽、エーレンフリート＝イェルク・ワイエルシュトラス皇帝陛下、ディザーク＝クリストハルト・ワイエルシュトラス皇弟殿下、御婚約者サヤ・シノヤマ嬢のご入場です!!」

騎士の声がよく響く。

皇帝陛下が歩き出し、それにディザークと共に続く。

会場にいた誰もがこちらへ――正確には皇帝陛下へ礼を執っている。

一段高い場所に三人で上がる。

「面《おもて》を上げよ」

全員が顔を上げて視線が集中する。

「本日集まってくれた皆に感謝しよう。招待状にて既に今回の夜会について説明はしてあるが、我が帝国に次代の聖女という新しい光が現れた。この良き日に、皆に我が国の光を紹介したい」

皇帝陛下の視線がこちらに向けられ、ディザークが一歩前へ出たので、わたしも釣られて前へ出る。

「彼女はサヤ・シノヤマ嬢。ドゥニエ王国の聖女召喚の儀によってこの世界に招かれた異世界人であり、我が弟ディザークの婚約者でもある。まだこの世界に、帝国に来たばかりで分からないことも多い彼女だが、それでも我が国の聖女となることを了承してくれた」

おお、と主に帝国内の貴族だろう人々から小さなどよめきが上がる。

聖女を得られるというのは国の安定に繋がるそうなので、これは貴族達にとっても朗報なのだろう。心なしか会場の空気が和らいだ気がする。

「帝国の安寧はこれからも保たれる」

皇帝陛下が手を振ると、使用人達が聖障儀が載せられたサービスワゴンをいくつか押してきた。

皇帝陛下が頷いてわたしを促す。

わたしはディザークの腕から手を離すと、その場で祈るように両手を組んだ。

聖属性の魔力を操って聖障儀へと注ぎ込む。

ここ最近は毎日のように魔力充塡を行っていたのでもう慣れたものだ。

わたしの魔力で段々と満たされていく聖障儀は薄い灰白から、段々と黒く染まり、魔力があふれてキラキラと球体の表面で輝き出す。それは小さな星の輝きのようで、美しい。

その様子を見た人々が騒めいたり、思わず指差したりと驚いている。

聖障儀に魔力がいっぱいになると余った魔力が広がり、小さく輝きながら空気へ消えた。

しばしの間、人々は魔力の輝きに魅入られたようだった。

「帝国の平和と安定が続きますように」

わたしの言葉に皇帝陛下が嬉しそうに笑った。

「我が帝国の新しき光を祝し、本日は心行くまでパーティーを楽しんでほしい」

その瞬間、帝国の貴族だろう人々から向けられる視線が好奇のそれから、別のものに変わるのを感じた。

魔力充填を見せたことで聖女として認めてもらえたようだ。わっと人々の歓声に包まれる。

皇帝陛下とディザークと共に階段を下りて、人々の輪の中へ入って行く。

ひそりとディザークに耳打ちされる。

「これから貴族と他国の者達の挨拶を受ける。前回よりも長くなるだろう。疲れたら腕を二度叩いてくれ」

それにわたしは頷き返した。

……でも、疲れたからって抜け出すことは出来ないんだろうなあ。

何せ、今日のパーティーは聖女のお披露目、つまりわたしが主役なのだ。

＊　＊　＊　＊　＊

……あれがあの娘なのか？

ヴィクトールは皇弟の横に立つ娘を見て愕然とした。

最後に見た時は肌も髪も艶がなく、痩せていて、こちらを睨むような黒い瞳が印象的だったが、それ以外は地味な娘に感じられた。

しかし、今あそこにいる娘は全く違う。

痩せてはいるものの以前ほどではなく、小柄な姿は横に立つ皇弟が長身なこともあり、華奢で少女らしい線の細さが際立つ。ミステリアスな黒髪は艶やかで、化粧を施した顔には美しさよりも幼さの残る愛らしさがあり、白いドレスが黒髪によく映える。

顔立ちではユウナには勝てないものの、笑うとより幼く見えて、親しみを感じさせた。

何より、こうしていても魔力を一切感じないというのに、大勢の前で複数の聖障儀に一度で魔力充塡を行った。魔力充塡は魔力をきちんと操作出来なければ行えない。聖障儀に触れず魔力を充塡させるとなれば、更に難しいことだ。

しかし娘は何の気負いもなくそれをやってのけた。

帝国に来てから訓練したとしても、この短期間であそこまでの習熟度は無理だ。

……だとすれば、最初から魔力操作に長けていた？

魔力を感じなかったのは魔力がないからではなく、元々魔力操作に長けていて、外に魔力を漏らすことがなかったからではないか。

ユウナは魔力量が多いけれど、操作が下手だ。だから、最初から魔力を体外に放出していたのだとしたら……。

「……我々は最初から間違えていたということか」

もしあの娘にも適性検査を受けさせていたなら、巻き込まれた役立たずなどと嘲ることなく接していたなら、あの力は王国のものだったかもしれない。

悔しさに手を握り締めてしまう。

「ヴィクトール？」

横にいたユウナに名前を呼ばれて我に返る。

「すまない、少しぼんやりしてしまっていた」

「えっと、大丈夫？」

「ああ、問題ない」

一瞬、ユウナへの罪悪感に苛まれたが、ヴィクトールはそれを笑顔で押し隠した。

「私達も挨拶に行こう」

今日これから行うことを知ったら、きっとユウナには嫌われるだろう。

それでも、国のためならばやるしかない。

……すまない、ユウナ。

ユウナが毎日魔力操作の訓練をしていることは知っているし、上手く出来ない自分を責めていることも知っている。

だが、王国には一日でも早く、聖属性の魔力を魔道具に充塡出来る聖女が必要なのだ。

ヴィクトールはユウナを伴い、人の輪へ加わった。

＊　＊　＊　＊　＊

周辺国の使者はほとんどが王族やそれに準ずる公爵家で、わたしは美しい外見の人々に少し気圧されつつも、なんとか挨拶を済ませていた。

……笑顔を続けるって結構大変なんだよね。

ちなみにディザークはにこりともしない。

それでいいのかなと思うのだが、周りも気にした様子がないので、これでいいらしい。

周辺国の使者や帝国の貴族などに囲まれてちょっと困っていると、見知った顔が近付いてくることに気付いた。

ディザークの腕を軽く引けば、こちらに目を向けたディザークもその人物へ視線を動かした。

話をしていた貴族にディザークが軽く手を上げて見せると、貴族は一礼して身を引く。それと入れ替わるように話しかけられた。

「本日はお招きくださり、ありがとうございます」

礼を執ったドゥニエ王国の王太子の横で、香月さんも慌てて礼を執る。

「帝国の素晴らしき日に立ち会えたこと、とても光栄です。何より、我が国が召喚した聖女が帝国の輝かしい未来に貢献出来ると思うと、より一層喜ばしく思います」

わたしのことを放置し、役立たずだから好きに持っていけとばかりに手放しておいて、何を恩着せがましいことを言ってるんだろう。

チラとディザークを見上げれば、眉間のしわが深くなっている。

視線に気付いたのかディザークと目が合う。

けれどもディザークはすぐに王太子に視線を戻した。

「ああ、そうだな、そのことについてはドゥニエ王国に感謝している。サヤを役立たずだと判断してくれたおかげで我が国は優秀な聖女を手に入れることが出来た。恐らくサヤの能力は貴国が望む聖女の基準には及ばなかったのだろうが」

ディザークの言葉に、周囲の人々が近くの者と互いに耳打ちするようなさざめきが広まった。

王太子の言い方では、まるで王国が帝国のためにあえて能力の高い聖女を差し出したように感じられたが、それが事実ではないと分かっただろう。

「そのようなことは……。帝国からは魔法士を派遣していただいておりましたので、二人召喚されたうちのお一人を帝国にお連れいただいただけです」

「そういうことにしたいのならば好きにすればいい。ただし、サヤを貴国に派遣はしないし、返すこともない」

「そんな、我が国は帝国への聖女の派遣について了承したというのに……！」

ディザークが大きく溜め息を吐いた。

「確かにそれについて、もしもの際には王国から帝国に聖女を派遣してもらうという話にはなっているが、その逆の協定は結ばれていない」

つまり、帝国が王国に聖女を派遣しないというのは協定違反にはならないらしい。

「もう一つ、まるで帝国が聖女を出し渋っているような言い方であったが、ドゥニエ王国に聖女を派遣しないというのはサヤ自身の意思によるものだ」

ディザークの言葉にわたしへ視線が集まった。

わたしは笑うのをやめて、悲しげに見えるように眦を下げて俯いた。

「ええ、その通りです。王国には良い思い出が一つもありません。むしろつらい思い出が多く、ドゥニエ王国に行けば、また以前のように粗雑な扱いを受けるかもしれないと思うと怖いのです」

怯えるようにディザークの腕にしがみつけば、ディザークの手がわたしの手に重ねられる。

「無理はするな」とディザークの声がした。

周りの人々がざわつき、さすがに王太子もこれはまずいと感じたのか軽く頭を下げてくる。

「それに関しては申し訳なかった。私はきちんと使用人をつけ、客室で対応するようにと指示をしたのだが、使用人達が指示に従わず、あなたにはつらい思いをさせてしまった。……本当にすまない」

王族が頭を下げるなんて、そうあることではないのだろう。

少し騒めきが大きくなったものの、この流れであれば、許さざるを得なくなる。

……まあ、でも、わたしは許さないけどね？

「謝罪は受け入れます。でも、許すことは出来ません。異世界に突然放り出されて、誰にも頼れない状況だったわたしを粗雑に扱ったことは事実です。それに、わたしはもうドゥニエ王国には行かないと、以前にも申し上げましたから」

王太子がパッと顔を上げた。その驚いた様子からして、謝れば許してもらえるとでも思っていたのかもしれない。

わたしは王太子から香月さんに視線を移した。

「香月さん、直接会うのは数週間ぶりだね。元気だった？　王国での暮らしは大丈夫？」

「え？　あ、うん、良くしてもらってるよ」

「それなら良かった。最近なんだか変な噂を聞いてね、ドゥニエ王国の王太子殿下は結婚して王に即位したら香月さんを側妃に迎えるって話だけど、香月さんは王太子殿下と結婚するの？」

すると香月さんが何かに気付いた顔をする。

王太子がギョッとした様子でわたしを見て、その口が何かを言う前に足音が聞こえてきた。

誰もが音のほうへ顔を向ければ、皇帝陛下がこちらへ歩いてくるところだった。

「やあ、サヤ嬢、楽しんでいるかい？」

わたしはにこりと微笑んだ。

「はい、皇帝陛下のお心遣いのおかげで香月さんと会うことが出来ました」

「そうか、それは良かった。……君がドゥニエ王国の聖女ユウナ・コウヅキ嬢だね？」

皇帝陛下の問いに慌てた様子で香月さんが礼を執った。

「は、はい、帝国の太陽、皇帝陛下にご挨拶申し上げます……！」

「そう硬くならずとも良い。ところで随分と人が集まっているが、何の話をしていたんだ？」

「ドゥニエ王国の噂について話していました。王太子殿下が結婚して、王位についた後に香月さんを側妃として迎え入れるという話で、それが本当なのか訊いていたところです」

皇帝陛下の目が愉快そうに細められた。

「へぇ？　コウヅキ嬢はヴィクトール殿と結婚されるのかな？」

香月さんが首を振った。

「いいえ、私はヴィクトール……殿下と結婚するつもりはありません」

「っ!?」

凛とした香月さんの声は意外とよく響いた。まるで図ったかのように、楽団の音楽が途切れたタイミングだったため、周囲の人々の耳にもはっきりと聞き取れただろう。

王太子がまた驚いた顔で香月さんを見たけれど、香月さんは王太子を見ることはない。

「この世界に来たばかりで、まだ聖女の役目も果たせない私は未熟者です。もっと聖女として訓練をしなければいけないと思います。それに元の世界では私は未成年で、結婚出来る年齢でもありませんし、何より今は聖女という大役に専念するためにも結婚する気はありません」

香月さんの言葉に皇帝陛下が訊き返す。

「結婚よりも聖女としての役目を優先したいと？」

「はい」

「なるほど」

強く頷く香月さんの横で王太子の顔色が少し悪くなっていたが、いい気味だと思った。

帝国の皇帝だけでなく、周辺国の者達も聞いているこの場で、香月さんは王太子との結婚を否定した。これで無理やり香月さんを丸め込んで側妃に迎え入れることは不可能だろう。

「サヤ嬢はいずれ私の義妹となるし、我が国の聖女である彼女の友人は我々にとっても友人のようなものだ。もし困ったことがあれば頼るといい。まあ、ドゥニエ王国も聖女を大事にしているだろうから、そのようなことはないかもしれないが」

「ありがとうございます」

……はい、香月さんと皇帝陛下が繋がった。

しかも皇帝陛下が優しくしたからか、会話が途切れたところで周辺国の使者達が香月さんと王太子に話しかけ始める。これならきっと周辺国との繋がりも持てるだろう。

皇帝陛下と目が合うと、パチリとウィンクされた。感謝の意味を込めて小さく頷き返す。

……ちょっと疲れたかも。

ディザークの腕を軽く二回叩くと、気付いたディザークが口を開いた。

「サヤが疲れたようなので、少し休ませてきます」

「ん？　ああ、ずっと挨拶を受け続けていたからね。控え室の一つを使うといい」

「はい、そうします。……サヤ、行こう」

皇帝陛下に礼を執って、休憩のために会場から一度下がることにした。

挨拶はほぼ終わっていたし、今は香月さんにみんなの意識が集中しているので、わたしが席を外してもそれほど問題はないと思う。

ディザークに連れられて廊下へ出て、近くの控え室に向かった。部屋に入り、ディザークは少しだけ扉を開けたままにして、わたしをソファーへ座らせてくれる。

「ありがとう、ディザーク」

「いや、慣れないことをして疲れただろう。今日は前回と違って受け答えする場面も多かったからな」

ディザークが隣に腰を下ろす。

「それもあるけど、あんなに大勢に囲まれたの初めてだったから、ちょっとビックリしちゃった。婚約発表した時も多かったのに、それ以上だったね」

「サヤが聖女だと公にされて、繋がりを作っておきたいと思う者が増えたんだ」

「ああ、そういうこと?」

婚約発表の時も結構な数の人から挨拶をされたけれど、今回、その倍とはいかないまでも、前回以上なのは確かだった。

「でも聖女と親しくなったからって別に得なこととかないような気がするけど」

「そうでもない。サヤと親しくなっておけば俺と繋がりも持てる上に、怪我や病気などいざという時に無償で、しかも優先して治してもらえるかもしれないからな」

それはそれでせこい。……まあでも優先して治療してもらえるのは大事なことなのかもしれない。

この世界、医療はそれなりに進んでいるようだけど、やっぱり治癒魔法には敵わないらしい。

王侯貴族などお金のある人は神殿に治療に行ったり、お抱えの治療士に治療させたりするものの、そもそも聖属性魔法を扱える人が少ないため、神殿で治療してもらうには寄付金という名の治療費がかかるし、お抱え治療士を雇うにもそれ相応の給金を払わなくてはならない。

平民はそんなに金銭的な余裕もないので、よほどのことでなければ、薬で治すのが一般的だそうだ。だから聖女が奉仕活動と称し神殿を訪れた際は、平民の怪我や病を治癒魔法で治すこともあるらしい。

まだわたしは行ったことがないけれど、そのうちマルグリット様と行くことになるだろう。

「それに聖女の、それも皇弟の婚約者の友人という立場は一種の名誉みたいなものだからな。それ欲しさに近づく者も多い」

「ディザークはそういうの嫌なんだよね？」

「ああ、俺もサヤも物ではない。自分を良く見せるための装飾品のように扱われるのは不快だ」

ハッキリと言い切るディザークの姿に、思わず笑みが浮かぶ。

「ディザークのそういうとこ、好きかも」

そう言えば、ディザークが顔を背けた。耳が少し赤くなっているので照れたのだろう。

「……お前は少々直接的すぎる」

こほん、と小さく咳払いをしてから言われた。

「正直者って言ってほしいなあ。まあ、ディザークが嫌ならやめるけど。……嫌？」

「嫌ではないが……」

「ないが？」

ディザークが顔を背けたまま続ける。

「……まっすぐすぎて、少し、照れる」

思わずディザークに抱き着いた。頭上から「な……っ!?」と驚いた声がしたけれど、わたしは構わずギュッとディザークを抱き締めた。

「可愛い～！」

わたしに好きだと言われて嫌だと返されたらへこむが、好きと言われると照れて困るなんて返されたら、誰だってキュンとしてしまうと思う。

今だって、わたしに抱き着かれてどうすればいいのか分からない様子で固まっている。

そういうところを可愛いと感じるわたしは捻《ひね》くれているのだろうか。

「ドキドキしてるね」

抱き着いた胸元に頬を寄せれば、ディザークの少し速い心臓の鼓動が伝わってくる。

「今まで、女性とこのように触れ合ったことがないんだ。……仕方ないだろう」

「ディザークから見て、わたしはちゃんと女性なんだ？　よくあれこれ言われるし、馬車の乗り降りで抱っこされるから子供扱いされてると思ってた」

ディザークがはあ、と深く溜め息を吐いた。

「子供を婚約者にはしない。……そろそろ離れてくれ」

そっと肩に手が添えられる。

「嫌だった？」

「サヤ、お前は無防備すぎる。女に慣れていない男を信用するな。からかうのも良くない」

「からかってないよ」

即答したわたしにディザークが思わずといった様子でこちらを向いた。

背伸びをして、その頬にキスをする。

「わたしはディザークの婚約者になったんだから、恋愛するならディザークとだけだし、好きになる努力も好きになってもらう努力もしたいだけ」

驚いた顔で、頬を手で押さえるディザークの眉間から、しわがなくなっていた。

……しわがないほうがやっぱり美形だなあ。

頬を押さえていた手がそのまま口を覆うように隠す。

視線を逸らされたものの、やはり顔が少し赤くなっているので、怒っているわけではないようだ。

「……俺も努力する、つもりだ」

だが、とディザークは続ける。

「俺ばかり振り回されるのは男として、少々、その、気恥ずかしい」

「わたしもドキドキしてるよ？」

「そうなのか？」

驚いた様子で訊き返されて、ディザークの手を取り、わたしの鎖骨の下辺りに手を触れさせる。

わたしよりも大きな手が恐る恐るといった感じでドレス越しに置かれた。

ややあって、ふ、とディザークが笑う。

「確かに」

手を離すと、ディザークに抱き締められた。

「……小さいな」

感慨深げに言われてわたしは苦笑する。

「ディザークが大きいんだよ」

でも、ディザークの大きな体にそっと抱き締められるのは嫌じゃなかった。むしろ温かくて安心感がある。

……ずっとこうしていたいな。

そう思った瞬間に、ああ、そうかと理解した。

わたしはやっぱりディザークが好きなんだ。

自覚すると途端に顔が熱くなる。

「ディザーク」

呼べば、ディザークの腕がわたしを解放する。

目が合ったので、わたしは精一杯の笑みを浮かべた。

「わたし、ディザークのことが好きだよ」

ギシッとディザークが固まった。

それがおかしくて、わたしは声を上げて笑ってしまった。

＊　＊　＊　＊　＊

「ちょっとお化粧直してくるね」

と、一頻《ひとしき》り笑った後にサヤは席を立った。部屋に来ていた侍女を連れて出て行く。

ヴェインを連れて行くよう声をかければ、サヤに「トイレの中まで入って来られたら困るかな」と苦笑を返された。代わりに騎士達を連れて行くようだ。

扉が閉められるとディザークは溜め息を零し、両膝に肘をついて、手で顔を覆った。

触れた顔が熱くなっている。

……からかわれているのだろうか？

だが、サヤはからかっていないと言う。

ディザークの人生はこれまで、国のため、皇帝陛下となった兄のために捧げてきた。

子供のうちは兄を支えるべく体を鍛えた。

正直、ディザークはあまり頭が良いほうではない。

だから体を鍛えて、軍に入った。それからずっと仕事一筋だった。

女性との関わりなど、一度婚約者の話が出た時に少し、茶会を催して話したくらいである。

だから女性に抱き着かれるなどというのはディザークにとっては初めての経験であった。

小さく、細く、柔らかな感触は男とは違う。

これまで夜会ではダンスも断ってきたし、婚約者候補ですらエスコートすることはなかった。それゆえサヤが来てからディザークにとっては初めてのことばかりだ。

……俺はどうなのだ。

サヤはディザークを好きだと言った。だが、自分はどうなのだろう。

サヤのことは好意的に感じている。正直者で、ディザークを怖がったりすることもなく、怠惰に過ごしたいと言いながらも真面目に毎日授業を受けていて、そういった部分は良いと思う。

小柄な姿を見ると守らなければと感じるし、腕に手が添えられた時は少し落ち着かない気持ちになるが、サヤが笑うとホッとする。

女性を楽しませることなど出来ないディザークと共にいても、サヤはつまらなそうな顔をしたことがない。それに救われているところもある。

だが、恋愛というものがよく分からない。

サヤを好意的に思っているが、それが恋愛的な意味なのか、人としてのものなのか、ディザークにはいまだ判断がつかなかった。

……そういえば、以前サヤが言っていたな……。

キスが出来る相手とは恋愛も出来る、と。

想像してみたが、思ったのは、嫌ではないということだった。

サヤからすると、この世界の者は皆、見目が良く見えるらしい。

だが、こちらから見てもサヤは可愛らしいと思う。彫りの浅い顔は幼く見えるが、黒髪に黒い瞳も、こちらとは少し色味の違う肌も、神秘的な雰囲気があって人目を引く。幼い顔立ちが笑ったり、不満そうな顔をしたり、呆れたりと、くるくる表情を変えるとつい見ていたくなる。

貴族の令嬢は大体、淑女らしく微笑んでいるばかりなので、サヤのよく変わる表情は面白い。

今まで平和な場所で暮らしていたのだろう。無防備なところもあり、そんなサヤを見て、守らなければと思うのはおかしなことではないはずだ。

だが、抱き着かれた時、一瞬だがサヤを抱き締め返したいという思いが過《よ》ぎり、驚いた。

その幼い顔立ちもあって少々子供扱いしている部分があるのは確かだが、抱き着かれて、女性的な柔らかさを感じた瞬間の感情は、上手く言葉では言い表せない。

大事にしたいが、それだけではない。

抱き締めたサヤの細さを感じると、鼓動が速くなり、腕の中の存在を強く強く抱き締めたいと思ってしまう。そんな感情すら初めてで、ディザークには戸惑うことばかりであった。

しかしそれをどこかで心地好く感じる自分もいる。

サヤに振り回されて照れたり気恥ずかしかったりする一方、そのことを楽しいとも思う。

……そういった感情を恋愛だというのなら。

ディザークはサヤに恋愛感情を抱いているのかもしれない。

「これでは兄上の思い通りだな……」

全属性持ちの聖女で、聖竜の愛し子。

皇帝陛下である兄は言った。

『サヤ嬢は我が国の最重要人物と言ってもいい。他国に逃すわけにはいかない。ディザーク、サヤ嬢を大事にするんだよ』

国のためにも、と兄は続けた。

サヤと婚約し、結婚し、いずれは子が出来るのかもしれない。

そうして、その子が黒を有していたならば、きっと、その子も聖竜の愛し子となるだろう。

兄はそれを望んでいるはずだ。

国の未来を考えるなら、それが最善なのだ。

はあ、とまた溜め息が漏れる。

……気が早い。

まだディザークとサヤは婚約したばかりである。

何より、全ての主導権を持つのはサヤだ。ディザークはただ乞う立場でしかない。

そのようなことを考えていると、唐突に強い魔力反応を感じ、無意識に立ち上がっていた。

「む、これは……。サヤの下へ行ったほうが良いかもしれぬ」

それまで控えていたヴェインが言う。

「っ、サヤに何かあったのかっ？」

「分からぬ。とりあえず行ってみよう」

ヴェインがディザークの肩に触れた瞬間、目の前の景色がふっと移り変わった。

＊　＊　＊　＊　＊

ディザークに解放された後、わたしはお化粧を直すと言って席を立った。

自分で好きだと言っておきながら、ちょっと恥ずかしかったのだ。

部屋で控えてくれていたノーラさんと部屋の外で待機してくれていた騎士二人について来てもらい、廊下にいたメイドさんに声をかけて、化粧室へ案内してもらう。

……ディザーク、ビックリしてたなあ。

まるで壊れたオモチャみたいに固まったディザークがおかしくて、つい思い出し笑いをしてしまう。

ディザークのことをからかっているわけではない。

でもディザークの動揺する姿が可愛いから、わたしも気恥ずかしくはなるけれど、時々いつもより積極的になってしまう。

……好きになった人が婚約者で良かった、のかな？

先ほど抱き締められて凄くドキドキした。そしてそれ以上にとても安心した。

わたしがこの世界で一番信頼しているのは他でもないディザークで、好きなのもディザークで、そんな彼が婚約者でもある。

好きになる努力なんてする必要はない。

ディザークは知れば知るほど好感を持てる人だった。

多分、最初から好きになっていた。

「大丈夫か」と声をかけられた時、差し伸べられた手の温もりを感じた時、手を引かれて歩いた時、わたしはディザークのことを好きになっていたのだ。

……我ながら単純だなあ。

そっと後ろからノーラさんにドレスの袖を引かれる。

「ん？」

歩きながら首だけで振り向けば、ノーラさんが近付いてきて、耳打ちされた。

「変です、サヤ様」

「変って何が？」

「舞踏の間から少々離れております。これほど距離のあるところに化粧室を設置することはありません」

いつもは口数の少ないノーラさんがよく喋る。

……確かにトイレがこんなに遠いのはおかしい。

騎士達も訝しげな顔をしており、目の前を行くメイドさんに声をかけようとした時、メイドさんが立ち止まった。

「こちらが化粧室です」

扉が開けられ、腕を引っ張られると、後ろからドンと突き飛ばされた。

よろけて床に座り込むのと、背後でバタンと扉が閉まる音がしたのは同時だった。

「みんなっ!?」

扉の向こうで何やら物音がするものの、ノーラさん達が扉を開けてくることはなかった。

慌てて立ち上がったところで、ふと、室内に先客がいることに気が付いた。

顔を上げれば、そこには見覚えのある令嬢が立っている。

……えっと、誰だっけ、ほら、あの。

「あ、ペーテルゼン公爵令嬢……？」

少々自信はなかったが、正解だったようで、ペーテルゼン公爵令嬢は顔の前で扇子を広げて、ツンと澄ました顔でわたしを見た。

「あら、覚えていてくださったのですね」

どこか馬鹿にするような響きに呆れた。

確かにまだわたしはディザークと結婚していないので、立場で言えば公爵令嬢のほうが上だろう。

それでも、こんな態度を取られる筋合いはない。

「てっきりわたくしのことなど忘れていらっしゃるかと思っておりましたわ」

「まあ、思い出すのに少し時間はかかりましたね」

ギリ、と扇子を握る手に力がこもるのが見えた。嫌味を言い返されるのが嫌なら言わなければいいのに。

見回せば室内にはペーテルゼン公爵令嬢しかいない。

「メイドを使ってわたしをここへ連れて来させたのはあなたですか？」

訊いてはみたものの、そうでなければ先にいるはずがない。

「ええ、その通りですわ。あなたに用がありますの」

「そういうことはディザークを通してもらえたら助かります」

「もう婚約者気取りですのね」

「気取りも何も婚約者ですから」

正式に婚約届も受理されたし、婚約発表もした。だからわたしはディザークの婚約者だ。

「殿下の婚約者にあなたは相応しくないわ」

「それを決めるのはディザークで、少なくともあなたじゃないと思いますよ。それとも自分は相応しいって言いたいんですか？　この間、婚約者の件は否定していましたよね？」

「あの時はああ言うしかなかったのよ。でも、あなたみたいな大して美しくもなければ家柄が良いわけでも、血筋が貴くもない娘が皇弟殿下の婚約者なんて間違っているわ。わたくしのように全てに優れた者がなるべきなのよ」

その言葉に首を傾げてしまった。

「だけど皇帝陛下は婚約を許してくれましたよ。それはつまり、わたしがディザークの婚約者として問題ないと判断されたってことですけど」

「聖女の立場を利用しただけでしょう？」

「なるほど、そういう風に解釈したんですね」

わたしが国に必要な聖女という立場を使って、無理やりディザークの婚約者に収まったと言いたいのだろう。

……まあ、最初は王国から逃げるための契約みたいな感じだったから、利用してはいたけどね。

だけど聖女だって知ったのは、ディザークの婚約者として帝国に来た後の話である。むしろ、ディザークのほうから提案されたのだ。

……でもそれを言ったら逆ギレされそう。

わたしが黙っているとペーテルゼン公爵令嬢が、はっ、と小さく鼻で笑った。

「まあ、そんなことはどうでもいいわ。あなたはこれからドゥニエ王国に戻ることになるのですもの」

チラと令嬢が視線を動かす。それを目で追うとカーテンの陰から人影が現れた。

誰かと思えば、ドゥニエ王国の王太子だった。

予想外の人物の登場に、少し驚いた。

「わたしは王国には戻りませんよ」

「いいえ、戻ることになるのよ。だって、あなたはディザーク殿下の婚約者として相応しくない体になってしまうから」

無表情の王太子が近付いて来る。

とっさに手を翳せば、わたしを中心に球体状に障壁魔法が展開した。

それに気付いた王太子が詠唱を行い、わたしの展開した障壁に触れる。

王太子を中心に障壁が生まれ、二つの障壁がぶつかり合う。

互いの障壁にピキパキとヒビが入り、そのままバキンと音を立てて壊れてしまう。

「へぇ、そういう使い方もあるんですね」

王太子がゆっくりと歩いて来る。

「ここにあなたがいることを、香月さんは知っているんですか？」

「……お前には関係ないことだ」

一瞬、王太子の眉が動いた。

「他国のパーティーに初めて参加する香月さんを放ったままこんなところにいるなんて、エスコート役として最低ですね。きっと香月さんは不安がっていると思いますよ」

王太子の歩みは止まらない。

「一応訊きますけど、これからわたしに何をするつもりですか？」

「お前のせいでユウナを側妃に出来なくなった。だが王国には今すぐにでも使える聖女が必要だ」

「……まさかわたしを側妃にするつもり？」

王太子が顔を顰めた。

「お前になど興味はない。が、国のためだ」

腕を掴まれ、ベッドのほうへ引っ張られたことでその意図に気付く。

ディザークの婚約者に相応しくない体にする。この世界では貴族の令嬢は婚姻まで純潔を求められ、令嬢達はそれを守らねばならない。純潔でない者は結婚相手として見られない。

ペーテルゼン公爵令嬢が嗤《わら》う。

「あなたみたいなのでも王国の王太子殿下の側妃になれるなんて、羨ましいわ。安心なさい。あなたがいなくなった後はわたくしが殿下をお慰めいたしますから」

ベッドへ押し倒され、王太子に見下ろされる。冷たい眼差しだった。

「ふざけんな」

瞬間、全力で魔力を解放した。

同時に王太子が吹き飛ばされ、ペーテルゼン公爵令嬢が尻餅をつくのが見える。

わたしは確かにちょっと流されやすいところはあるが、王太子の側妃になるくらいなら平民になって一生一人で暮らすほうがマシだ。

そもそも、王太子に触られたこと自体も不快である。

ベッドから起き上がると即座に離れ、二人から距離を取る。

「羨ましいなら熨斗《のし》つけてくれてやる！」

闇属性魔法で蔦を作り、転がっている王太子と座り込んでいるペーテルゼン公爵令嬢を一纏めに縛り上げる。

「きゃあっ!?」「うわっ!!」と悲鳴がしたが、そんなことお構いなしだ。

向かい合わせにくっつけた二人を闇属性の蔦でベッドへ放り込む。

「良かったね公爵令嬢！　王太子殿下と同衾だよ!!」

ヤケクソ気味に叫ぶと室内に風が生まれた。慌ててそちらを見れば、風の渦が出来て、すぐにそこからディザークとヴェイン様が姿を現した。

ディザークはわたしを見るとホッとした表情を見せ、それからベッドに転がってじたばたしている公爵令嬢と王太子殿下に訝しげな顔をした。

「……これはどういう状況だ？」

わたしはディザークへ駆け寄り、抱き着いた。

その直後、バタンと扉の開く音がする。

「先ほどの魔力は何事だ!!」

ディザーク越しに見れば、入り口には数名の騎士や貴族と思しき人々が立っていた。扉を開けたのは騎士の一人らしい。

ディザークに抱き締められているわたしと、ベッドの上で乱れた服装で重なる王太子と公爵令嬢を見て、騎士達も貴族達もざわついた。

とはいえベッドにはカーテンがかかっていて、中の様子はそれほど細かく見えていないらしい。

おかげで闇属性の蔦の存在も分からないようだった。

「ごめんなさい、わたし、驚いてしまって……！」

ディザークに抱き着いたまま叫ぶ。

「ドゥニエ王国の王太子殿下とペーテルゼン公爵令嬢が、こんなところでこっそり会っているなんて知らなかったんです!!」

その瞬間、全てが静まり返った。

だがそれは一瞬で、すぐさま更に大きな騒めきが広がる。

その間に魔法を解除して、わたしは続けた。

「道に迷ってしまって、誰かに訊こうとしたらお二人がこんなところで……！　それで驚いてしまって、でも、まさかそんな関係だったなんて……」

ベッドから「違う！」「違うわ！」と異口同音に声がして、二人が慌てて起き上がる。

しかし乱れた服装はいかにもそれらしく見えてしまう。

扉に背を向けているディザークだが、わたしを抱く腕を片方離すと口元を手で覆う。

「ヴィクトール殿とペーテルゼン公爵令嬢が恋仲だったとは知らなかった」

そう言ったのでわたしも頷いた。

「そうですよね？　王太子殿下には婚約者がいらっしゃるはずなのに！」

ディザークが目を伏せる。

よくよく見ると肩が微かに震えている。

……もしかして笑うの我慢してる？

「まさか今回王太子殿下が王国からいらしたのは、実はペーテルゼン公爵令嬢に会うためだったの!?」

「違う!!」

王太子が慌てて否定するが、騎士達も貴族達も疑いの目を向けている。

彼らはベッドの上で重なる二人を見ているのだ。

……まあ、魔法に気付いた人もいるかもしれないけど、こういうのは言った者勝ちだ。

「逢瀬の邪魔をしてごめんなさい!!」

ついに耐えきれなかったのか頭上から、クッ、と笑いをこらえる音がした。

ディザークを見上げると、こほん、と咳払いをされ、目を逸らされる。

ふとディザークの視線が止まったので、釣られてそちらを見れば、そこには髪も乱れて真っ青な顔で震えているペーテルゼン公爵令嬢がいた。先ほどまでの勢いはどこへ行ったのか呆然としている。

「随分と騒がしいな」

騒めきの合間から皇帝陛下の声がした。

騎士や貴族達が道を開け、皇帝陛下が部屋に入ってくる。

それからベッドのそばで佇む王太子と公爵令嬢、そして抱き合っているわたしとディザークを見た。

「ふむ、とりあえずそれぞれから話を聞こう。ヴィクトール殿もペーテルゼン公爵令嬢も、一度身なりを整えたほうが良さそうだ」

＊　＊　＊　＊　＊

「それで？　何があったんだい？」

別の控え室に移動し、皇帝陛下にそう問われた。

室内には皇帝陛下とディザーク、わたし、そして皇帝陛下の侍従のケヴィンさんがいるだけだ。

他の耳はない。

「化粧室に行こうとして迷ってしまって、疲れたのと、誰かに訊こうと思ったのとで近くの部屋に入ったら、そこでドゥニエ王国の王太子殿下とペーテルゼン公爵令嬢がベッドの上で重なっていて……」

皇帝陛下が声を震わせるわたしを見て、ディザークを見て、またわたしへ視線を戻した。

「本当のところは？」

……まあ、皇帝陛下なら信じないよね。

震えるのをやめて背筋を伸ばす。

「公爵令嬢が手引きした王太子に襲われそうになったので、闇属性魔法で纏めてベッドに放り込みました」

「あの大きな魔力反応は？」

「王太子に腕を摑まれたので魔力で吹っ飛ばしました」

正直に白状すると皇帝陛下が噴き出した。

「はははは！　一国の王子を吹き飛ばした？　しかも公爵令嬢と共にベッドに放り込んだ!!　なるほど、それでさっきの話に繋がるわけかい？」

「はい、今すぐにでも使える聖女が欲しいからわたしを襲って、ディザーク殿下の婚約者でいられなくすれば、王国に連れ帰れると思ったみたいです」

ディザークが溜め息を吐く。

「他国では、いや、帝国でもそうだが、貴族の間では女性の純潔性を重んじる風潮がある。くだらない話だ」

「ディザークはそういうの気にしない？」

「ああ、そもそも女性に純潔性を求めるならば男も同じくそうあるべきだという話になる。女性にばかり一方的に貞淑さを求め、男は奔放でも許されるというのはおかしいだろう」

「そうだな、血筋の正統性を重んじるのは分かるが、それと女性の純潔は別だ。昔ならばともかく、今は魔法で妊娠しているかどうかも判断出来る」

皇帝陛下の言葉に、ディザークもうんうんと頷いている。

そうしてディザークにそっと手を握られた。

「しかし大丈夫か？　襲われそうになったというのは初耳だが、怪我は？」

反対の手がわたしの頬に触れる。そのことに少しだけドキリとしてしまった。

「うん、大丈夫、やり返したから」

「そうか」

「あ、ノーラさん達は？　わたし、部屋の中に突き飛ばされて、ノーラさん達と廊下で別々になっちゃったんだけど……」

その後、物音がしていたから心配だったのだ。

すると皇帝陛下が苦笑した。

「髪を二つに纏めた侍女とディザークの騎士達なら無事だ。メイド達は取っ組み合いをして、騎士達も王国の騎士達とやり合っていたようだが」

「良かった……」

クールなノーラさんの取っ組み合いが少し気になるが、無事と聞いて安心した。

もしもノーラさんに何かあったら双子のお姉さんであるリーゼさんに申し訳が立たないし、わたし自身も、きっと自分を責めただろう。

……あの時、ノーラさんは変だと言っていたのに。あそこですぐに引き返すべきだったのだ。

「あの、それで、ドゥニエ王国の王太子とペーテルゼン公爵令嬢はどうなりますか？」

わたしの質問に皇帝陛下がニヤッと笑った。

「表向きは特に何か罪を犯したわけではないから、何もしない。だが、あの場には多くの騎士や貴族もいた。二人に関する噂は出るだろう。それについて私が何かを言うことはない」

「つまり、否定も肯定もしないと？」

「そうだ」

……この人もなかなかの悪《わる》だなあ。

皇帝が二人の関係について否定すれば、たとえもし本当に王太子と公爵令嬢が恋仲だったとしてもなかったことになる。

けれど否定も肯定もしないというのはタチが悪い。中には沈黙を肯定と受け取る者もいるだろう。

しかも貴族や騎士達はベッドの上で折り重なった二人の姿を見ている。本人達が否定しても、それを見た者達は信じない。場を収めた皇帝が否定しないのは、噂は事実だからと邪推することもあるだろう。皇帝陛下はそれを理解していて沈黙すると言っているのだ。

「皇帝陛下もなかなか人が悪いですね」

「なんのことだい？　今回の件が事実だったとしても、そうでなかったとしても、いちいち私が言及することではないというだけだ」

微笑む皇帝陛下の表情からは欠片も悪気は感じられなかった。

それからふとディザークを見る。

「ディザークも黙っておく？」

「いや、俺は訊かれたら見たままを答えるつもりだ。騎士達よりも先に部屋に入ったら、二人がベッドの上にいたという事実だけな」

「おぬしも悪《わる》よのう」

「なんだその口調は……」

ニヤニヤしながらつんとディザークの腕をつつくと、ディザークが呆れたような顔をする。でもその表情はちょっと微笑んでいた。

「あ、でも、ドゥニエ王国の王太子とペーテルゼン公爵令嬢の噂が広まっても大丈夫ですか？」

そうなると王国の王太子と帝国の公爵令嬢に繋がりが出来てしまうかもしれない。

そのことで、色々と問題が出る可能性もある。たとえば、現在でもかなり力を持つペーテルゼン公爵家がドゥニエ王国と結びつくことで、更に勢力を強めて帝国内での発言力が増せば、皇室もその言葉を聞かざるを得ない状況になるかもしれない。

「王太子と公爵令嬢の起こしたこの件を上手く収めたとして恩を売っておくのも悪くない。それにあの令嬢は何かと問題が多かったから、国内に残しておいても利は少ない」

「え、そうなんですか？」

「ああ、自分の望む通りでないと気に入らない性格で、ディザークの婚約者候補だった他の令嬢達への牽制も酷くてね。それにペーテルゼン公爵令嬢をディザークや国内で地位の高い者の妻に据えれば、いずれ父であるペーテルゼン公爵も政《まつりごと》にあれこれとうるさく口を出してくるだろう」

どうやら皇帝陛下はペーテルゼン公爵が好きではないらしい。

「臣下が国のために進言するならばともかく、公爵の性格上、自身の利益になることしか考えていないだろうからな。それならいっそ、娘を王国へやってしまえばいい」

「王国の後ろ盾を得て、もっとうるさくなる可能性もありませんか？」

「それはない。ペーテルゼン公爵は自尊心の強い男だ。王国に使われることを良しとはしない」

ディザークも同意するように頷いた。

「ええ、あの者ならばそうでしょう。……今回の件は非公式だが王国に抗議しておく。王太子をどうするかは王国が判断するが、帝国の機嫌を取るために王太子を廃嫡、または毒杯に処す可能性はある」

「あの、王太子が死ぬというのは避けられませんか？　さすがに死なれると寝覚めが悪いと言いますか……」

「サヤ嬢がそう望むなら、その意向は伝えておこう」

それにホッとする。王太子は嫌いだが、わたしのせいで死なれるのは嬉しくないし、気分が良くなるわけでもない。王太子にしてみれば生きてるほうがつらいかもしれないが。

少しの間の沈黙の後、皇帝陛下が肩を軽く竦めた。

「まあ、それはさておき、私は会場に戻る。ディザークとサヤ嬢は今日はもう下がるといい。先ほどの騒ぎで驚いて体調を崩したサヤ嬢を、ディザークが心配して宮へ連れ帰ったということにすれば誰も文句は言うまい」

……それ、絶対わたしとディザークが『二人きりになりたくてさっさと帰った』ってみんな勘違いするよね？

皇帝陛下を見れば、ニッコリと良い笑顔を向けられる。分かっていて言っているのだろう。

ディザークを見ると頷き返された。

「そうだな、サヤはもう休んだほうが良さそうだ。……少し、顔色が悪い。疲れたのだろう」

そっと目元を指で撫でられる。

「じゃあ、お言葉に甘えさせていただきます」

「ああ、しばらくは表立った公務もない。ゆっくり休み、聖女としての仕事に集中してくれ」

「はい」

立ち上がったディザークの手を借りて、わたしも席を立つ。

部屋を出ると、廊下にいたノーラさんとヴェイン様、騎士達が近付いてきた。

ノーラさん達はいつも通りに見えたけど、よく見たら頬が赤くなっていたり、襟が少し切れていたり、服も若干乱れている。

「みんな大丈夫？　怪我は？」

静々と近寄ってきたノーラさんが頷いた。

「……大丈夫です」

「ちょっとごめんね」

手を伸ばしてそうっとノーラさんの頬に触れた。

聖属性の治癒魔法を発動させる。酷くはなかったようで、すぐに頬の赤みが引いた。

「……ありがとうございます」

自分の頬に触れて、ノーラさんが言った。

騎士二人も治癒魔法ですぐに治す。

「みんなが酷い怪我をしなくて良かった」

「サヤ様をお守り出来ず、申し訳ございません」

「ううん、わたしはこの通り平気だよ」

……本当にノーラさん達が無事で良かった。

「我もついて行くべきだったな……」

ヴェイン様がしょんぼりする。

「いえ、大丈夫ですよ。あの時、ディザークと一緒に突然現れましたけど、あれはヴェイン様の魔法ですか？」

「うむ、我くらいになれば転移など容易いことよ」

「そうなんですね。あのタイミングで来てもらえて良かったです」

わたしだけだったら王太子達に言い負かされるかもしれないが、皇弟であるディザークも証人になればそうそう負けることはないだろうし、わたしの悪い噂も流れないはずだ。

「これからはどこに行くにもついて行くぞ」

「あー……。まあ、そうなりますよね。お風呂とかでないなら、お願いします」

苦笑しつつヴェイン様に返事をした後、ディザークと一緒にお城の中を通り、裏手に停まっていた馬車に乗って宮へと帰る。ガタゴトと揺られながら、暗い車窓を眺めた。

思ったよりも疲れていたらしい。馬車の揺れにうとうとと眠気が押し寄せてくる。

「疲れたか？」

ディザークの声に頷いた。

「うん、予想外のことも、あったし……」

「……少し休め」

ディザークの手が頭に触れて、そのまま、ディザークに寄りかかるように体を傾けさせられる。

「着いたら、起こして……」

今は少しだけ眠らせてもらおう。

……さすがに今日は疲れた……。

＊　＊　＊　＊　＊

サヤから規則正しい呼吸が聞こえてくる。

よほど疲れたのだろう。眠たそうにしていたので寄りかからせてみれば、あっさり眠りに落ちてしまった。抱き寄せた肩の薄さ、頭の小ささは、何度触れても慣れない。

同じ人間なのにディザークよりもずっとか弱い存在なのだと、触れるたびに実感させられる。

数刻前、大きな魔力を感じた瞬間、ディザークは今までにないほどの焦燥を感じた。

もしサヤに何かあったらと思うと、とてもじゃないが冷静ではいられなかった。

すぐにヴェインがサヤの下《もと》へ連れて行ってくれたため、醜態を晒すことはなかったが、無事なサヤの姿を見た時の安堵感は言葉では言い表せないものだった。

次の瞬間には、ドゥニエ王国の王太子とペーテルゼン公爵令嬢の件ですぐにその安堵感も吹き飛んでしまったが。

そっとサヤの頭を撫でる。

艶のある黒髪がさらりと指の隙間を流れ落ちていく感触が心地好い。

眠っているからか無防備に少し開いた唇を見て、触れたいと思う。

……やはり、俺はサヤのことが好きなのだろうか？

女性に自ら触れたいと思うのは初めてで、戸惑いも大きいが、それ以上に惹かれていることを強く自覚した。速くなる鼓動を感じ、ゆっくりと呼吸を行う。

キスが出来る相手とは恋愛も出来る。

サヤの友人の言葉というのを思い出し、顔が熱くなった。

「サヤ」

そっと起こさないように名前を呼ぶ。ここ一月で呼び慣れた名前だ。

そして、これからも数えきれないほどに呼ぶだろう。

サヤに名前を呼ばれるといつでも返事をしたくなるし、サヤが笑ってくれると温かな気持ちになれる。政略結婚の覚悟は出来ていたが、まさか恋愛までするとは思ってもみなかった。

前皇帝である父がサヤに提案をした時も、自分でも驚くほど苛立った。

「お前の婚約者は俺だ」

皇弟の婚約者だと知りながら手籠めにしようとするなど、ドゥニエ王国には馬鹿にされているとしか思えない。

……非常に不愉快だな。

眠るサヤを抱き寄せたまま、ディザークは車窓へ目を向けた。

これが恋や愛だというのならそうなのだろう。

二十二にもなって今更だなと苦笑が漏れた。

認めてしまえば不思議と心が軽くなる。思えばサヤに頼られるのは嬉しかったし、好きだと言われた時も、照れはしたが嫌だと感じることはなかった。

きっと、その時にはもう、サヤに恋愛的な意味で好意を持っていたのだ。

ただ気付くのが遅かっただけで。

「お前を誰にも渡したくない」

＊　＊　＊　＊　＊

……ああ、どうすればいいの……？

バルバラ・ペーテルゼンが控え室の一つに連れて行かれると、そこには父であるペーテルゼン公爵がいた。公爵は娘を見るとすぐさま駆け寄ってきた。

「おお、バルバラよ、何があったのだっ？」

父に抱き寄せられるといつもならば安心するのに、バルバラは青い顔で震えるしかなかった。

何も言わない娘に公爵は訝しげな顔をする。

「そこの騎士よ、私の娘に何があった!?」

バルバラを連れてきた女性騎士は目撃者の一人でもあり、己の見たことを公爵へ告げた。

ペーテルゼン公爵令嬢が、人気《ひとけ》のない客室のベッドでドゥニエ王国の王太子と重なり合っていた。

それを聞いた公爵は一瞬、理解出来なかったのだろう。呆然とし、それから、慌てて娘を見た。

「それは本当なのか!?」

バルバラは力なく首を振った。

しかし、騎士がいるため事実を父親に伝えることも出来なかった。

帝国の聖女となったあの娘を襲わせるために他国の王太子を手引きした。

何とかあの娘を帝国から追い出せないかと思い、バルバラのほうからドゥニエ王国の王太子へ手紙を送ったのだ。最初は疑念に満ちた返事が来たものの、何度かやり取りを交わすうちに魔力譲渡の行える聖女が必要だという王太子と利害が一致し、今回の計画を考えて実行することとなった。

今ここでそれを口に出せば、騎士は皇帝に伝えるだろう。

曖昧な反応をするバルバラに父は必死に考えているようだった。

何故こんなことになったのだろう。バルバラは皇弟の妻になることを望んだだけなのに。

しかし、多くの騎士や貴族達にベッドの上にいる姿を目撃されており、このままでは嫁ぎ先がなくなってしまう。

公爵令嬢が婚姻前に純潔を失ったかもしれない――そんな噂が広まることは目に見えていた。そうなればバルバラはどこか爵位の低い家か、豪商の後妻として嫁がされるか、少なくとも公爵令嬢としての輝かしい未来は消えるだろう。

公爵家からしても、そのようなことになれば社交界で笑い物にされてしまう。

父はバルバラの肩を両手で摑んだ。

「バルバラ、お前をドゥニエ王国へ送る。王太子の側妃となるのだ」

その言葉にバルバラはハッとした。

「そんな、お父様……！」

……わたくしが皇弟以外の妻になるなんて！

ずっと、そう言われて育ってきた。それが当たり前のことだと思っていた。

皇帝は年齢的に釣り合わず、まだ幼い皇子達も同様。そうなれば釣り合うのは三歳上の皇弟だった。

帝国内でも力があり、皇族の血を引く公爵家であるペーテルゼンの令嬢。バルバラこそが皇族に入るに相応しい。そう、誰からも言われてきたのだ。

「ドゥニエ王国に行くなんて嫌よ！」

「だが仕方がないだろう！　どのような経緯があれ、他国の王太子とベッドにいた姿を見られたのだぞ!?　このまま帝国にいてもお前は幸せにはなれないんだ!!」

父の怒鳴り声に「ひっ!?」と悲鳴が漏れてしまう。

これまで、父がバルバラをこのように怒鳴ったことなど一度たりともなかった。何があっても優しく甘やかしてくれたのに。

「公爵令嬢であるお前をどこぞの年寄りの後妻にするわけにも、低い爵位の者に娶らせるわけにもいかない。公爵家のためにも、お前のためにもだ。……帝国と王国の関係をより強固にするという名目でお前を王太子の側妃に押し込めば、少なくともペーテルゼンの家名は守られ、お前も一国の王の妻となれる」

肩を掴んだままそう話す父は、真剣な表情でバルバラを見た。

バルバラは理解してしまった。

公爵家の権力を使っても、もうどうにもならない。

ぽろりとバルバラの瞳から涙がこぼれ落ちる。

……何が悪かったの？

……わたくしはただ、皇弟殿下の妻になりたかっただけなのに。

「侍女を呼んでくる。お前は身支度を整え直してから来なさい。……皇帝陛下とドゥニエ王国の王太子殿下には私から話をしておくから」

父の声は淡々としていた。何かを堪えるような声だった。

バルバラが返事をする前に、父は騎士と共に部屋の外へ出て行く。

部屋に一人残されたバルバラは崩れ落ちた。

……いつか、この帝国の皇族になる。

バルバラが絶対的だと信じて疑わなかった未来もまた、同時に崩れ去ったのだった。

＊　＊　＊　＊　＊

「――……ヤ、サヤ、起きられるか？」

ディザークの声にふっと目が覚める。

上と下の瞼がくっついてしまいそうになるのをなんとか離し、声のほうを見上げた。

「ん、ディザーク……？」

目元を擦ろうとした手をディザークに止められる。

「化粧をしているなら、目元を擦るのは良くない。……離宮に着いたが歩けるか？」

ディザークの言葉に車窓を見れば、馬車は停まっており、窓の外にはディザークの宮があった。

ほんの僅かな時間だが眠ってしまったようだ。でも、まだかなり眠たい。

「うん、歩ける……」

馬車から先に降りたディザークが手を差し出してくる。

座席から腰を上げ、その手に近寄れば、ヒョイと軽い動作で馬車から降ろされる。

地面に降り立ったものの、寝起きのせいかふらついたわたしの体をディザークが抱き寄せるように支えてくれた。

温かく、がっしりとした腕の感触に、力が抜ける。

「やはりまだ眠いか？」

ディザークに問われて、うん、と頷いた。

眠いのもあるけれど、甘えたい気分だった。

……歩けないって言ったら抱えてくれるのかな。

そんなことを思ってしまう。

「無理もない。色々あったからな」

言いながら、ディザークが屈み、わたしを横向きに抱き上げた。

自分で望んだことなのにドキドキと胸が高鳴る。

……今はちょっと、顔、見れないかも。

俯いたままディザークに寄りかかる。

「お帰りなさいませ、ディザーク様、サヤ様」

執事長のレジスさんの声がした。

「今戻った」

「予定よりお早いお戻りでございますね」

「ああ、ちょっとあってな。それについてはまた後ほど説明する。サヤが疲れているようなので休ませたい」

ディザークの言葉にレジスさんが「失礼いたしました」と返す声がして、ディザークがまた歩き出す。歩くたびに感じる揺れと温かさに安心して、また、うとうとと浅い眠気に包まれる。

キィ、と扉の開く音でハッとして顔を上げた。

「すまない、起こしたか？」

申し訳なさそうな声に小さく首を振る。

「……寝てない」

「そうか」

わたしの返答にディザークが微かに笑った。

ソファーに下ろされ、離れかけたディザークの服の裾を、とっさに掴んでしまう。

わたしもディザークも驚いた。離さなきゃと思うのに手が離れない。

「サヤ？」

名前を呼ばれて余計に慌ててしまう。

「あ、ご、ごめん、えっと、なんか、体が勝手に動いちゃって……」

離そうと思えば思うほど手は強く服を握る。きっとしわがついてしまうだろう。

……………怖かった。

今になってドゥニエ王国の王太子に襲われかけたという事実に、恐ろしさが込み上げてくる。

もう王国には戻りたくないし、もしあの王太子のほうが魔力が強くて好き勝手にされていたらと思うとゾッとする。

服の裾を握りしめる手に、ディザークの手が重なった。

「大丈夫だ」

横に座ったディザークに抱き締められる。ぴったりと密着するほど強い力だ。

「もう、ここにはサヤを傷付ける者はいない。あの王太子も、公爵令嬢も、二度とお前には近付かせない」

ギュッと回されたディザークの腕に力がこもる。あの王太子に腕を掴まれた時は気持ち悪かったのに、ディザークに触れられると強張っていた体から力が抜ける。

それと同時に涙があふれてきた。

「……ディザーク……っ」

ディザークの手がわたしの背中を優しく撫でる。

「ああ、ここにいる」

「……ほんとは怖かった……っ」

「そばにいなくて、すまなかった」

いつもより柔らかな声に涙が止まらなくなる。

泣くわたしの背をディザークの手が優しく撫でた。それで余計に泣いてしまう。

「わたし、王国に、戻りたくない……！」

ディザークが頷く気配がした。

「サヤはもうこの帝国の聖女であり、俺の婚約者だ。王国に渡すつもりはない。あの王太子にならなおさらだ」

ディザークの背中に腕を回し、抱き着いた。

……離れたくない。

「……好き……」

ピタ、とディザークの手が止まったが、わたしは構わずに胸の内を告げた。

「ディザーク以外の男の人に触れられたくない」

瞬間、強く強く抱き締められた。息苦しくなるくらいだった。

「俺も、多分、サヤが好きだ」

「多分なの？」

腕が緩み、ディザークがこつんと額を合わせてくる。

「確かめさせてくれないか？」

そっと唇にディザークの指が触れた。

「キスが出来る相手とは恋愛も出来ると以前言っていたな。……してみたいと思う俺は身勝手だろうか」

言わなくても、その先のことが分かって、わたしは静かに目を閉じた。

ややあって唇に柔らかい感触が触れる。それは少しだけカサついていた。

感触が離れ、目を開けると、間近にディザークの顔があった。

「……どう？」

照れ隠しに訊いたわたしにディザークが微笑む。

「サヤとなら、何度でもしたい」

「わたしだけ？」

「ああ、お前だけだ。俺も触れるならばサヤがいい」

優しく頬に手が添えられる。

「弱っているところにつけ込んでいるのは分かっている。だが、許されるなら、もう一度してもいいだろうか？」

……ディザークの嘘吐き。

恋愛経験はないと言っていたのに、わたしはドキドキさせられっぱなしである。

「……いいよ」

重なった唇はやっぱり少しカサついていた。

＊　＊　＊　＊　＊

翌日、皇帝陛下に呼ばれてわたし達はお城へ向かった。昨夜のことで話があるようだ。

わたしも、あの後のことが気になっていたので、教えてもらえるのはありがたい。

あんなことがあったせいか、わたしの護衛は強化されて、ヴェイン様だけでなく騎士も女性と男性一人ずつが付き、侍女も付き、常に三人から四人を連れている状態だ。

皇弟であるディザークよりも護衛が多いけど、これくらいは当然らしい。

「サヤはこの国にいなくてはならない聖女だ。それに、俺にとっても大事な存在だ。少しやりすぎなくらいのほうがいい」

と、昨日の今日で護衛を増やしてきたのはディザークだ。護衛の騎士達には急な変更で申し訳ないけれど、ディザークの心配してくれる気持ちは嬉しい。それに、また何かあっても嫌なので反対はしなかった。

馬車の中で揺られながら横を見る。

わたしの視線に気付いたディザークが小首を傾げた。

「どうした?」

そっと手を握られて、首を振る。

「ううん、なんでもない」

お互いに気持ちがあると分かったからか、ディザークの雰囲気が柔らかい。気遣ってくれるのが感じられる。

……好きな人と両想いって幸せだ。

お城に着き、馬車を降りて、中へ入る。

そうして皇帝陛下のいる場所へ行く。最近は少し道のりを覚えてきたかもしれない。

目的地に着き、ディザークが扉をノックする。

中からケヴィンさんが出て来て、わたし達を見るとサッと扉を開けて横に避けた。

騎士と侍女は控えの間で待っていてもらい、ディザークとわたし、ヴェイン様で奥へ進む。

皇帝陛下はわたし達を見ると席を立った。

「ああ、来たか」

皇帝陛下がソファーへ移動し、手でどうぞと勧めてくれたので、向かい側に腰掛ける。ディザークもわたしの横に座った。

「サヤ嬢、昨日あんなことがあったばかりで疲れているのに、呼びつけてすまないね」

「いえ、大丈夫です。あのことがどうなったのか気になっていたので、むしろ、呼んでいただけて良かったです」

「そう言ってもらえると私としても心が軽くなる」

ケヴィンさんが紅茶を用意してくれたので、お礼を言ってから口をつける。

……うん、美味しい。

元の世界ではペットボトルや紙パックでしか飲むことのなかった紅茶だけれど、茶葉から淹れてもらう美味しさはこの世界に来てから知った。

半分ほど飲んでティーカップを置く。

「それで、どうなりましたか？」

わたしの問いに皇帝陛下がニコリと微笑む。

「結論から言うと、ペーテルゼン公爵令嬢はドゥニエ王国に行くことが決定した。王太子が結婚し、王となった後、正式にペーテルゼン公爵令嬢は側妃として迎え入れられるだろう」

昨夜、わたしが帰った後のことを皇帝陛下は教えてくれた。

まず、ドゥニエ王国の王太子と話をしたそうだ。王太子はかなり気落ちしていたそうで、皇帝陛下がわたしを襲おうとした事実を問うと素直に認めたらしい。

「サヤ嬢にやり返されたのが相当こたえたようだ」

王太子が言うには、ドゥニエ王国は現在、冗談ではなく本当にギリギリの状態なのだとか。

聖女を召喚したものの、香月さんは魔力操作があまり上手くないようで、魔道具への魔力充塡がまだ出来ない。しかし魔道具の魔力は減っていく。

このままでは王国中の村や街にある魔道具は魔力切れを起こし、機能しなくなる。

そうなれば魔物に襲われてしまう。だからこそ魔力充塡を行える聖女が、喉から手が出るほど欲しかったそうだ。

そんな折、帝国に行ったわたしが全属性持ちの聖女だと知った。しかも既に魔力充塡が可能で、聖女としてすぐにでも活動出来る。

なんとしてでも王国に連れ帰りたい。

何より、王太子は非常に苦しい状況にあった。聖女召喚の責任者という立場にいて、ただでさえ召喚した香月さんの訓練が思わしくないところに、役立たずと切り捨てたはずのわたしが実は役立たずではなかった。

ディザークに言われて断れなかったとはいえ、国王にわたしを帝国へ引き渡すよう伝えたのは王太子だった。それもあって余計に立場は悪くなっていたらしい。

そんな時にペーテルゼン公爵令嬢から手紙が届き、追いつめられた末に王太子は昨夜の暴挙に出たのだ。

「ドゥニエ王国の国王も、王太子の側近達ですらも、今回の計画について知らなかったそうだ。まあ、知っていたらあんな馬鹿な計画は止めただろう」

もしわたしを襲ったとしても、皇弟の婚約者であり帝国の聖女だと公表した途端に他国の王太子が寝取ったとなれば、帝国の面子を潰した上に、帝国に睨まれ続けることになる。

たとえ聖女を手に入れても、帝国から睨まれれば周辺国の態度も硬化するだろう。

そうなってもいいと思うくらい、王国の状況は切迫していたということだ。

国王や側近達に黙っていたのは、多分、心のどこかで止められると分かっていたのではないか。

「どうせ睨まれるなら、正直に話して罪を認めたほうがまだいいと思ったからのようだ。この件については帝国も公に罪を問うことは出来ないし、ドゥニエ王国も公に謝罪をすることはない」

「公にしたら、わたしも襲われたのではないかと噂になるからですか？」

「ああ、その通りだ。そうなればサヤ嬢はディザークの婚約者に相応しくないと言い出す輩も出るだろう」

……それは嫌だな。

横を見れば、ディザークの眉間のしわが深くなっていて、不機嫌そうな顔をしていた。

けれども、わたしの視線に気付くと眉間のしわが薄くなり、手を握られる。

大丈夫だと微笑み返せば、ディザークも目元を少しだけ和ませた。

こほん、と皇帝陛下が咳払いをする。

「次にペーテルゼン公爵令嬢だが、王国と帝国の親交を深めるという名目で王国へ行く。実際は帝国内にいても噂のせいでまともな結婚が出来なくなるだろうから、それならば側妃でも、一国の王の妻となるほうがまだいいというペーテルゼン公爵の思惑も大きい」

ペーテルゼン公爵は野心家だったが、それでも、十分に娘のことを考えてそう決めたそうだ。

王太子とベッドにいたという噂は昨夜のパーティーであっという間に広まり、恐らく、公爵令嬢にまともな縁談は来なくなる。

……貴族女性の純潔性の話だね。

つまり、結婚前に男性に肌を許したのではと思われるのだ。

公爵令嬢がどこかの金持ちの後添いやずっと爵位の低い家に嫁ぐことになれば、ペーテルゼン公爵家の名に傷をつける上に、社交界では笑い物となる可能性が高い。

それならば側妃でも、一国の王の妻になったほうが、公爵家と令嬢、両方の体面が保たれる。

「王太子はペーテルゼン公爵令嬢を受け入れるそうだ。王国側も了承している。王国からしたらこれ以上帝国の機嫌を損ねたくはないといったところか」

当の公爵令嬢は魂が抜けたみたいになってしまっているらしい。声をかけてもぼんやりとしているそうだ。

王太子は明日、国に帰るようだがペーテルゼン公爵令嬢は準備を整えてから一月後に王国へ向かう。帝国の親善大使という名で向こうに留まり、王太子が結婚し、やがて王位についた暁に側妃として迎え入れられる。

……わたしだったら嫌だろうなあ。

結婚前から側妃となる人物だと周囲に知られているため、他の人と結婚することも出来ず、王太子の婚約者からも歓迎されることはないだろうし、下手したら王太子を奪おうとする相手として敵視されるかもしれない。少なくとも王太子の婚約者とは仲良くなれないだろう。

王太子の側妃に香月さんを迎えるというあの噂が事実だとしたら、今回のことでその座を公爵令嬢に与えることになってしまい、その後に香月さんも——という話になるのは難しいと思う。そもそも香月さんが拒否した時点でそれも叶わないが。

王太子が結婚して王となるのがどれほど先になるかは知らないが、公爵令嬢は居心地の悪い立場に置かれる。帝国でも王国でも針の筵《むしろ》だろう。

……ちょっと可哀想な気はするけど、それもこれも自業自得だ。

「王太子の焦りも分からなくはないけれどね。場所によっては魔物の被害が出始めているところもあるそうだし、聖女ユウナが魔力充塡を出来なければ、そのうち死人も出るだろう」

そうなると、香月さんもかなりのプレッシャーを感じているかもしれない。

わたしの場合は幸い魔力操作に長けていたらしいのと、帝国にはまだマルグリット様という聖女がいるため心配はないが、王国には魔力充塡の出来る聖女が不在である。

早く扱えるようにならなくては、と香月さん自身も気負いすぎて、精神的にもつらいだろう。

「……香月さんが魔力充塡を出来るようになるまで、王国の手伝いをしてもいいでしょうか？」

「おや、いいのかい？」

皇帝陛下が意外そうな顔をした。

「あ、別に王国はどうでもいいですけど、香月さんが早く魔力充塡しなければって精神的に追い詰められて、それで余計に上手く出来なくて悪循環に陥りそうだなと思いまして。このままだと香月さんにも良くないですよね」

「聖女ユウナのためということか」

「はい」

ディザークが口を開いた。

「王国に行くつもりか？」

眉間に深いしわを寄せたディザークが見下ろしてくるので、首を振った。

「ううん、行かないよ。転移門を使って聖障儀をこっちに運んで、魔力充塡して、また転移門で送り返せばいいよ」

「なるほど、それなら王国にサヤを派遣する必要はないな」

安心した様子のディザークの手を握り返す。

わたしも今のところ帝国から出る気はない。

「王国に更に恩を売って、今後ふざけた真似が出来ないように頭を押さえつけておけるのは帝国としては嬉しいところだが、サヤ嬢は嫌ではないのかな？」

「まあ、いい気分ではないですね。でも同じ世界出身の香月さんがつらい思いをするかもしれないのに黙っているのは違います。それに手助けする代わりに王国側にはわたしに関わらないことを誓ってもらいたいですし。香月さんは別ですが」

「そうか、では、その方向で話し合ってみよう。我が国にはもう一人聖女がいるから、しばらくの間、サヤ嬢の手が王国のほうに回っても問題はないはずだ」

頷く皇帝陛下の様子にホッとする。

「あの、でも、もし香月さんが嫌がるようなら無理強いはしないでもらえたらと思います。わたしが手助けすることで、香月さんの立場がなくなるかもしれませんし……」

「そのようなことはないと思うけどね。君の力を借り、それによって立場が悪くなれば聖女ユウナは他国へ流れるだろう。さすがの王国もそれは望んでいない。これについては提案という形で話してみよう」

「ありがとうございます。我が儘ばかり言って、すみません」

頭を下げると皇帝陛下が首を振った。

「いや、王国に被害が出れば帝国や周辺国にも問題が及ぶ。避難民の流入や物資、支援金の援助など、余計な負担がかかってしまう。サヤ嬢の提案は我々にとっても非常にありがたいものだ」

ディザークがふっと苦笑した。

「これでは『三食昼寝付きのぐうたら生活』は無理そうだな」

「そうだね、だけど不思議と嫌じゃないよ。この世界に召喚された時は最悪だったたし、帝国に来た時も本音を言えばぐうたら過ごしたかったけど、今は誰かの役に立ててるんだって思うと聖女の立場もそう悪いものじゃないなって感じ」

「それならいいが」

ディザークの手が優しくわたしの頭を撫でる。労わるような手付きに自然と笑みが浮かんだ。

また、こほん、と皇帝陛下が咳払いをした。

「二人とも、随分と親しげになったね？」

それにディザークが頷いた。

「婚約者ですから」

「ふぅん、それだけか？」

皇帝陛下の視線を受けて、ちょっと顔が熱くなる。

「えっと、昨日の夜、両想いになりました……」

皇帝陛下はわたしとディザークの顔を交互に見て、繋がれた手を見て、そして嬉しそうにニッコリと笑った。

「それは喜ばしいことだ。ただ、結婚までは節度ある付き合いをしておくれ」

「心得ています。サヤとのことは真剣に考えていますので、責任の取れないようなことはしません」

うんうん、とディザークの言葉にわたしも頷く。

……でもキスくらいならセーフだよね？

そんなことを考えていると皇帝陛下が言った。

「まあ、もし我慢出来なくても、その時は結婚が早まるだけで『責任の取れないようなこと』にならない」

愉快そうに笑う皇帝陛下にディザークがギョッとした顔をして、わたしはなるほどと思った。

「兄上、そのような冗談はおやめください」

少し怒ったようなディザークの声に、皇帝陛下は軽く肩を竦めて返す。

「冗談ではないさ。可愛い弟にようやく来た春なのだから、兄としては出来るだけ応援してやりたい。……打算が全くないと言ったら嘘になるがな」

「俺はサヤを大事にしたいのです」

「ははは、そう怒るな。二人の関係は二人のものだが、若いから、もし何かあっても問題ないと言いたかっただけさ。お前なら、そんなことは起こらないと分かっている」

そう言った皇帝陛下は満足そうだった。

＊　＊　＊　＊　＊

……断頭台へ向かう罪人の気分だ。

ドゥニエ王国へ帰国する足取りは重い。

側近の一人と外交官は疲れた顔をしている。その原因はヴィクトールであることは明白で、己の命令で今回の件に関わった騎士達もあまり顔色が良くない。

恐らく自分も今、酷い顔色だろう。

どうしてもすぐに使える聖女が欲しかったとはいえ、帝国から奪おうなどと考えた時点で間違っていたのだ。

……いや、間違っていたのは最初からか。

異世界から召喚した二人の少女。

両方とも同じように厚待遇で迎えていたら、今とは違った未来になっていたはずだ。

魔力を感じないから役立たずだと決めつけて放置していたことがそもそもの間違いだった。

そして、強硬手段に出たところを反撃された。自分達の考えていた方法をまさか、そっくりそのままやり返されるとは思ってもみなかった。

やられて、ようやく、自分の行いがどれほど卑怯で最悪なものだったかを思い知った。

今回の件は下手をすれば帝国との戦争に発展しかねないものであった。

帝国とて聖女が必要であり、王国が冷遇した上に一度手放した聖女を無理やり連れ戻したとなれば、帝国に戦争を起こさせる大義名分を与えてしまう。

あの時はとにかく使える聖女を手に入れることしか頭になかった。王国を救うためにも、自分が一日でも早く新たな王となる実績を得るためにも、使えるものはなんでも使うつもりだった。

しかし自分の側近や外交官に責められて我に返った。

「帝国と不仲な王子に陛下が王位を譲るとお思いですか！　むしろ今回の件で譲位は遠退くでしょう！」

「今回殿下が帝国へ来たのは、もう一人の聖女を冷遇した王国の信用回復のためだと申し上げたのに。これで帝国や周辺国からの信用は更に落ちてしまった。はあ、頭が痛い……」

頭を抱えた二人の気持ちをやっと理解した。

我ながらとんでもなく愚かなことをしたものだ。もう一人の娘、いや、帝国の聖女に地に伏して詫びねばとも考えたが、それすら皇帝に一蹴されてしまった。

「サヤ嬢はドゥニエ王国と関わりたくないそうだ。それに我が国としても、彼女にこれ以上不快な思いはさせたくない」

ヴィクトールはそれ以上何も言えなかった。自分のしてきたことを思えば毛嫌いされるのは当然だ。ヴィクトールが同じ立場であったなら、顔すら見たくないだろう。

返す言葉もなく黙り込んだヴィクトールに皇帝は言った。

「だがサヤ嬢はとても寛大らしい。貴君や王国のしたことは許せないが、同じ異世界の友人のためならば、しばらくの間、力を貸してもいいと言っている」

「え……？」

「聖女ユウナ・コウヅキが魔力充塡を出来るようになるまで、王国の魔道具に魔力を注ぐ役を担ってもいいとのことだ。ただし、魔道具は転移門で運搬し、サヤ嬢が王国に足を踏み入れることはない」

一瞬、意味が理解出来なかった。

……王国を助けてくれるのか……？　自分を冷遇し、嘲り、捨てた王国を……？

呆然としたヴィクトールに皇帝が再度繰り返す。

「あくまで友人のためで、王国を救うためではない」

遅れて言葉の意味を理解した。

ユウナはいまだ魔法が使えていない。適性検査の際も魔道具に魔力を注げなかったので、宮廷魔法士にユウナの体からあふれていた魔力を調べさせて判明したことだった。

日々、訓練しているが結果は芳しくなく、周囲の期待が重く圧しかかるのか、ユウナの表情も日に日に曇っていった。

ヴィクトールはもう一人の聖女を手に入れて、ユウナに時間を与えてやりたかった。

だが、全ては愚かな考えだった。

「ああ、それと聖女ユウナだが、サヤ嬢が彼女へ魔法の指導を行ってくれるそうだ」

「!?」

俯いていた顔を上げれば、皇帝は肩を竦めた。

「良かったではないか」

……ユウナへ魔法の指導をしてくれる？

ヴィクトールは全身から力が抜けてソファーへ体を預けるしかなかった。

帝国から聖女を奪うなどと馬鹿なことを考えずに、誠意を持って謝罪をし、ユウナに魔法と魔力充填の仕方を教えてもらえるよう願い出るべきだったのだ。

そうすれば、もしかしたら……。私のしたことは本当に全て無意味だったのか。

それからは外交官を交えて皇帝と話し合ったが、ヴィクトールに言えることなどなかった。

皇帝と話し合いをした翌日、王国へ帰還する日。

「こちらが転移門の間でございます」

案内の騎士が横に避け、扉を守っていた二人の騎士達が左右から扉を開ける。

やや離れた場所にいるユウナの表情が明るくなる。

……いいや、昨日から明るいものだった。

皇帝と話し合った後にユウナから「これから篠山さんに魔法の指導をしてもらえるようになったよ！」と報告を受けた。

それまでヴィクトールが優しい言葉をかけても、何かを贈っても曇ったままだった表情は、今まで一番嬉しげで、言葉に詰まった。

ユウナも今回のことは知っていて、それに対して酷く怒っていたし、面と向かって「そんな最低な人と結婚なんてしないから」とも言われて、改めて現実を突きつけられた。

止まっていた足を動かして室内へ入る。

そこには皇帝と帝国の外交官、そして皇弟と帝国の聖女がいた。控えてはいるが騎士達も多い。

ユウナを見た帝国の聖女が小さく手を振る。

そんな帝国の聖女を皇弟がそばで見守っている。

室内に騎士が多いのは、今回の騒動で暗に帝国からの信用を落としているぞと伝えるためだろう。帰国したら父である国王や重鎮達からも叱責を受けることは容易に想像がつく。

ドゥニエ王国に王子はヴィクトールだけで、あとは妹である王女が数人いるのみ。だが王と重鎮達の判断によっては、ヴィクトールは王太子から外されるかもしれない。

その場合はまだ婚約者のいない妹達のどちらかと従兄弟を結婚させて後継とすればいいし、なんなら王弟である叔父がしばらく王位につき、その間に妹達の間に生まれた子を次代の王に立てればいい。ヴィクトールは王の唯一の息子だが、王になれる唯一の存在ではない。

外交官達と皇帝が話している横で、ヴィクトールは空気のように静かにして、たまに話を振られたら相槌を打つ程度しか出来ない。

ユウナは帝国の聖女と親しげに話していたが、ふとこちらを見るとヴィクトールを呼んだ。

「ヴィクトール様」

呼ばれているのに無視をするわけにもいかず近付いたものの、皇弟や後ろに控えている騎士達の視線が痛い。

「……ユウナ、どうした?」

酷く居心地が悪く、罪悪感を覚えながら返す。

ユウナの目が帝国の聖女へ向けられ、ヴィクトールも釣られてそちらへ視線を動かした。

まっすぐな黒い瞳と目が合って一瞬、息が詰まる。

「提案の件、聞きましたか？」

「っ、ああ、感謝する……いえ、感謝します。帝国の聖女様には我が国を救う義理などないというのに……」

「それについては香月さんのためです」

突き放すように言い切られて思わず黙る。

黒い瞳に浮かぶのは嫌悪でも怒りでもなく、恐らく、それは無関心という言葉が最も近い。

「感謝は要りません。ただ、もうわたしに関わらないでください。それさえ守っていただければ、わたしも約束は果たします」

帝国の聖女は続ける。

「ドゥニエ王国が捨てたわたしに助けられる。その失敗の恥と後悔を貴方達《あなたたち》はずっと忘れられないかもしれませんが、わたしは貴方達を憎むよりも、わたし自身の幸せを摑むために生きていきます」

その言葉にハッとする。

聖女の幸せなど考えたことがなかった。国で最も尊ばれ、大事にされる存在だから、聖女となるのはとても誉れ高く幸福なことで、国の守護の要である聖女の人生は良いものだと思い込んでいた。

……だが、本当にそうなのだろうか？

最初、ユウナは家に帰りたいと泣いていた。

そう言わなくなったのは、聖女の役割について、国の状況について説明してからだった。

ユウナは聖女の人生を受け入れてくれたと思っていたが、もしそうではなく、諦めて受け入れていたとしたら、彼女はそこに幸福を見出せるのだろうか。

「ユウナ、私は、ドゥニエ王国は君達に……」

ユウナが困ったような顔をする。

「許したわけじゃないよ。でもね、私が何もせずに沢山の人が傷付いたり死んだりするのを無視は出来ない。だから私は王国の聖女になるって決めたの」

「そう、か……」

今、初めて本物のユウナと話している気分になった。これまでヴィクトール達が見ていたのは自分達に都合の良い聖女の姿であって、本当のユウナの気持ちを聞いてはいなかったのだ。

「すまなかった……」

ヴィクトールの言葉にユウナは困ったような表情のままだった。

何もかも、気付くには全てが遅すぎた。

それでも王国の民のためにと力を貸してくれるユウナの意思をもっと尊重し、せめて彼女が彼女らしくいられるように尽力するしかヴィクトールに出来ることはない。

そして、優秀な聖女を驕りによって永遠に失うことになった後悔と恥、責任を背負って生きていく。

懺悔の言葉をヴィクトールが口に出したところで、彼女達からすればそれはきっと羽根よりも軽いだろう。

もう今後の行動でしか、己の誠意を示す術はない。全ては己の行いの結果なのだから。

「ヴィクトール様、コウヅキ様、そろそろお時間です」

側近に声をかけられて「ああ」と返事をする。

ユウナが名残惜しげに帝国の聖女を見た。

「篠山さん、また会えるかな？」

「うん、会えるよ。魔法の指導もあるし、聖障儀の魔力充塡についてくればいいんじゃない？」

「あ、そっか」

二人の聖女が楽しそうに笑っている。

……もし、正しい選択をしていたら、私達は王国でこの光景を目にすることが出来たのかもしれない。

だが、もうどうしようもないことだ。

ユウナと側近と共に外交官の下へ戻る。

「それではヴィクトール殿、息災で」

皇帝の言葉にヴィクトールは頷いた。

「皇帝陛下も末永くご健勝であらせられますよう、王国より願っております」

全員で礼を執り、転移門へ向かう。

背後から「王太子殿下」と声が聞こえた。

門に踏み入りながら振り返れば、帝国の聖女がこちらに丁寧に礼を執っていた。

「さようなら」

……ああ、本当に、王国は、私は愚か者だ。

聖女を求めて召喚魔法を行使したくせに、己の望んだ聖女を自ら捨てた、大馬鹿者だ。

＊＊＊＊

「あー、すっきりした」

ドゥニエ王国の王太子達が帰った後、気分転換がしたくて、ディザークと共に宮の庭先でのんびりとティータイムを過ごすことにした。ディザークも忙しいだろうに付き合ってくれている。

大きな木の陰に布を敷いて、そこにお菓子やお茶を持ち込んでちょっとしたピクニック気分である。向かい合わせに座っているディザークも、どこか穏やかな雰囲気だ。

膝の上に広げたハンカチに包まれたクッキーはどれも美味しそうで、どれを食べるか迷ってしまう。

「あれで良かったのか？」

木に寄りかかったヴェイン様に訊かれる。

「我ならば王国の愚かな王族達を滅ぼせるぞ？」

「いやいや、そういうのは要りません。そんなことをしたらこっちが悪者になりますし、香月さんが助けると決めた王国の人々をわたしが苦しめるのは嫌ですよ」

「そうか、サヤは優しいのう」

少し不満そうな顔をしていたが、ヴェイン様はそれ以上何かを言うことはなかった。

それに、ヴェイン様が何かして、それで王国の人々が傷付いたり死んだりした時、わたしはその責任を負えないし、そういうことで悩みたくない。こうしてのんびりするのが好きなのだ。

「随分と機嫌が良いな？」

「王太子の最後の顔が面白かったから」

手に取ったジャム入りのクッキーは見た目からして味の良さが伝わってくる。

ディザークの言葉にニッと笑えば、小さな溜め息が聞こえてきたが、構わずクッキーにかじりつく。

「ディザークも見たでしょ？　最後、あの王太子ったら泣きそうな顔しててさ、後悔してますって感じだった」

今回の件、王国に甘い対応をしたように見えるだろう。

……まあ、王太子は帰ったら針の筵だろうけどね。

わたしが襲われかけたと言えば良くない噂が立つかもしれないので、そこについては帝国も表立っては糾弾出来ないものの、王国も実情は知っている。王太子は帰国したら責任を問われるだろう。

しかし、多分、王太子の座からは降ろされない。

王位を継承した後にペーテルゼン公爵令嬢を側妃にすると決まっているわけだし、大きな失態を犯したからこそ帝国には二度と頭が上がらないし、でも自分の犯した罪から逃げられもせずに、今回の件を知る国の上層部からは厳しい目を向けられて今後一生苦しむだろう。

わたしにも王国の魔道具の魔力充填という負担が追加されてしまったが、現在帝国の魔力充填を週一で行っているだけなので、そちらのほうに手を取られてもそれほどつらくはない。

むしろ、これで帝国は王国に更に恩を着せることが出来て、王国も、もう帝国や周辺国相手にふざけた態度は取らないだろうから良かったと思う。

王国は自分達の傲慢さで聖女を一人失った。ジリ貧状態でそれはかなり苦しいはずだ。

わたしは魔力充填はするけど、それはあくまで必要最低限の範囲で、王国側でも色々努力はしてもらうつもりである。わざわざ王国のために精一杯頑張る必要はない。

それに、わたしもわたし自身のことで忙しいのだ。

「ディザーク」

名前を呼べばディザークが顔を上げる。

「なんだ」

「あの日、助けてくれてありがとね」

二枚目のクッキーをディザークへ差し出した。

「……別に、俺は当然のことをしたまでだ」

視線を逸らし、一見すると不機嫌とも取れる風に言ったが、その大きな手がクッキーを受け取り、一口かじる。

「そっか」

そんな不器用なところがディザークらしい。

見上げた木の枝の隙間から差し込む木漏れ日が心地好い。

「そうだ、民へもサヤが次代の聖女であると公表するんだが、兄上から、この帝都の聖障儀に魔力を注ぐところを見せてはどうかと訊かれている」

ディザークの言葉に首を傾げた。

「帝都の聖障儀ってどれくらい魔力が必要なの？」

「サヤが普段魔力を充塡しているものの、最も大きいものを十ほど集めたくらいだな」

「それなら問題なく魔力充塡、出来ると思うよ」

次代の聖女がどれほど魔力量が多く、責任を果たせるか。それを広めるためのパフォーマンスだろう。

「いいよ、やろう」

わたしはこの帝国の聖女なのだから。

＊　＊　＊　＊　＊

それから一週間後、お城の広場に帝都の人々が押し寄せていた。

次代の帝国の聖女をお披露目すると聞いて、人々がわたしを一目見ようと開放されたお城の広場に詰めかけたのだ。その騒めきが部屋まで聞こえてくる。

わたしは真っ白な服に身を包んでいた。

聖女用の盛装は、細身の飾り気が全くない白いドレスで、左右の肩から長い布を垂らした独特なデザインであったが、その上に植物の刺繍がされた白いローブを着る。

黒髪は目立つから、あえて流したままである。

横には、夜会の時と同じ装いのディザークがいる。

「帝都を守っている聖障儀は一段下に用意してある。それに、いつも通りに魔力を注ぐだけだ」

「大丈夫、そんなに緊張してないよ」

外の大テラスでは、皇帝陛下が演説を行っている。

そろそろ終わるらしく、ケヴィンさんに声をかけられた。

「そろそろお時間です」

ディザークが頷き、わたしに左腕を差し出した。

その腕に、わたしも手を添える。

二人で大テラスへ進み出れば、皇帝陛下が振り返る。

「さあ、我が帝国の新しき聖女の登場だ」

明るい日差しの下、テラスに出た瞬間、騒めきが広がった。

周囲に声を届けるという魔道具を渡される。マイクみたいだ。

「初めまして、皆さん。わたしはサヤ・シノヤマといいます。ドゥニエ王国で行われた召喚魔法によってこの世界に来た聖女の一人です」

シンと人々が静まり返る。

誰もがわたしを見て、わたしの声に耳を傾けてくれているのが分かった。

「私はこの世界に来て、まだ日が浅く、皆さんのことを知りません。でも、これから知っていきたいと思っています。この帝国のために、皆さんのために、そして愛する人のために、わたしは聖女として精一杯、頑張っていきたいと考えています」

両手を前へ翳し、一段下にある大きな聖障儀に魔力を集中させる。

いつもより濃い、大量の聖属性の魔力を注ぎ入れると、聖障儀がゆっくりと黒く染まっていく。

その様子に人々が驚き、指差し、騒めき出した。

この大きさの聖障儀に一人で魔力を注ぎ込むのは難しい、というより、ありえないことらしい。

でも、わたしの魔力量ならば一人で十分に満たせる。

勢いよく注いだからか、入りきらなかった魔力がキラキラと輝き、聖障儀付近の下にいる人々へと降り注いだ。

魔力の残滓《ざんし》がまるで雪のように美しく、思わず人々が手を上げて降ってくる魔力を見上げている。

誰もが黒く染まった聖障儀と輝く魔力に魅了された様子だった。

聖障儀へ完全に魔力充塡が済むと、少しだけ悪戯心が湧いた。

魔力を広げ、ここに来ている人々全員の頭上へキラキラと輝く魔力の残滓を降らせた。

日差しに反射する魔力の残滓を見た人々の顔に笑みが浮かぶ。

「皆さまに幸運が訪れますように。これから、どうかよろしくお願いいたします」

一瞬の静寂の後、ワアッと大歓声が響き渡った。

多くの人達が一斉に叫んでいるせいで何を言っているのかほとんど聞き取れなかったが、皇帝陛下もディザークも嬉しそうに微笑んだので、きっと悪い言葉ではなかったのだろう。

「ねえ、ディザーク」

「なんだ」

横にいるディザークを見上げれば、すぐに返事があった。

「大好きだよ」

紅い瞳の目元がほんのり赤くなる。

「……俺もサヤが好きだ」

「『大好き』じゃなくて？」

訊き返せば、ディザークの顔が近付いてきて、キスされる。

「お前を誰にもやりたくないと、そう思うくらいには好きだ。……これでは足りないか？」

予想以上の返答に動揺してしまう。

……それは、ちょっと、破壊力大きい……！

頬が熱くなるのが分かる。

「……足りなく、ないです」

思わず敬語になったわたしにディザークが笑う。釣られるようにわたしも笑い出した。

異世界に召喚されて、役立たずだと判断されて『聖女様のオマケ』と馬鹿にされたけれど。

でも、どうやらオマケではなかったようだ。

……そう、わたしはオマケなんかじゃない。

わたしの人生、主人公はわたしなのだから。

あとがき

初めましての方は初めまして、ご存じの方はこんにちは。早瀬黒絵です。

この度は当作品をご購入いただき、まことにありがとうございます！

まさか書籍化するとは思っていなかったので驚き半分、嬉しさ半分といった感じです。

息抜きにその時のノリと勢いだけで書き上げた小説ですので……（笑）。

何にせよ、沙耶も可愛いし、ディザークはかっこいいし、素敵なイラストで二人を見ることが出来て幸せです。いつか沙耶のおかげでディザークの眉間のしわがなくなると良いですね。

サッパリとして前向きな沙耶と強面だけど実は優しいところのあるディザーク。

この二人が結婚したら、案外、良い家庭を築けるかもしれませんね。

もし二人に子供が生まれ、黒持ちだったなら、ヴェインが一番喜びそうです。

家族、友人、小説を読みに来てくださる皆様、出版社様、編集者さん、イラストレーターの先生、多くの方々のおかげでこの本は書籍となりました。皆様への感謝の気持ちでいっぱいです。

またいつか、皆様と再会出来ることを願って。

二〇二三年　八月　早瀬黒絵

A
B
①
②
③
サヤ
キャラデザイン
A
B
ありがとうございました!!
hismugi
ディザーク
A
B
①
②
③
ユウナ

無自覚な天才少女は気付かない
~あらゆる分野で努力しても家族が全く褒めてくれないので、家出して冒険者になりました~
辺境の貧乏伯爵に嫁ぐことになったので領地改革に励みます
~ドラゴンと公爵令嬢~
生贄第二皇女の困惑
敵国に人質として嫁いだら不思議と大歓迎されています
追放された聖女ですが、実は国中から愛されすぎてて怖いんですけど!?
毎月1日刊行!!!!!!!

強
無自覚聖女は今日も無意識に力を垂れ流す
今代の聖女は姉ではなく、妹の私だったみたいです
異世界転移して教師になったが魔女と恐れられている件
～王族も貴族も関係ないから真面目に授業を聞け～
エルフさんの魔法料理店
妖精女王として転生したけれど、まずはのんびりお料理作りまくります！
転生料理研究家は今日もマイペースに料理を作る
あなたに興味はございません
最新情報はこちら！
EARTH STAR LUNA

「聖女様のオマケ」と呼ばれたけど、わたしはオマケではないようです。①

発行 ―― 2023年8月1日　初版第1刷発行

著者 ―― 早瀬黒絵

イラストレーター ―― hi8mugi

装丁デザイン ―― 小管ひとみ（CoCo.Design）

発行者 ―― 幕内和博

編集 ―― 蝦名寛子

発行所 ―― 株式会社アース・スター エンターテイメント
〒141-0021　東京都品川区上大崎 3-1-1
目黒セントラルスクエア　7F
TEL：03-5561-7630
FAX：03-5561-7632
https://www.es-luna.jp

印刷・製本 ―― 図書印刷株式会社

ISBN 978-4-8030-1814-1